Titre original : *The Fourth Durango*

Cette édition est publiée
en accord avec Warner Books,
Inc. New York

106, boulevard Saint-Germain - 75006 Paris
ISBN : 2-86930-525-7
ISSN : 0990-3151

La Quatrième Durango

Dans la même collection

Edward Bunker : *Aucune bête aussi féroce*
James Lee Burke : *Prisonniers du ciel*
James Lee Burke : *Black Cherry Blues*
George C. Chesbro : *Bone*
Robin Cook : *Cauchemar dans la rue*
Robin Cook : *J'étais Dora Suarez*
James Ellroy : *Le Dahlia noir*
James Ellroy : *Clandestin*
James Ellroy : *Le Grand Nulle Part*
James Ellroy : *Un tueur sur la route*
James Ellroy : *L.A. Confidential*
James Ellroy : *White Jazz*
Barry Gifford : *Sailor et Lula*
Barry Gifford : *Perdita Durango*
Tony Hillerman : *Le Voleur de temps*
Tony Hillerman : *Porteurs de peau*
Tony Hillerman : *Dieu qui parle*
Tony Hillerman : *Coyote attend*
William Kotzwinkle : *Midnight Examiner*
Ross Thomas : *Les Faisans des îles*
Charles Willeford : *Miami Blues*
Charles Willeford : *Une seconde chance pour les morts*
Charles Willeford : *Dérapages*
Charles Willeford : *Ainsi va la mort*
Daniel Woodrell : *Sous la lumière cruelle*

Ross Thomas

La Quatrième Durango

Traduit de l'américain
par Jean-Patrick Manchette

Collection dirigée
par François Guérif

Rivages/Thriller

Du même auteur
dans la même collection

Les Faisans des îles

dans la collection rivages/noir

Les Faisans des îles (n° 125)

Chapitre 1

Quand le téléphone blanc au chevet sonna à 4 h 03 du matin en ce dernier vendredi de juin, le maire de 36 ans répondit à l'appel au milieu de la quatrième sonnerie et donna au chef de la police de 39 ans un coup de pied dans la cheville afin de s'assurer qu'il était lui aussi réveillé.

Après avoir marmonné allô, le maire écouta en silence pendant une minute et demie. Elle avait la bouche morose et les yeux étrécis, expression que le chef de la police considérait depuis longtemps comme son air d'accueillir une réclamation contre les nids-de-poule. Quand les quatre-vingt-dix secondes furent écoulées, le maire mit fin à la communication avec un « Bon » péremptoire qui n'était guère qu'un salut grommelé.

Pendant que le maire écoutait, le chef de la police s'était livré à une nouvelle inspection de l'enduit du plafond, un entrecroisement de cannelures sinueuses, en se demandant encore une fois pourquoi ce matériau pulvérisé finissait toujours par ressembler à du fromage blanc fermier vieux de trois semaines. A l'instant où le maire reposait le téléphone, le chef ferma les yeux.

– Dixie ? demanda-t- il. (L'ensommeillement et l'heure tardive ôtaient à la question toute curiosité réelle.)

– Dixie, confirma le maire.

– Et ?

– Elle vient de le fourrer au lit.

– Il a bu combien ?

– D'après Dixie, tout le bar.

– Alors tout marche bien, n'est-ce pas ? fit le chef qui rouvrit les yeux pour un examen final du plafond jauni en attendant la réponse du maire ; comme il n'y en eut pas, il hocha la tête – comme s'il avait reçu une approbation tacite – et parut se rendormir.

Étendue sur le côté gauche, Madame le maire observa le chef avec un mélange d'émerveillement et de rancœur. Bientôt lasse de son examen, elle roula sur le dos et ferma ses yeux gris pâle, mais presque immédiatement ils se rouvrirent grands et elle se retrouva en sentinelle chargée de garder le plafond, corvée dont le sommeil échoua à la relever avant les approches de l'aube.

Kelly Vines s'éveilla à 10 h 09 du matin, ce même dernier vendredi de juin. Il chercha d'abord du regard la canne noire puis la femme – une vraie blonde de partout – qui lui avait dit s'appeler Dixie. Vines était incapable de se rappeler son nom de famille ou même si elle le lui avait dit, mais il se souvenait assurément de ses yeux bleus moqueurs et de sa remarque sarcastique comme quoi ils s'inscrivaient dans le seul Holiday Inn déficitaire à l'ouest de Beyrouth.

Quoique la blonde Dixie fût partie, laissant derrière elle la trace d'un parfum mémorable, la canne noire était toujours accrochée à l'abat-jour de la lampe en céramique chartreuse. C'était une canne épaisse, un peu plus de 3 centimètres de diamètre, taillée dans de l'ébène de Macassar et ornée à son extrémité d'un embout chromé juste un peu usé à présent. Environ 2,5 centimètres au-dessous du point où commençait l'incurvation de la poignée, un anneau d'argent portait gravées les majuscules *JA,* entrelacées en un petit monogramme gothique.

La gueule de bois attaqua sérieusement quand Vines s'assit dans son lit. Diagnostiquant une offensive exceptionnellement incapacitante et peut-être mortelle, il aspira quatre profondes bouffées d'air, priant sans conviction pour que l'oxygène supplémentaire fasse ce que prétend la légende et atténue la souffrance, et lui permette peut-être de rester en vie. Mais comme la gueule de bois et le désespoir afférent ne firent qu'empirer, suscitant vaguement l'idée d'une mort miséricordieuse, Vines se leva, prit appui d'une main incertaine sur le dossier d'un siège, et réussit à atteindre la canne noire.

Après l'avoir décrochée de l'abat-jour, il la secoua, soupira de soulagement comme elle faisait un léger bruit et fit pivoter la poignée courbe vers la droite plutôt que vers la gauche. Après trois tours complets la poignée se détacha et démasqua le petit capuchon d'argent qui contenait le bouchon.

Vines retira le bouchon du tube de verre inséré à l'intérieur de la canne, porta à sa bouche le récipient maintenant non dissimulé et avala quelque 3 centilitres de bourbon Jack Daniel's Black Label qui le firent frissonner de tout son corps avec ce que le propriétaire légitime de la canne s'était plu à appeler « de la honte, de l'horreur et de l'aversion généralisée ».

Le whisky matinal rappela à Vines la première fois où il eût jamais bu à la canne. Et ça, l'arithmétique l'en informa, c'était exactement quinze ans auparavant alors qu'il était en dernière année d'université. C'était en juin 1973 et moins d'une heure avant les cérémonies de remise des diplômes que tous trois avaient pour la première fois siroté ensemble du bourbon issu de la canne noire, bien qu'aucun d'eux n'eût guère eu plus de 3 centilitres car l'objet pouvait seulement en contenir douze.

Vines se rappelait comment le propriétaire de la canne avait ri de son rire le plus vengeur et souri de son sourire le plus partisan en proposant un toast prémonitoire : « Au Watergate, les gars, et à tous ceux qui sombrent avec. »

Tous trois avaient ensuite bu 3 centilitres et quelque : Kelly Vines d'abord et après lui l'homme dont c'était la canne et, pour finir, le fils de l'homme, qui était aussi le compagnon de chambre de Vines à la faculté, et qui, un peu moins de quatorze années plus tard, allait prétendument se tuer à coups de pistolet dans un assez peu coûteux bordel de Tijuana.

Vines demeura immobile, encore nu dans la chambre du Holiday Inn, attendant que le whisky agisse comme un baume et s'appuyant des deux mains sur la canne noire tandis qu'à travers la fenêtre du troisième étage il scrutait l'océan Pacifique qui semblait toujours si désœuvré, ou peut-être seulement languide, du moins par comparaison avec l'Atlantique actif et constamment grommelant.

Puis, comme il l'avait presque prévu, la libation tirée de la canne noire contraignit sa mémoire à évoquer ce passé bien plus récent, cette nuit vieille d'un peu plus d'un an où l'inspecteur désolé de la criminelle de Tijuana lui avait téléphoné à La Jolla pour dire que l'ancien compagnon d'université était mort.

Vines était descendu en voiture à Tijuana dans un temps qu'il considérait encore comme un record ; avait trouvé le bordel après vingt-cinq exaspérantes minutes de recherches, et identifié le corps de 1,93 m, remarquant sans répugnance spéciale (cela viendrait plus tard) qu'une grande partie de la tête naguère séduisante avait été projetée en bouillie sur une lithographie de la Vierge de Guadalupe accrochée sur le mur sud de la pièce.

Vines contemplait fixement la lithographie quand l'inspecteur de la criminelle se mit à décrire en espagnol comment le mort s'était manifestement fourré dans la bouche le vieux Colt .45 semi-automatique et avait pressé la détente *dos veces*. Doutant soudain de son propre espagnol habituellement convenable, Vines avait avancé une traduction hypothétique : « Deux foix ? »

Le large visage indien de l'inspecteur s'était recouvert d'un masque de foi aveugle tandis qu'il répondait en anglais : « Oui, deux fois », puis, revenant à l'espagnol, chuchotait que seul Dieu lui-même pouvait comprendre à quelles démentes extrémités se portent les suicidés quand ils veulent vraiment se détruire.

Quand Kelly Vines lui demanda s'il croyait réellement cette connerie – l'ancien condisciple pressant deux fois la détente –, l'inspecteur avait fermé les yeux et eu un sourire angélique, comme s'il songeait à Dieu ou à l'argent ou aux deux. L'inspecteur avait ensuite rouvert les yeux pour répliquer que oui, bien sûr qu'il y croyait, et qui aurait pu en douter ?

D'abord Vines ne sut pas si c'était le souvenir faiblissant du sang et de la cervelle de son ex-condisciple ou bien le bourbon en guise de petit déjeuner qui le faisait se détourner de la fenêtre du Holiday Inn avec vue sur l'océan, raccrocher la canne à l'abat-jour et se hâter presque vers la salle de bains où il vomit le Jack Daniel's qu'il venait de boire et une bonne quantité de quoi que ce fût qu'il avait bu la nuit dernière. Mais plus tard, quand il eut entièrement fini de vomir, il attribua fort raisonnablement la chose au Jack Daniel's.

A 11 h 04 ce même matin, l'estomac apaisé par du Mylanta-II et la nudité recouverte d'une veste de lin beige froissé, d'un pantalon de sport en laine peignée (froissé aussi) et d'une chemise blanche propre mais sans cravate, Kelly Vines était assis sur un tabouret au comptoir du bar presque désert du Holiday Inn, un bloody mary curatif près du coude, et versait soigneusement dans la canne noire creuse deux mignonnettes de 6 centilitres de Jack Daniel's.

Trois tabourets plus loin un homme grand, le même âge que Vines à peu près, consommait lentement une bière à la pression et le regardait avec une curiosité non dissimulée. A part ses épaisses côtelettes de cheveux gris étain peignées vers l'arrière pour reposer sur ses oreilles, le crâne de l'homme était chauve et, de même que sa longue figure rusée, joliment recuit par le soleil.

Peut-être pour compenser sa calvitie, l'homme s'était fait pousser une moustache gris étain que Kelly Vines identifia à partir de vieux films britanniques comme étant du genre chef d'escadrille dans la RAF. Les sourcils de l'homme étaient d'un gris étain assorti et presque assez broussailleux pour voiler des yeux noisette qui semblaient plus bruns que verts. Il y avait aussi un nez joliment grand qui saillait et plongeait en direction d'une bouche mince et large, laquelle paraissait du moins amicale, sinon généreuse. Au-dessous de la bouche, le menton était comme la pierre angulaire.

L'homme à la moustache de chef d'escadrille fit la moue et fronça les sourcils, comme s'il craignait que Vines répande du bourbon qu'il versait encore goutte à goutte dans la canne. Mais quand Vines, les mains stables comme un étau, acheva sans laisser perdre une goutte, l'homme eut un sourire, découvrant de vastes dents d'un blanc terne qui lui appartenaient assurément.

– Vous voulez me vendre ce truc aberrant ? demanda l'homme d'une affable voix de baryton.

– Ce n'est pas à moi, dit Vines qui se tourna pour accrocher la canne au comptoir ; quand Vines eut refait face, l'homme dit :

– Vous croyez que son propriétaire, quel qu'il soit, la vendrait ?

Vines étudia pensivement l'homme, comme s'il réfléchissait à la question.

– Je pourrais demander.

L'homme hocha la tête, visiblement content de la réponse.

– Pour une quelconque raison idiote, je sens qu'il me la faut, fit-il en fouillant dans une poche de sa chemise de travail bleue en chambray qui pouvait avoir été achetée chez Sears, des années auparavant.

Il tira de la poche une carte professionnelle. Sa chemise de travail et ses demi-bottes éraillées de foreur formaient un contraste étudié avec son pantalon bleu à fines rayures, bien coupé et visiblement assorti à un gilet et un veston absents mais tout aussi bien coupés. Malgré sa chemise de travail et ses bottes de chantier, Vines se dit que l'homme chauve avait l'air d'un galonné. Après avoir lu la carte professionnelle, Vines découvrit qu'il avait raison :

Sid Fork
Chef de la police
Durango, Californie
(Pop. 9 861)
La Ville Oubliée de Dieu

Sous la devise – ou bien l'épitaphe – dans le coin inférieur à gauche de la carte se trouvaient le numéro d'un téléphone que Vines pouvait appeler et ceux d'une boîte postale avec son code postal à quoi il pouvait écrire.

Vines leva les yeux de la carte en souriant pour la première fois de la journée.

– Pourquoi Dieu se serait-il soucié d'oublier Durango, Chef ?

Sid Fork termina ses deux derniers centimètres de bière et s'essuya la moustache avec le dos de la main.

– Ce n'est pas Dieu – enfin, pas exactement en tout cas. C'est le vieux père Serra qui est passé par ici en route vers le Sud et Monterey en 1772, et qui a oublié de nous fonder une mission qui nous serait foutrement utile à présent pour attirer les touristes.

– Il a oublié ? Ou bien est-ce qu'il ne s'en est pas occupé, simplement ?

– Z'êtes catholique ?

Vines secoua la tête.

– Quand une bande de franciscains est repassée par ici dix ans plus tard en 1782 et n'a encore pas fondé de mission, eh bien, ça fait deux fois, non ? Et vous ne trouvez pas que ça fait un peu comme si Dieu avait oublié de leur donner une petite inspiration, à eux et au père Serra ?

– Ça en a l'air, dit Vines qui s'était depuis longtemps donné pour règle de ne jamais discuter dans les bars à propos de religion, de politique, ou du système de désignation du batteur au baseball.

– L'autre erreur qu'ils ont faite – les franciscains et Dieu –, c'est de fonder cette mission là-bas à Santa Barbara où le climat n'est pas aussi formidable qu'on prétend.

– J'ai toujours pensé que le climat de Santa Barbara est excellent, fit Vines qui commençait presque à prendre plaisir à son rôle de faire-valoir.

– Pas si l'on compare à ici, dit Fork en faisant signe pour avoir une autre bière ; après que le jeune barman mexicain aux yeux gris l'eut servie, Fork en but deux gorgées, s'essuya de nouveau la moustache d'un geste rapide et déclara : Si vous voulez un climat absolument superparfait, monsieur... euh... j'crois pas avoir saisi votre nom ?

– Kelly Vines.

– Comme je disais, M. Vines, si vous cherchez un climat parfait, alors les recherches sont terminées parce que notre ville a ce que l'Organisation Mondiale de la Santé elle-même affirme le climat le plus salubre en ce bas-monde du bon Dieu. (Fork fit une pause.) A part une espèce de village en ruines sur la Riviera italienne dont personne n'a jamais entendu parler.

Vines eut un hochement de tête poli, voire intéressé, prit une prudente gorgée de son bloody mary et parcourut du regard le bar toujours désert ou presque.

– J'ai été à la Durango du Colorado, à celle du Mexique là-bas et à celle d'Espagne, mais je ne suis jamais venu ici à celle-ci, la quatrième – jusqu'à maintenant.

Les coins de la longue bouche de Fork s'abaissèrent, comme devant une mauvaise nouvelle prévisible.

– Eh bien, c'est pas vraiment une information sensationnelle vu qu'à peu près la seule façon d'arriver ici – à moins de nager – est de traverser les montagnes sur cette abominable départementale goudronnée à deux voies qui s'embranche sur la Un-Zéro-Un – à condition de repérer à temps le panneau indicateur, ce que peu de gens font. Il fit une pause, but un peu de bière et demanda : Comment êtes-vous arrivé ? En voiture ?

– En voiture, dit Vines. Mais une fille m'a guidé.

Le chef de la police eut un sourire.

– Si vous m'aviez dit en avion ou en train ou en car, je vous aurais dit que vous rêviez parce que les Fédés ont fermé notre espèce d'aérodrome il y a deux ans pour de prétendues raisons de sécurité, et le dernier train de voyageurs s'est arrêté ici voilà onze – non, Seigneur, douze ans à présent, et même Greyhound a passé la main après que la General Electric a bouclé la fonderie il y aura deux ans le mois prochain.

– Ça semble un splendide isolement, dit Vines qui prit cette fois deux gorgées de son bloody mary.

– Z'êtes un ermite ?

– Pas encore.

– On en a quelques uns... des types que ça gêne pas d'être coupés du reste du monde, comme qui dirait.

Vines eut un hochement de compréhension et de sympathie, et attendit de voir la suite.

– Le reste de nous autres se débrouille très bien, remarquez, continua le chef après une nouvelle lichette de bière. On a notre journal presque quotidien qui appartient à un quelconque groupe de Londres en Angleterre. Pour la culture, il y a notre émetteur FM 100 % automatisé qui passe rien que des pubs et du rock genre marteau-piqueur de l'aube à la nuit et puis il se tait. Quant à la télé, eh bien, on reçoit pratiquement rien à cause des montagnes et parce qu'aucun réseau câblé n'est assez dingue pour nous joindre. Mais un homme peut toujours se payer une antenne parabolique pour attraper les infos et peut-être se louer un ou deux films ultra-violents en vidéo – ou même une histoire d'étudiantes riches qui se font sauter.

Fork se tut, comme intéressé par ce que son auditoire d'une personne allait dire. Vines but encore un peu de son bloody mary et dit :

– C'est le paradis.

Le chef accueillit le commentaire avec un signe de tête satisfait, mais son contentement s'évanouit comme il parcourait d'un regard scrutateur le bar-salon presque vide.

– Cet endroit va probablement déposer son bilan quand l'été sera fini.

– L'hôtel ou juste le bar ?

– L'hôtel. Vous voulez l'acheter ?

Vines négligea la question. Il en avait une à poser.

– Depuis combien de temps êtes-vous chef de la police ?

Une expression que Vines prit pour de la nostalgie douce-amère se répandit sur le visage de Fork et modifia sa voix, lui donnant un ton de réminiscence presque rêveuse.

– Nous étions à peu près neuf en 68 à rouler vers le Sud dans un vieil autocar scolaire General Motors qu'on avait peint dans le genre psychédélique fluo. On descendait du Haight, en route vers la Durango du Colorado. Le Haight était mort ou mourant, à ce moment-là, et on allait aux Rocheuses, la tête farcie d'acide et de shit et de politique et de Dieu sait quoi encore. Vous vous rappelez comment c'était à l'époque ?

– Très vaguement, dit Vines.

– Eh bien, m'sieu, je suis au volant et notre navigateur repère cette Durango californienne sur la carte offerte par la station d'essence. Il est tard et tout le monde est fatigué, alors on tourne. Le lendemain matin après s'être réveillé et avoir vu comme le climat est bon et tout ça, on est tout bonnement resté. Quelques uns d'entre nous en tout cas. Et voici dix ans je suis devenu chef de la police et le navigateur, eh bien, elle s'est fait élire maire.

– Elle ?

– Madame le maire Barbara Diane Huckins, dit Fork qui termina sa seconde bière et repoussa le verre avec l'air d'un homme qui connaît sa limite exacte. Ou B.D. Huckins, c'est comme ça qu'elle s'appelle maintenant et qu'elle signe tout, même si je lui dis tout le temps que c'est du sexisme à l'envers ou quelque chose comme ça.

Fork cessa de parler et de nouveau il regarda avec envie la canne noire toujours accrochée par sa poignée au comptoir.

– Je jure qu'il faut absolument que j'achète cette chose à quelqu'un, M. Vines. Qu'est-ce que vous pensez que son propriétaire en demanderait ?

Vines formula sa réponse avec soin.

– Je ne suis pas certain qu'il voudrait de l'argent.

Fork parut étonné.

– Vrai de vrai ? Eh bien, et un échange ? (Avant que Vines pût répondre, Fork reprit un air morose.) L'ennui, c'est que je n'ai pas grand-chose à troquer à part le climat – et une sacrée quantité d'isolement et d'intimité, c'est tout.

Vines parut réfléchir au problème pendant plusieurs secondes.

– Ça pourrait lui plaire d'en avoir un peu, dit-il. De l'isolement et de l'intimité.

– L'est en ville ?

– Non, mais cet après-midi, je vais l'aider à trouver un endroit tranquille où passer quelques semaines. Peut-être pas davantage. Probablement à Santa Barbara. (Vines sourit.) Malgré son climat pourri.

Fork parcourut le bar des yeux tandis qu'il posait une question d'un ton manifestement trop négligent.

– Quel degré d'isolement intime lui faut-il au juste ?

– Extrême.
– Et où avez-vous dit qu'il est pour l'instant ?
– Je ne l'ai pas dit. Mais c'est juste au nord d'ici.
Les yeux de Fork interrompirent leur parcours et se fixèrent sur Vines avec froideur et sagacité.
– Lompoc, peut-être ?
Vines croisa de son propre regard indifférent celui, froid, du flic. L'échange muet ne dura que quelques secondes, c'est-à-dire juste assez pour aboutir à un arrangement sommaire, sinon à un accord effectif.
– Ça ferait problème ? fit Vines.
Le chef remplaça son regard froid par un ricanement chaleureux et accueillant.
– Nom de Dieu, M. Vines, nous sommes fiers d'être la capitale du vivre et laisser vivre de l'hémisphère occidental, surtout que notre attitude est bougrement près d'être tout ce qui nous reste à vendre à part un peu de beau temps.
Fork faillit poursuivre mais hésita, comme pour s'assurer que sa question suivante était aussi diplomatique et inoffensive que possible.
– Dans quelle branche le propriétaire de la canne travaillait-il avant qu'il devienne un invité du gouvernement fédéral là-haut à Lompoc ? Si je puis me permettre de demander.
– C'était un juge.
– De quel genre ?
– Un président de la cour suprême d'un État.
– Pas de notre État.
– Certes non.
– Vous pensez que le juge pourrait m'échanger sa canne et un petit quelque chose en plus contre juste tout un tas d'isolement et d'intimité ?
– Il pourrait.
Fork rabattit la tête à gauche comme si cela lui donnait un meilleur angle de vision face à Kelly Vines.
– Et dans quelle branche au juste travaillez-vous, M. Vines ?
– Je suis avocat.
– De quelle race ? Affaires ? Fisc ? Pénal ? Toutes mains ?
– Rayé du barreau, dit Kelly Vines.

Chapitre 2

Pendant un peu moins de quatre ans sous l'administration Carter, le nom de Jack Adair avait été en seconde ou en troisième position sur une liste de la Maison Blanche censément secrète et comportant cinq noms. C'était son nom et ceux de trois autres hommes et d'une femme qui devaient être envisagés aussitôt et avec sérieux si l'un des neuf membres de la Cour Suprême des États-Unis prenait sa retraite ou bien tombait raide durant le mandat de Jimmy Carter.

Aucun d'eux ne fit ça, en fin de compte, mais si l'un l'avait fait, on pariait à 3 contre 2 à Washington qu'Adair serait nommé candidat à la place vide. Toutefois les mêmes bookmakers politiques qui jouaient la nomination d'Adair à 3 contre 2 proposaient aussi, et sans trouver preneurs, de parier à 5 contre 1 que son éventuelle candidature ne serait jamais avalisée par le Sénat.

La faible cote touchant l'acceptation sénatoriale d'Adair n'était nullement étonnante. Bien qu'on admettait qu'il était assez malin pour siéger à la Cour Suprême des États-Unis – trop malin, disaient certains –, on admettait aussi qu'il était bien trop partisan, avait beaucoup trop d'humour et, le plus rédhibitoire, possédait une langue acerbe qui ne se taisait jamais sur rien qui l'intéressât ou le fît s'engager, c'est-à-dire apparemment presque tout.

Sa causticité vivace et sa langue encore plus vivace avaient fait d'Adair le chéri des médias et le chouchou des débats télévisés. Dix jours seulement avant sa mise en accusation il était apparu dans le show de Phil Donahue et avait hyperboliquement laissé voir une position sur la peine capitale (en partie puisée dans Camus) qui avait provoqué une fulgurante tempête politique dans les chaumières, où presque tout le monde supposa qu'il était mortellement sérieux.

– Si pour dissuader les assassins, avait déclaré Adair de sa voix juridique la plus grave et en négligeant délibérément le Huitième Amendement [1], l'État doit enseigner par l'exemple, alors il n'y a

1. Le Huitième Amendement proscrit les châtiments « excessifs » (N.d.T.).

pas de dissuasion plus instructive qu'une exécution publique – et je ne parle pas d'une médiocre pendaison publique, Phil, mais d'un genre d'écartèlement à l'ancienne avec ces grands et gros Clydesdales Budweiser [1] pour étirer le type et le mettre en morceaux à la télé à l'heure de grande audience, vers 20 heures, juste avant qu'on fourre les mômes au lit.

Jack Adair avait été naguère juge suprême dans un État de l'intérieur qui avait toujours tenu que les membres de sa cour suprême devaient se faire élire pour la durée de leur charge, de même que le gouverneur, les membres de l'assemblée législative et à peu près tout le reste des gens appointés par l'État jusques et y compris le directeur des poids et mesures. Cette façon populiste de choisir une cour suprême garantissait que ceux qui siégeaient dans ce groupe éminent seraient des hommes de loi pleins de faconde et séduisants d'allure qui étudiaient aussi avec attention la politique, sinon le droit lui-même.

Les campagnes souvent bizarres et toujours coûteuses menées à la télévision, à la radio et dans la presse par les candidats à la cour suprême faisaient des accrocs et des déchirures supplémentaires dans la réputation, déjà en lambeaux, de cet État qui dans les années récentes avait subi une série d'embarras, le moindre n'étant pas les révélations quasi perpétuelles d'exactions, de corruption et de concussion. Les autres stigmates assortis incluaient les équipes de football camées et trop payées de l'université d'État ; une récente épidémie de faillites dans les banques et les caisses d'épargne, pour laquelle ne semblait exister aucun traitement connu ; et – à un niveau différent – le Rassemblement des Serpents à Sonnette de l'Enclave, annuel et financé par l'État, événement culturel fort estimé qui suscitait chaque fois des glapissements chez les écologistes et à la SPA, pour le plus grand plaisir des médias, et où, en moyenne, 29,2 % personnes se faisaient mordre, dont 9,7 % avec des conséquences fatales.

L'ultime embarras de l'État, toutefois, était venu de son juge suprême, Jack Adair. Pendant que le scandale Adair (ou *L'Affaire Adair,* comme l'appelaient en français quelques immigrés là-bas dans l'Est) traînait interminablement, plus d'un chrétien dévot tomba à genoux pour prier Dieu d'envoyer au vieux Jack un billet de retour à lui et, si ça ne vous embête pas trop, Seigneur, d'emporter peut-être avec lui quelques uns de ces morveux arrogants de journalistes de la télé et des journaux étrangers à l'État.

1. Race de chevaux de brasseur utilisés par la publicité de la bière Budweiser, genre percheron mais d'origine écossaise (N.d.T.).

Mais comme font les amants infidèles, les médias finirent par laisser tomber Jack Adair, au grand soulagement de ceux, dans l'État, qui les avaient tout à fait justement rendus responsables de sa frivole ascension au statut de célébrité et, injustement, de son envoi là où il se trouvait à 7 h 05 en ce dernier vendredi de juin, c'est-à-dire la salle de douches du secteur des mises en liberté du pénitencier fédéral de haute sécurité dans la proche banlieue de Lompoc (Californie).

Située dans une douce vallée côtière et bâtie selon un quadrillage, Lompoc est à environ 15 kilomètres de l'océan Pacifique et de la base de Vandenberg de l'US Air Force et à quelques kilomètres au sud-est du pénitencier fédéral. Avec une population de 26 267 habitants au dernier recensement, Lompoc est aussi à 236 kilomètres au nord de Los Angeles, 301 kilomètres au sud de San Francisco et seulement 41 kilomètres au nord-est de Durango (Californie), la ville oubliée de Dieu.

En tant que « Capitale Mondiale de la Semence de Fleurs », beaucoup des rues de Lompoc se nomment rue de la Tulipe, de la Sauge, de la Rose et ainsi de suite. La plupart coupent à angle droit des voies généralement numérotées ou appelées par une lettre de l'alphabet. Les avenues de la cité, toutefois, ont apparemment été baptisées d'après n'importe quoi d'évident ou de disponible. Par exemple, les condamnés pour forfaiture roulent vers l'ouest sur Ocean Avenue, puis vers le nord pendant 10 kilomètres environ sur l'avenue du Valfleury jusqu'au pénitencier fédéral où, en ce dernier vendredi de juin, de l'eau chaude s'abattait sur le dos de Jack Adair dans la salle de douches qui comportait quatre pommes de douche d'un côté, quatre de l'autre et était ouverte aux deux bouts.

Situées juste à côté de la zone de libération du pénitencier, les douches étaient accessibles aux prisonniers sur le point d'être libérés après expiration de la peine ou bien sur parole. La plupart d'entre eux n'en prenaient qu'une avant de se changer et mettre leur nouveau costume de ville provenant de chez J.C. Penney ou Sears et fourni gratuitement par le pénitencier.

Quand Jack Adair avait commencé son temps quinze mois auparavant il ne pouvait – quand il était nu et baissait les yeux – voir ni ses orteils ni son pénis à cause des 122 kilos supportés par sa carcasse de 1,79 m. Son excès de graisse s'était surtout accumulé à la taille, créant le tour de taille de 117 centimètres qui lui bloquait la vue.

Mais à présent, tandis que les gouttelettes chaudes lui tambourinaient sur le dos et la nuque, il pouvait, s'il voulait, abaisser le regard et inspecter un ventre plat de 86 centimètres de tour, dix orteils banals et un accessoire sexuel dont de furtifs coups d'œil comparatifs au cours des quinze derniers mois l'avait convaincu qu'il était toujours de taille et de forme moyennes.

Il était en train de se savonner la fourche quand ils se glissèrent dans la salle de douches. Tous deux étaient entièrement habillés, encore que le plus petit du duo fût déjà en train d'ouvrir la fermeture à glissière de sa braguette. Dans la main gauche du plus grand se trouvait un couteau avec une lame façonnée à partir d'une cuiller de métal et, quant à la poignée, du plastique fondu provenant de sept brosses à dents.

Le plus petit, qui prétendait faussement être membre de la Mafia mexicaine, était surnommé Loco par tout le monde parce qu'il aimait manger des ampoules électriques et être envoyé à l'infirmerie du pénitencier où il pouvait parfois voler de l'élixir parégorique et même de la morphine. Son vrai nom était Fortunato Ruiz et il faisait douze ans pour vol de voiture et agression d'un agent fédéral avec une arme par destination. Il s'était agi, quant à l'arme par destination, d'une Mercedes décapotable ; et quant à l'agent fédéral, d'un homme du FBI qui avait avec raison soupçonné l'auto d'être volée.

– Hé, Jujuge, lança Ruiz de sa voix de ténor curieusement douce. Toi et moi et Bobby là, on va avoir une fête d'adieu vraiment super, pas vrai ?

Bobby était Robert Dupree, l'homme au couteau et, de son métier, un autre voleur de voitures qui s'était spécialisé dans les Peterbilt. Il aimait voler ces poids lourds dans son Arkansas natal et les vendre au Texas ou au Missouri. Dupree avait lancé lui-même la rumeur selon laquelle il portait deux armes cachées, la première étant le couteau ; l'autre, le sida.

Le couteau se mit à décrire de lents cercles serrés tandis que Dupree hochait la tête en souriant à Adair.

– On va s'en payer une gentille petite tranche dans les douches, hein, Juge ?

Adair laissa tomber le savon et recula contre la paroi de la douche, couvrant ses parties génitales à deux mains. Il sourit aussi de son sourire le plus cauteleux, convaincu que c'était la façon standard de déguiser la couardise et la peur.

– Merci, les gars, mais je ne peux vraiment pas prendre le temps.

– Ça va pratiquement pas prendre de temps du tout, dit Dupree qui rejoignit Adair en trois enjambées rapides et appuya la pointe du couteau là où un triple menton aujourd'hui disparu avait autrefois ballotté.

Adair siffla. Ce ne fut pas un sifflement mélodieux avec les lèvres en cul de poule, mais plutôt le coup de sifflet perçant, capable d'arrêter un taxi, qu'utilisent de jeunes et jolies new-yorkaises à l'heure de pointe les jours de pluie – ou, dans les conventions, de vieux militants obstinés qui croient encore pouvoir ainsi ressusciter des causes perdues mortes depuis longtemps. A une rue de distance, un tel sifflement peut rappeler un enfant, un chien plutôt intelligent ou, dans le cas de Jack Adair, un sauveur.

Il parut couler instantanément dans la salle de douches, bien que rien ne coule tout à fait aussi vite à part le mercure. Il avait la couleur du café légèrement allongé de lait et aurait eu 1,93 mètre de haut, sauf qu'il était penché en avant quand il feinta à droite, alla à gauche, utilisa les deux mains pour saisir le poignet gauche de Bobby Dupree – le poignet au couteau – et le briser sur son genou droit levé comme il aurait brisé un petit bâton.

Le couteau tomba à terre. Bobby Dupree sanglota et s'effondra à côté, étreignant son poignet cassé. L'homme couleur café avec un peu de lait éloigna le couteau d'un coup de pied et se tourna vers Loco, le mangeur d'ampoules électriques, dont la main droite semblait coincée à l'intérieur de sa braguette ouverte où il avait cessé de se caresser.

– Va décharger ailleurs, mon chou, dit l'homme.

Loco commença de reculer vers la sortie du fond de la salle de douches. Il parut se rappeler soudain où était sa main droite, l'arracha de la braguette ouverte comme s'il s'était ébouillanté, adressa à Jack Adair un bruit de suçon et dit en espagnol à l'homme qui avait brisé le poignet gauche de Bobby Dupree :

– Nique ta mère, chèvre dingue. (Sur ce, Loco se détourna et s'éclipsa comme un enfant de la salle de douches.)

– Allons-y, Jack, dit le sauveteur qui s'appelait Blessing Nelson et pesait presque 98 kilos et possédait un quotient intellectuel de 142 sur l'échelle Stanford-Binet, ce qui, Adair le lui avait assuré, était seulement huit petits points au dessous du génie manifeste.

– En utilisant assez modérément des voies de fait, fit Adair sans l'ombre d'un sourire, tu viens de briser ce qui aurait bien pu être mon dernier amour – ce pour quoi, il va sans dire, je te suis sacrément reconnaissant.

Blessing Nelson secoua la tête avec émerveillement.

– Elle s'arrête jamais pour se reposer ou pour réparations, hein, votre espèce de bouche ? Elle continue encore et toujours, nuit et jour ?

– Et lui ? dit Adair avec un signe de tête pour désigner Bobby Dupree encore à genoux, encore geignant.

– Merde pour lui.

– Pour reparler d'amour, ils vont tous les deux essayer de te répandre dans les grandes largeurs, dit l'ancien juge suprême en se demandant si son langage reviendrait jamais au bercail après sa longue désertion.

– Loco pourrait, dit Nelson, vu que Loco est fou comme un lapin. Mais ce vieux Bobby, là, il essaiera rien d'autre.

Il donna à Dupree un coup de pied dans le ventre. Le coup violent coupa la respiration de Dupree et changea ses vagissements en sanglots sifflants.

– Combien, Bobby ? dit Nelson.

Dupree secoua seulement la tête et continua de couiner et de sangloter jusqu'à ce que Nelson le menace à nouveau du pied. Dupree se tordit le cou pour pouvoir lever les yeux vers Nelson.

– 20, dit-il d'une voix entrecoupée par les sanglots sifflants.

– 20 000, dit Adair comme s'il était presque content de la mise à prix de sa mort.

Le long regard calculateur de Blessing Nelson fit retomber le prix.

– Merde, Jack, quelqu'un me proposerait la moitié de ça en vrai fric, vous seriez déjà mort et enterré.

– Malgré ce que nous avons été l'un pour l'autre, fit Adair avec un sourire à demi moqueur.

– Malgré ça, dit Nelson en hochant la tête.

Avant d'être arrêté, inculpé et condamné (après avoir plaidé coupable en échange d'un jugement indulgent) à quatre ans dans une prison fédérale, Blessing Nelson, 29 ans, avait – selon ses calculs personnels secrets – braqué trente-quatre banques et dix-neuf caisses d'épargne et de crédit, dont huit deux fois, toutes situées dans la vallée de San Fernando à Los Angeles et aucune à plus de 180 secondes de voiture volée soit de l'autoroute de Ventura ou de celle de San Diego, ses deux itinéraires de fuite préférés.

C'est sur le conseil d'un voleur âgé, subalterne mais chevronné, qu'il avait deux fois défendu quand il était jeune avocat, que Jack Adair s'était assuré les services de Blessing Nelson. Le vieux voleur, Harry Means, avait passé derrière les barreaux vingt-trois de ses 72 ans et n'était sorti que depuis dix-sept mois de sa dernière cellule lorsque Adair – à moins de dix jours de sa propre incarcération à Lompoc – lui avait téléphoné pour avoir ses conseils quant à la manière de survivre à l'intérieur d'une prison.

– Vous voulez que je vous parle sans fard ni autres conneries, Jack ? avait demandé le vieux voleur.

– C'est ce que je veux, Harry.

– Alors, choisissez le nègre le plus grand et le plus mauvais que vous pourrez trouver, Jack, sautez-lui dans les bras et dites-lui « Chéri, je suis à toi ». (Et là-dessus le vieil ex-taulard avait caqueté de contentement et raccroché.)

Adair avait plus ou moins suivi le conseil, s'assurant les services de Blessing Nelson comme protecteur et maître de gymnastique en échange de 500 dollars par mois au lieu de faveurs sexuelles. Et comme il allait quitter le pénitencier en vie, sans avoir été violé, plus léger de 39 kilos et relativement en bonne santé mentale, Adair considérait l'argent dépensé comme un investissement extrêmement judicieux.

A l'intérieur de la petite pièce sans miroir et sans porte où l'on se changeait dans la zone de libération, Blessing Nelson regarda Adair s'habiller. Après avoir fourré les pans d'une chemise J.C. Penney verte à manches longues dans un pantalon lavable gris de 90 centimètres de tour de taille, Adair tira sur la ceinture élastique incorporée, l'écartant d'environ 2,5 centimètres de sa propre taille de 86 centimètres de tour et dit :

– Stupéfiants, les résultats d'un régime raisonnable.

– Les résultats de faire des abdos cent fois par jour, dit Blessing Nelson.

– Ma foi, oui ; ça aussi.

Adair prit une cravate rouge et orange, fit une brève grimace devant elle, la glissa sous son col de chemise et, la faisant aller et venir comme une scie à chaînette, dit :

– Je ferai savoir à ta mère où je serai.

– M'man préférerait que tu continues d'envoyer les 500 sacs par mois plutôt qu'un message.

Adair passa un blouson imperméable marron clair qui lui rappelait ceux portés jadis par les pompistes et chercha du regard un miroir bien qu'il savait qu'il n'y en avait pas.

– Je peux plus me le permettre, Blessing, dit-il avec un regret qui paraissait sincère. Mais je suis reconnaissant. Très. Sans toi, je partirais d'ici avec la cervelle en compote et une licence de distributeur de sida. Au lieu de quoi je m'en vais immaculé et – en un certain sens du mot – virginal – à part cette déplaisante expérience avec mon vieil oncle Ralph quand j'avais 6 ans et lui combien ? 30 ? 32 ?

Un agacement proche de la colère envahit les traits presque trop réguliers de Blessing Nelson qui ne fit aucun effort pour s'en aller. Adair avait réussi à provoquer cette même expression au moins deux fois par jour, parfois trois, pendant les derniers quinze mois. A présent habitué aux accès d'exaspération de Nelson, Adair demeurait incapable de prédire ce qui en déclencherait un.

– Est-ce qu'on pourrait foutre le camp de cette pièce ? dit Nelson.

– Pense au mois prochain, quand c'est toi qui sortira.

– Le mois prochain tu diras : « Blessing ? Blessing qui ? »

Adair nia l'accusation en secouant la tête avec solennité.

– Je n'oublie pas mes amis, Blessing. Non plus que mes ennemis.

– T'as trop des uns et pas assez des autres et c'est pas dur de deviner de quel côté t'es en manque. Alors peut-être je viendrai te voir et peut-être pas. Mais là maintenant, allons-y.

Il empoigna Adair par le bras gauche et le pilota hors du vestiaire et presque dans les bras d'un gardien-chef qui se teignait les cheveux en jaune et dont l'œil bleu gauche semblait gelé.

– Toi, dit le maton en fusillant Blessing Nelson du regard de son unique œil valide : détention administrative.

– J'ai un passe.

– T'avais un passe. Ce que t'as maintenant, c'est le mitard. (Le gardien se tourna vers Adair pour continuer avec une sorte de tendre vindicte.) Quant à toi, Monsieur le juge suprême, ma foi, il y a une gâterie qui t'attend.

Chapitre 3

Jack Adair se tenait patiemment debout devant le grand bureau métallique gris et examinait le trophée mural – la tête d'un ours noir tué –, jugeant une fois de plus que l'animal était bien trop petit quand on l'avait tiré, et donc bien trop jeune. Le bureau et l'ours appartenaient tous deux à Darwin Loom, l'un des sous-directeurs du personnel pénitentiaire, qui était en train d'utiliser un stylo Waterman de 26 ans d'âge pour parapher successivement les neuf feuillets d'un formulaire d'extradition.

Loom était un homme au torse de tonneau, proche de la cinquantaine, avec des yeux marron d'exophtalmique, un visage étrangement dépourvu de rides et des cheveux argentés assez fins et clairsemés pour laisser voir un épiderme crânien rose comme un sucre d'orge. Il acheva de parapher, recapuchonna le stylo, tassa les neuf feuillets du formulaire, leva les yeux et désigna un siège en plastique moulé.

Adair s'assit sur le siège et attendit d'entendre ce que le sous-directeur avait à dire. Loom ne dit rien pendant neuf ou dix secondes, laissant sa moue et son regard fixe parler pour lui. Puis vint l'exigence accusatrice.

– Je veux toujours une réponse claire : pourquoi avez-vous refusé la liberté sur parole voici sept mois ?

– On a déjà causé de tout ça.

– Égayez-moi.

Adair poussa un soupir.

– Peut-être devrions-nous essayer cette fois-ci sous le point de vue du catéchumène.

– Parfait. J'ai toujours aimé mon catéchisme. Des réponses simples à des questions difficiles.

– Première question, dit Adair. Pourquoi suis-je ici ?

– Vous êtes condamné pour forfaiture et fraude fiscale fédérale.

– Ce genre de fraude fiscale implique-t-elle ordinairement la détention en QHS ?

– Non, sauf s'ils espèrent vous faire cracher quelque chose de plus.

– Où est-on ordinairement envoyé pour fraude fiscale ?

– Dans des hôtels-clubs fédéraux en Pennsylvanie, en Floride, au Texas et en Alabama. Sauf que celui d'Alabama est un peu minable.

– Alors pourquoi suis-je ici, en vérité ?

– Parce qu'ils n'ont pas pu prouver que vous avez touché un million de dollars de dessous de table – ou du moins la moitié.

– Que s'est-il passé après qu'on a laissé tomber tout ça ?

– Ils vous ont cueilli pour cette histoire de fraude fiscale et vous avez fait objection pour vice de forme.

– Pourquoi aurais-je fait ça ?

– Parce qu'ils vous tenaient et vous n'aviez pas le choix.

Adair étudiait de nouveau la tête de l'ours noir qu'on avait tiré trop jeune quand il dit :

– Revenons à votre question initiale.

– Pourquoi vous avez refusé la liberté sur parole ?

Adair hocha et reporta son regard sur Loom.

– Après que je serai parti d'ici aujourd'hui, à qui est-ce que je me présente régulièrement ?

– A personne.

– Et à qui me serais-je régulièrement présenté si j'avais accepté d'être libéré sur parole il y a sept mois ?

– A un quelconque agent fédéral faisant fonction de juge d'application des peines, et peut-être moitié moins âgé que vous.

– Et que se serait-il passé si j'avais été inculpé de violation de la liberté provisoire, quelque légère qu'elle fût ?

Une nouvelle expression de souci ranima des rides sur le front de Loom tandis qu'il s'adossait dans son fauteuil à pivot.

– Vous êtes en train de dire qu'ils auraient fabriqué une infraction à la liberté provisoire pour pouvoir vous faire cracher un peu plus à propos de ce pot-de-vin et de ce qu'il concernait, c'est ça ?

Adair se contenta de sourire. Loom détourna les yeux et dit :

– Eh bien, s'ils vous avaient entaulé avec une fausse violation des règles de la liberté sur parole, mais je ne dis pas que ça aurait pu se produire, mais si ça s'était produit, alors vous seriez revenu direct ici pour un autre séjour sympa. (Il regarda Adair et sourit presque pour lui-même.) C'est là que vous êtes censé dire : « La cause est entendue. »

– La cause est entendue, dit Adair.

Dans le silence qui suivit, l'expression de Loom passa de la quasi amitié à l'indifférence totale. Quand il reprit enfin la parole, ce fut vers la gauche, d'une voix monotone, les lèvres bougeant à peine.

Il est ici depuis trop longtemps, constata Adair, au point que quelque fois il cause même comme un vieux taulard.

– Parlez-moi de vous et de Bobby Dupree, fit Loom avec ses lèvres de ventriloque.

– Qui ?

– Cette épée qui se balade avec Loco les ampoules.

– Eh bien quoi ?

Loom ramena brusquement le regard sur Adair et sa voix devint sèche.

– Il est à l'hosto avec le poignet gauche cassé et d'éventuelles lésions internes.

– Eh bien c'est avec chagrin que j'apprends ses maux, dit Adair sans manifester aucunement de l'ironie.

– Nous l'avons trouvé dans les douches de la zone de libération.

– Et ?

– Et le dernier type qui a utilisé ces douches avant qu'on trouve Dupree, c'est vous.

– Impossible.

– Pourquoi ?

– Parce que le dernier type à utiliser ces douches doit être le type qui a cassé le poignet de M. Dupree, ce qui ne peut être moi, considérant mon âge avancé et aussi la taille considérable de M. Dupree.

– Des phrases d'avocat de merde, ça.

Adair eut un signe de tête poli, comme s'il accueillait un compliment minime mais plaisant.

– Que dit M. Dupree ?

– Qu'ils étaient quatre et portaient tous des masques.

Adair se leva du siège en plastique.

– Alors je ne sache pas que nous ayons quoi que ce soit d'autre à discuter.

– Asseyez-vous.

Adair s'assit. Loom se renversa profondément dans son fauteuil directorial à pivot, posa les deux pieds sur le bureau, croisa les mains derrière sa nuque et considéra le plafond.

– Une rumeur, dit-il. Nous pouvons discuter d'une rumeur.

– Au sujet de ?

– De quelqu'un qui aurait offert 20 000 dollars en argent liquide pour s'assurer que vous ne franchiriez pas le portail de sortie. Pas vivant, en tout cas. (Le regard attentif du sous-directeur se détacha du plafond et vint s'abattre sur Adair.) Et comme vous n'êtes pas exactement bouche bée – et comme même moi j'en ai entendu parler – ce doit être un peu vieux et rance, en fait de rumeur.

– Pas si vieux que ça, dit Adair. Et pas spécialement rance.

– Qui paie ?
– Aucune idée.
– Connerie.

Adair haussa les épaules.

– Mais avec ou sans rumeur, dit-il, je suppose que vous préféreriez que je sorte par le portail sur mes deux jambes plutôt que je sois transporté dans un emballage plastique pour cadavres.

Loom dut apparemment réfléchir à ce qu'il préférait vraiment mais finit par hocher la tête pour marquer son accord.

– Alors j'ai une proposition.

Le sous-directeur jeta un coup d'œil à la pendule Regulator à coffre de chêne qui ressemblait à celles qu'on accrochait jadis au mur des salles de classe.

– Vous croyez pouvoir la raccourcir un peu sur les bords ?
– Condenser mon exposé ?
– Essayez.
– Très bien. Je veux que Blessing Nelson m'accompagne au portail et jusqu'au parking des visiteurs.

Loom secoua brièvement la tête pour rejeter la proposition.

– Je vous donnerai deux gardiens à la place.
– Combien payez-vous ces tâcherons, par les temps qui courent ?
– Une somme princière comme toujours. C'est pourquoi j'ai un tiroir de classeur plein de demandes d'emplois fédéraux remplies au crayon par des types dont l'orthographe n'est pas terrible.
– Pour la moitié de ces 20 000 dollars dont parle la rumeur, fit Adair, tout ce que deux gardiens auraient à faire, c'est regarder à gauche plutôt qu'à droite pendant deux secondes, peut-être trois, et crac ma poule, je suis mort et ils sont chacun plus riche de 5 000 dollars, si vous me suivez dans mes calculs.

Loom avait déjà ouvert la bouche pour une dénégation visiblement toute prête quand le téléphone vert sonna. Il y avait deux téléphones sur son bureau : un modèle à console crème avec douze boutons en plastique transparent, ouvrant sur douze lignes, et le téléphone vert, qui n'avait pas de boutons du tout, ni touches ni même un cadran anachronique. Loom abattit ses pieds sur le sol, empoigna le combiné vert et aboya son nom dedans.

Après avoir écouté pendant moins de cinq secondes, il jeta à Adair un regard sombre, saisit son stylo, se servit de ses dents et de sa main droite pour le décapuchonner, et commença de prendre de brèves notes sur les réponses qu'on donnait à ses questions, généralement réduites à un seul mot, touchant où, quand et comment, mais non pas qui ou pourquoi. Après avoir promis qu'il arrivait, Loom raccrocha le combiné, recapuchonna son stylo, se leva vivement et contempla Adair avec un curieux mélange de gêne et de sévérité.

– Quelqu'un vient de faire Blessing Nelson, dit Loom sur un ton assorti à son expression faciale ambiguë.

– Faire ? dit Adair, condamnant l'imprécision du mot en crachant la consonne initiale comme une plosive.

– Tuer. Embrocher. Avec un manche à balai – ou quelque chose de pointu.

Tandis qu'une partie d'Adair rejetait instantanément l'idée que Blessing Nelson fût mort à 29 ans, une autre partie l'avisait que ce rejet n'était que la dénégation automatique dont s'accompagne le chagrin. Mais quand Adair rechercha le chagrin en soi-même, il ne découvrit que de la honte causée par l'absence de chagrin. Il trouva pourtant de la peine, du regret et un sentiment de gaspillage total. Et parce qu'il méprisait le gaspillage, la colère fit presque de la question d'Adair une accusation :

– Par hasard, vous n'étiez vraiment pas en train d'attendre ce coup de fil, dites ?

Toute sympathie disparut du visage de Loom, cédant la place à une indifférence complète.

– Pas plus que Blessing Nelson ne s'attendait à se faire embrocher six fois. Peut-être sept. Ils sont encore en train de compter. (Loom se dirigea vers la porte mais se retourna.) Restez où vous êtes. Compris ?

– Ici ?

– Ici même. Ne bougez même pas le petit doigt jusqu'à ce que vous ayez quatre gardiens que je vais choisir moi-même. (De nouveau Loom fit mouvement vers la porte, de nouveau il se retourna.) Qui va vous accueillir au parking ?

– Kelly Vines.

Loom reconnut le nom.

– Votre espèce d'avocat coûteux qui s'est fait rayer du barreau ?

– Et conséquemment, mon ancien avocat.

La curiosité faillit faire oublier à Loom qu'il était pressé.

– Pourquoi l'a-t-on rayé du barreau, d'ailleurs ?

Adair regarda la pendule de salle de classe. Son archaïsme nostalgique et fabriqué lui déplut et il la soupçonna d'avoir des entrailles de quartz.

– Tromperie, dit-il à la pendule et il ramena son regard sur Loom en souriant imperceptiblement : Pour tromperie, mais fiscale, non pas morale, bien que je le soupçonne, comme la plupart d'entre nous, d'être tout à fait capable des deux.

Chapitre 4

Kelly Vines franchit la limite de la ville de Lompoc à 14 h 27 en ce dernier vendredi de juin et poursuivit vers l'ouest au volant de la conduite intérieure Mercedes 450 SEL de quatre ans d'âge, sur Ocean Avenue, jusqu'à ce qu'il trouve une station-service UNOCAL, non automatisée, où pour 5 *cents* de supplément par litre il put faire faire le plein du réservoir, laver le parebrise et vérifier l'huile et les pneus.

Comme le pompiste s'activait sur les pneus, Vines remarqua que de l'autre côté de la rue la police de Lompoc bloquait une intersection avec des barrières noires et blanches en forme de chevalet de scieur. Quand le pompiste lui dit que son huile et ses pneus étaient O.K. et qu'il lui devait 13,27 $ d'essence, Vines lui tendit un billet de 20, montra la police et demanda :

– Qu'est-ce qui se passe donc ?

Le pompiste tourna la tête, regarda, revint à Vines et se mit à lui rendre sa monnaie.

– Défilé du Festival de la Fleur, dit le pompiste. C'est tous les ans que ça se passe et c'est à peu près le maximum d'événements qu'on peut supporter.

Les couleurs frappèrent Vines quand il tourna vers le nord sur l'avenue du Valfleury, qui menait au pénitencier. Des ares d'or et de rouge, de rose et de bleu, de violet et d'orangé flamboyaient dans son champ visuel des deux côtés du macadam à deux voies. Il fît ralentir la Mercedes jusqu'à 25 kilomètres à l'heure et contempla les pépinières de lobélies, de capucines, de pois de senteur, de marguerites et de verveines.

Dans sa vie d'autrefois Kelly Vines avait été un jardinier du dimanche, peu habile mais enthousiaste. Il remarquait à présent des fleurs qu'il ne savait identifier et aurait souhaité avoir le temps de demander à quelqu'un ce que c'était. Mais Vines n'avait pas de temps et il soupçonnait que s'il s'attardait à humer des champs de fleurs, cela l'entraînerait simplement sur la pente de la rue des Possibilités Perdues, une impasse émotionnelle qu'il n'avait nul désir d'explorer. Il appuya sur l'accélérateur. La Mercedes atteignit vivement 100 kilomètres à l'heure et emporta Kelly Vines vers un futur hypothétique qui se faisait appeler Jack Adair.

Vines conduisit doucement sur l'allée ombragée de pins qui menait aux abords du pénitencier, comptant les quatre dos d'âne de ralentissement établis entre l'avenue du Valfleury et le parking des visiteurs. Il dépassa le parking sur sa gauche et le centre de visites familiales sur sa droite, le gymnase et le bâtiment de l'administration pénitentiaire, qui ressemblait à un dortoir d'université. Il tourna à droite dans une longue allée en épingle à cheveux, longea quelques genévriers bas, un drapeau sur un mât et monta jusqu'au mirador de trois étages style NASA et à la double enceinte de grilles d'acier trempé que surmontaient des rouleaux de fil de fer tranchant comme un rasoir.

Pour Vines, la prison parut rôder derrière les deux hautes grilles et leur chevelure de fil tranchant. Le bâtiment principal avait été construit en pierre jaune pâle avec des ailes qui convergeaient vers le portail comme de fausses pancartes « Sortie ». Comptant que le gouvernement fédéral avait voulu que l'endroit eût l'air aussi disciplinaire et menaçant que possible, Vines jugea que c'était un succès brillant car il ne pouvait rien imaginer de plus menaçant ou disciplinaire qu'une énorme boîte d'acier et de pierre où l'État pouvait laisser tomber ses délinquants, les enfermer et les garder pendant des années, parfois même toujours.

La Mercedes se traîna dans le virage au sommet de l'allée en épingle à cheveux jusqu'au moment où un gardien dans le mirador abaissa un regard furieux sur Vines, qui accéléra légèrement et retourna vers le parking des visiteurs. Un peu moins d'un tiers en était occupé et Vines se gara à six places de distance de la plus proche voiture.

Quand sa montre indiqua qu'il était 14 h 59, il sortit de la Mercedes, en ouvrit le coffre et en tira la canne noire. Il ferma le couvercle du coffre, alla se placer à la hauteur de l'aile avant gauche et, s'appuyant encore une fois des deux mains sur la canne, attendit Jack Adair.

Ils furent six à sortir du centre des visites familiales en face du parking de l'autre côté de l'allée. En tête venait un homme aux cheveux argentés et à la carrure de tonneau. Derrière lui suivait un gardien entre deux âges, armé d'un fusil Springfield modèle 1903 dans la position du portez arme, qui couvrait le parking, attentif à tout.

Kelly Vines se tint très immobile, ne remuant rien que les yeux. Il pensa que le gardien au Springfield ressemblait à un *marine* à la retraite qui aurait servi vingt ans, peut-être même trente. Juste derrière le gardien venait Jack Adair, beaucoup, beaucoup plus mince que lorsque Vines l'avait vu pour la dernière fois quinze mois auparavant. Adair marchait à présent avcc une élasticité nouvelle qui était presque un sautillement et pendant un instant Vines sentit presque lui manquer les glissés rapides qui avaient virtuellement été une marque de fabrique de l'ex-gros homme.

Adair était flanqué de deux jeunes gardiens d'environ vingt-cinq ans, l'un respirant par la bouche, tous deux armés de fusils de chasse. En serre-file se trouvait un gardien à l'air lugubre, à peu près l'âge de Vines, qui avait un air de chasseur et un M 16 qu'il manipulait avec l'aisance familière de quelqu'un qui fréquente les armes à feu depuis l'âge de 6 ans.

L'homme à la chevelure argentée clairsemée ne parla pas avant d'être à moins de 10 mètres.

– M. Vines ?

Vines hocha la tête, cessa de s'appuyer sur la canne noire et l'accrocha à son bras gauche.

– Darwin Loom. Sous-directeur.

– Pourquoi cette puissance de feu, M. le directeur ?

– Des rumeurs préoccupantes et une... contrariété. Un détenu est mort.

– Tué ?

– Oui.

Bien qu'il continua de regarder le sous-directeur, c'est à Adair que Vines parla :

– Quelqu'un de ta connaissance, Jack ?

– Blessing Nelson.

– Je suis désolé, dit Vines en regardant à présent Adair. Quelles rumeurs ?

– Il semble que ma tête est mise à prix.

– Ta tête mise à prix, dit Vines, savourant presque la formule. Combien ?

– 20 000, me dit-on.

– Tu devrais être flatté, dit Vines. Prêt à y aller ?

– Prêt ? Le mot est faible.

Adair se dirigea vers la Mercedes mais le sous-directeur pivota vivement pour lui barrer le chemin.

– Encore un instant, dit Loom en sortant un petit bloc et son vieux Waterman. Vous pouvez nous aider, là, M. Vines, ajouta-t-il par-dessus son épaule.

La canne noire toujours accrochée à l'avant-bras gauche, Vines marcha rapidement jusqu'à Adair et se plaça auprès de lui. Il décrocha la canne, s'appuya de nouveau sur elle à deux mains et considéra Loom avec un intérêt poli.

– Vous aider à quoi ?
– A savoir où l'on peut joindre le juge, dit Loom. Écoutez. Compte tenu de son... eh bien, de son arrangement informel avec Blessing Nelson, le shérif et aussi le FBI vont probablement vouloir lui parler... ou du moins à son avocat.
– Je ne suis plus son avocat.
– Je sais. Mais vous pourriez me donner une idée d'où on peut vous joindre, ou lui, si...
Vines l'interrompit.
– Je ne sais pas où nous serons. (Il eut un sourire torve et enfantin, plein de charme, dont Jack Adair savait que c'était un camouflage.) Jusqu'au début du mois je vivais à La Jolla, dit-il. Mais à présent je n'ai pas d'adresse fixe et, par conséquent, pas de téléphone.
Loom se rembrunit, comme si l'absence de domicile fixe faisait automatiquement de Vines un suspect.
– Et votre femme ou un proche parent ? Votre avocat ou votre comptable ? N'importe qui suffira avec qui vous restez en contact.
Vines secoua la tête avec regret.
– Mes finances sont telles que je n'ai pas besoin d'un comptable. Et même si j'avais besoin d'un avocat, je ne pourrais pas me le payer. Ma femme est dans une clinique psychiatrique privée et a divorcé d'avec la réalité, sinon d'avec moi. Mes parents sont morts. Je n'ai pas d'enfants ni d'autres proches.
– Et un ami ?
Vines indiqua Adair de la tête.
– Vous l'avez devant vous.
Loom considéra Adair avec une nouvelle moue.
– Aucune idée non plus de l'endroit où vous séjournerez, hein ?
– Ce soir un motel, je crains bien. Après ça... eh bien, qui peut savoir ?
– Des parents ? Une femme ? Des enfants ? De vieux amis – à part lui ? dit Loom en indiquant Vines d'un signe de tête qui l'éliminait.
– Tout est dans mon dossier, dit Adair. Mais pour gagner du temps, mon père et ma mère sont morts. Mon fils, comme vous savez, est mort voici quatorze mois au Mexique pendant que j'étais ici. Un suicide. Mon épouse et moi avons divorcé en 72 et elle est remariée depuis longtemps. Ma fille est reléguée dans une clinique psychiatrique.
Le retard de Loom revint d'un coup sur Vines.
– Même clinique que votre femme ?
– Sa fille est ma femme, dit Kelly Vines.

Chapitre 5

Après 6 kilomètres vers le sud sur l'avenue du Valfleury, Vines ralentit et arrêta la Mercedes sur le bas-côté de la route auprès d'un parterre d'éclatantes fleurs rouges. Jack Adair les contempla, fasciné, tout en tournant lentement la poignée incurvée de la canne noire vers la droite plutôt que vers la gauche.

– Qu'est-ce que c'est ? demanda-t-il comme la poignée de la canne se détachait.

– Des coquelicots d'Islande.

Toujours contemplant le champ écarlate, Adair posa la poignée incurvée de la canne dans son giron, ôta le capuchon d'argent qui contenait le bouchon, sortit de la canne le flacon tubulaire en verre et but. Le goût du bourbon lui fit fermer les yeux et soupirer. Après un instant il les rouvrit et sourit, comme s'il était extrêmement soulagé que les coquelicots écarlates fussent encore là et que le bourbon fût juste comme il se le rappelait.

– Après que nous avons quitté Loom et les autres là-bas, dit Adair, et après que je me suis enfin rendu compte avec force que c'était vraiment adios à la basse-fosse, devine quelle odeur j'ai sentie ?

– Celle des bonnes intentions.

– Non, bon Dieu, des kakis mûrs. Et je n'ai pas humé un kaki mûr depuis quinze, vingt ans.

– J'ai entendu dire que les bonnes intentions peuvent sentir presque n'importe quoi. Même les kakis mûrs.

Adair hocha la tête et passa à Vines le flacon tubulaire en verre. La gorgée que prit Vines fut à peine une lichette.

– Alors parle-m'en, dit Adair. Cette ville oubliée de Dieu.

– Durango, dit Vines en restituant le tube de verre. Environ neuf mille âmes, à quelques centaines près, qui survivent sans la moindre industrie ou presque et un temps superbe qui ne les nourrit ni ne paie leurs factures.

– Et les touristes ?

– Il n'y a pas de mission espagnole à cause d'une bévue du père Serra – et de Dieu, bien sûr. En conséquence, pas de touristes.

– L'a-t-on canonisé ?

– Le père Serra ? Rome rumine encore la question mais il part favori.

– Eh bien, si le climat est si beau et c'est pile sur l'océan, pourquoi pas de touristes ?

– Parce qu'il n'y a pas de plage, dit Vines. Les voies ferrées de la Southern Pacific serrent la côte dans ce coin-là et s'il y a eu une plage, les tempêtes l'ont mangée.

Après un signe de tête manifestant sa compréhension, Adair but une petite gorgée au flacon et demanda :

– Qu'est-ce qui t'a fait tâter le terrain ?

Vines redémarra et jeta un coup d'œil dans le rétroviseur avant de s'engager sur la chaussée.

– Ça m'est venu par Soldat Sloan.

– Doux Jésus, dit Adair, les yeux écarquillés, la voix frisant la vénération. Quel âge a-t-il maintenant ? soixante-dix, soixante et onze ?

– Soixante et onze.

– Toujours lieutenant-colonel ?

– Il s'est promu général de brigade.

– Ça doit impressionner les veuves.

– A son âge, selon Soldat, être juste un colonel à la retraite ne suffit pas à accrocher. Alors cette fois il s'est mis à la retraite de la Royal Canadian Air Force en tant que général de brigade et il affecte un très léger accent britannique qui doit charmer comme des folles les veuves là-bas à La Costa, Palm Springs et spécialement La Jolla, c'est là que je suis tombé sur lui.

– Combien nous fait-il payer ?

– 5 000.

– Comment as-tu procédé ?

– J'ai suivi les instructions étonnamment précises de Soldat et j'ai quitté la nationale 101 à exactement 10 heures du soir et pris une départementale goudronnée qui est la seule voie d'accès à Durango, et de sortie.

– Quand ? Hier soir ?

– Hier soir. Huit minutes plus tard, exactement comme Soldat l'avait promis, j'ai repéré une voiture en panne. J'ai su qu'elle était en panne parce que le capot était levé et Dixie contemplait le moteur comme si elle n'en avait jamais vu un.

– Dixie la Dame blanche, je présume.

– Dixie était blonde et plus que féminine. La voiture était une Aston Martin.

Jack Adair prit une petite gorgée finale au tube de verre et gloussa de plaisir.

– Ne m'épargne aucun détail, Kelly, dit-il. Même pas les cochoncetés.

Kelly Vines descendit de la Mercedes et marcha lentement vers la femme qu'illuminaient les phares des deux voitures. Elle leva les yeux du moteur de l'Aston Martin sans manifester d'inquiétude.

– Si vous songez à me taper sur la tête pour me prendre mon argent, j'ai 6 dollars et de la monnaie.

– Je ne suis pas bandit de grand chemin.

– Mécanicien ?

– Non plus.

– Alors vous devez être le Samaritain qui sait tout des bagnoles.

– Je sais conduire, dit Vines. Bien que je n'ai jamais conduit une de celles-ci.

– C'est simple, dit-elle. Vous passez juste en seconde et vous y restez. Sauf si vous voulez faire marche arrière, bien sûr.

– Qu'est-il arrivé ?

– Elle a toussé une fois, crépité deux fois, est morte et non, je ne suis pas en panne sèche.

– Vous allez la laisser ici ?

Elle haussa les épaules.

– Si vous m'emmenez jusqu'en ville.

– Quelle ville ?

– Durango.

– Très bien.

– Je suis Dixie, dit-elle en tendant la main.

– Kelly Vines, fit-il en lui prenant la main et en découvrant qu'elle était fraîche et sèche et étonnamment forte.

Ce soir-là les seuls clients du bar-salon du Holiday Inn – hormis Vines et la blonde Dixie – étaient deux sérieux buveurs de sexe masculin, un blanc et un noir, tous deux la quarantaine bien sonnée, assis au comptoir à bonne distance l'un de l'autre. En témoignage silencieux de leur solvabilité, tous deux gardaient devant eux des piles de pièces humides et de billets mouillés, réglant sans mot dire chaque verre quand il arrivait.

Vines était assis sur une banquette, un bourbon à l'eau intact devant lui, attendant que la blonde Dixie eut fini de téléphoner au Triple-A de Santa Barbara, qu'elle pensait capable peut-être d'envoyer une dépanneuse pour remorquer l'Aston Martin infirme.

Tandis que Vines attendait, le blanc au comptoir ramassa ses billets, laissant la pile de monnaie humide au barman mexicain aux yeux gris. L'homme descendit avec soin de son tabouret. Une fois bien arrivé au sol, il jeta un regard circulaire sur la salle, une expression pensive sur le visage, et dit d'une voix claire et affable : « J'emmerde la Californie. »

Comme l'homme quittait les lieux à pas quelque peu comptés, Dixie revint et se glissa sur la banquette à côté de Vines. En la regardant traverser la salle, Vines se rendit compte qu'elle était plus âgée qu'il n'avait d'abord pensé. Si la seule apparence servait de mesure, elle pouvait facilement avoir 25 ans. Mais Vines avait trouvé son esprit plus âgé que 25 ans, plus âgé d'au moins dix ans, et son attitude encore plus âgée que cela. Elle avait ce dur poli des femmes qui se dirigent vers la quarantaine par des routes sans cesse très mauvaises mais qui à l'arrivée sont plus vernissées que cabossées. Il estima donc son âge réel à 32 ou 33 ans et s'interrogea sur son passé.

Après deux minces gorgées de Scotch Mist, Dixie posa son verre et dit :

– Ils envoient la dépanneuse.

– Bien.

– Maintenant il me faut un logement.

– Vous n'habitez pas Durango ?

– Seigneur, non. Et vous ?

– Non.

Elle jeta un regard circulaire.

– Je suppose que je pourrais dormir ici.

– Vous pensez qu'ils auront une chambre ?

Elle sourit – d'un sourire très torve.

– Dans le seul Holiday Inn à l'ouest de Beyrouth qui perde de l'argent il y a toujours une chambre libre.

– Vous voulez que je leur demande une chambre pour vous en allant demander la mienne ?

– Eh bien, oui. Merci.

– Des préférences ?

– Avec vue sur l'océan, ce serait bien.

– Et s'ils ne leur reste qu'une seule chambre avec vue sur l'océan ?

– Alors il faudra que nous la partagions, n'est-ce pas ? dit-elle.

Après être revenu du comptoir de réception, Vines mentit sans vergogne et déclara qu'une seule chambre avec vue sur la mer était libre. Elle sourit, comme si elle accueillait le mensonge avec faveur, ramassa sa pochette, se leva et gagna le compoir du bar, où elle plongea la main dans sa pochette, en tira un billet de 50 dollars, dit quelque chose au barman aux yeux gris et lui tendit l'argent. Le barman sourit gaiement, empocha le billet et tendit une bouteille de scotch. Tenant la bouteille par le goulot au bout de son bras gauche ballant, elle revint jusqu'à Vines et dit :

– Pas besoin de rester sur notre soif si on y va, hein ?

Pour manger les hamburgers qu'ils se firent monter et boire un tiers de la bouteille ils gardèrent leurs vêtements. Ils les ôtèrent et burent un autre tiers. Vines découvrit que Dixie était une vraie blonde de partout et elle découvrit apparemment tout ce qu'elle voulait ou avait besoin de savoir de lui – non parce que l'alcool le rendait loquace, mais parce qu'il répondit franchement et plus ou moins honnêtement à tout ce qu'elle lui demanda, comptant que les questions étaient un élément nécessaire de sa tâche, de sa mission (voire de sa vocation).

Les questions étaient posées d'un ton négligent, parfois comme de simples idées qui lui seraient venues à retardement, et elle semblait souvent ne pas écouter les réponses, surtout quand ils furent déshabillés et qu'elle s'assit sur ses genoux et lui mordilla l'oreille droite. La seule fois où elle écouta avec concentration, c'est lorsqu'elle interrogea Vines sur la canne noire et demanda s'il avait fait le Vietnam.

– Non, dit-il. Pourquoi ?

– Cette canne.

– Elle n'est pas à moi.

– Ah, mais ça ne peut pas être un cadeau. On n'offre pas une canne à quelqu'un dans un emballage cadeau.

– Elle appartient au type à Lompoc dont je t'ai parlé.

– Il est boiteux ?

– Non.

– Alors pourquoi a-t-il besoin d'une canne ?

– Il cache son alcool dedans.

Dixie se leva des genoux de Vines, gagna le lit et saisit la canne. Elle la secoua violemment, rit de son gargouillement révélateur, la fit tournoyer comme un bâton de majorette – la faisant expertement passer derrière son dos nu —, caracola jusqu'à la lampe au pied de céramique chartreuse, où, avec un soin exagéré, elle accrocha la canne au bord de l'abat-jour, se tourna vers Vines avec un sourire étroit et dit :

– Essayons le lit.

Un instant plus tard ils n'étaient pas complètement sous les couvertures, jambes entrelacées, les mains s'activant, la langue explorant de nouveaux territoires. Plus tard, pendant la suspension de séance, Vines dit :

– Si tu étais moi, que ferais-tu demain – en premier ?

– Pour ta gueule de bois ? J'essaierais le bar là en bas et un bloody mary vers, oh, disons 11 heures. (Elle fit une pause.) Et j'apporterais la canne.

– Vers 11 heures et apporter la canne, dit Vines. Quelle heure est-il maintenant ?

– On s'en fiche.

Le temps que Vines eut fini son histoire de la blonde Dixie et de la rencontre du matin suivant avec Sid Fork, le chef de la police de Durango, ils avaient atteint Ocean Avenue à Lompoc. Le défilé annuel du Festival de la Fleur semblait terminé mais l'avenue était encore encombrée d'habitants, de touristes, de musiciens en uniforme de la fanfare du collège, de policiers débonnaires, de voitures et d'un grand nombre de camionnettes de livraison de fleuristes extérieurs à la ville.

L'une d'elle, une fourgonnette Ford rose avec sur son hayon une inscription manuscrite verte disant « Fleurs Floradora, Santa Barbara », doubla la Mercedes à gauche, à toute vitesse, l'avertisseur bêlant. La fourgonnette rose écorna presque l'aile avant gauche de la conduite intérieure en se rabattant en ligne et écrasa ses freins à cause d'un feu rouge. Vines utilisa son propre avertisseur pour corner sa désapprobation.

Comme au signal, le hayon de la fourgonnette se leva d'un coup et quelque chose de noir et rond et luisant se pointa sur la Mercedes. Instinctivement Vines commença de plonger, mais quand il vit que l'objet noir, rond et luisant était un appareil photographique 35 mm avec un téléobjectif relativement court, il choisit plutôt de se couvrir le visage à deux mains, en observant entre ses doigts l'opérateur.

Jack Adair avait sursauté notablement quand le hayon de la fourgonnette rose s'était ouvert avec fracas. Mais il ne prit pas la peine de se cacher le visage. Au lieu de cela, il redressa la tête en arrière pour supprimer toute trace du triple menton disparu, sourit d'un sourire radieux aguerri, l'effaça aussitôt et tira la langue.

La photographe était une brune que, vu ses gestes vifs et sûrs, Vines estima avoir près de 30 ans. Elle portait une combinaison de travail bleu pâle et d'énormes lunettes noires à monture de plastique blanc. Son appareil était manifestement à moteur et Vines jugea qu'elle avait eu le temps de prendre six clichés au moins, peut-être même sept.

Après qu'Adair eut tiré la langue, la femme abaissa son appareil et lui adressa un sourire froid. Elle referma d'un coup le hayon comme la fourgonnette tournait vivement à droite au rouge, causant la retraite précipitée de plusieurs piétons. La fourgonnette rose fila par la rue transversale. Vines ne tenta nullement de la suivre. Quand la voiture derrière lui klaxonna, il remarqua que le feu était passé au vert, ôta son pied du frein et avança tout droit.

Ni Vines ni Adair ne dirent rien pendant la moitié d'un pâté de maisons. Alors Adair s'éclaircit la gorge et dit :

– Je suppose qu'elle n'était pas de la revue *People ?*

– Non.

– Quelqu'un avait besoin de la preuve de quoi ? Que nous avons repris le collier ?

– Je pense qu'ils nous lançaient juste une petite information.

– De quel genre ?

– Qu'ils savent où nous allons.

– Eh bien, ça fait partie du plan, non ?

– Ça fait partie du plan, acquiesca Vines. Tel qu'il est.

Ils roulèrent en silence pendant presque cinq minutes, atteignant la limite est de Lompoc où ils tournèrent à droite sur la grand-route d'État dotée d'une pancarte décorée de coquelicots indiquant que c'était l'itinéraire paysager vers la nationale 101. Adair regarda Vines.

– C'est le plus court chemin ? dit-il.

– Le plus joli, en tout cas.

– Merci infiniment, dit Adair avec un sourire de contentement et pendant presque dix minutes il admira en silence le déroulement vert et brun des collines qui s'enorgueillissaient ici et là de bouquets de beaux vieux chênes et, occasionnellement, de vaches laitières, toutes des Holstein noires et blanches.

Décidant que les vaches avaient gardé l'air de s'ennuyer plus que jamais jusqu'à l'abrutissement, Adair dit :

– Nous retrouvons ce Fork et le maire pour dîner, c'est ça ?

– Chez elle.

– Comment tu le définirais, le chef ?

– Déjà rencontré un membre zen et légèrement tordu du Rotary Club ?

– Je ne crois pas.

– C'est pour ce soir.

– Tu n'as pas vu Madame le maire, B.D. Huckins, pas encore ?

– Pas encore.

– Le B.D. signifie quoi ?

– Barbara Diane.

– C'est elle le cerveau, tu penses ?

Vines soupira.

– Espérons-le.

Chapitre 6

Pour atteindre le bungalow à charpente en bois et deux chambres du maire B.D. Huckins sur la voie sans issue baptisée Don Emilio Drive, il était nécessaire de monter par Garner Road dans les collines de sable, de schiste et d'argile formant les premiers contreforts des montagnes vaguement menaçantes qui aidaient à isoler Durango des bienfaits commerciaux du tourisme et des profits culturels de la télévision hertzienne.

Dotée du nom d'un vice-président américain presque oublié par un urbaniste totalement oublié, Garner Road consistait principalement en sept virages en épingle à cheveux. Le maire Huckins habitait juste au détour du septième virage en épingle et Sid Fork, le chef de la police, habitait deux épingles plus bas sur Don Domingo Drive, autre cul-de-sac, dans une maison à deux chambres dont le plan au sol était identique à celle du maire.

La maison du maire était peinte en bleu ciel avec des encadrements bleu foncé qui répondaient à une belle plantation de jacarandas. La maison du chef, qui avait besoin d'être repeinte, était selon le maire d'un « blanc rougeole » parce que son enduit écaillé découvrait une éruption d'étranges taches roses qui, d'après elle, avait l'air contagieux.

Fork avait entouré sa maison d'un paysage de rochers et de cactus. Les rochers étaient six blocs de basalte extrêmement grands et affreux, pesant quelque chose comme un quart ou une demi-tonne, qui avaient été flanqués sur la propriété du chef par un immigré illégal, mexicain et morose.

Quand Fork avait pour la première fois remarqué les rochers et décidé qu'il les lui fallait absolument, l'immigré mexicain était en train de les emporter d'une carrière dynamitée à bord d'un camion à benne. Le chef l'avait aussitôt arrêté pour un excès de vitesse de 3 kilomètres à l'heure au-delà de la limite légale à Durango (qui était de 40 et que, de mémoire d'homme, nul n'avait jamais respectée). En échange de sa liberté, le Mexicain avait accepté de transporter les rochers jusqu'à la maison du chef et de les disposer joliment là-haut pour former ce que Fork décrivit comme un *jardin de piedras*. Au lieu de quoi le Mexicain les avait tous déversés contre la porte d'entrée du chef.

La porte demeura murée pendant deux jours jusqu'à ce que Fork pût engager six autres immigrés mexicains illégaux à 6 dollars l'heure par personne afin de disposer les rochers pour faire un jardin de pierres. Il fit ensuite planter par les mêmes Mexicains immigrés douze immenses cacti – ou cactus, comme l'indocile Fork les appelait – qu'il avait confisqués à un voleur professionnel de cactus d'Arizona qui avait abouti par erreur sur le territoire de la commune.

Destinés par le voleur à son riche client de Santa Barbara qui, affirmait le chef, était « un salaud quelconque qui se distrait à empoisonner les coyotes », les imposants cactus saguaro semblaient à présent être en train de mourir dans l'air marin humide bien que Sid Fork disait que ça les faisait juste avoir l'air encore plus noble et tragique.

Après le travail, le maire Huckins et le chef Fork se retrouvaient souvent au Blue Eagle Bar de Norm Trice dans la Cinquième Rue Nord pour comparer des mémos touchant la commune, boire un verre ou deux de vin ou de bière et déterminer si le maire se sentait d'inviter le chef chez elle pour dîner et aller se coucher. C'est ce qu'elle faisait habituellement deux soirs sur cinq, mais les trois autres nuits et le week-end elle lui disait de ne pas se déranger.

Quand il était refoulé par le maire, le chef appelait parfois la blonde Dixie à Santa Barbara et lui proposait de sortir manger une pizza ou un dîner mexicain, à condition que son mari fût à New York ou Tegucigalpa, Londres ou Istanbul, ou quel que fût l'endroit où il allait pour se faire – de l'avis de Fork – davantage d'argent que Dixie et lui pourraient jamais en dépenser.

En ce dernier vendredi de juin, B.D. Huckins et Sid Fork se retrouvèrent dans le box d'angle au Blue Eagle après le travail et commandèrent deux martini-gin, ce qui fit demander à Norm Trice ce qu'on fêtait.

– C'est juste une envie qu'on a, Norm, dit le maire.

– Juste une envie ? dit Trice à Fork comme s'il cherchait un deuxième avis.

Fork le considéra d'un œil froid et hocha la tête.

– Tous les deux, vous venez ici tous les soirs, dit Trice, enfin, trois ou quatre soirs par semaine en tout cas, et B.D. boit son verre de vin blanc, peut-être deux verres, et toi tes deux bières, et la seule fois où l'un de vous commande jamais un martini-gin, c'est quand B.D. est réélue tous les deux ans, ou quand tu chopes un type recherché par Los Angeles et que tu as ton nom dans le journal et, quand j'y pense, ça arrive à peu près tous les deux ans aussi. Alors quand je dis : « Qu'est-ce qui se passe ? », c'est que je demande si des fois Iacocca a appelé pour dire qu'ils vont se remettre à fabriquer des DeSoto dans une usine toute neuve dans notre belle zone industrielle neuve où les mauvaises herbes poussent depuis trois ans. Et si oui, eh bien, j'offre le gin et beurrons-nous tous la gueule.

Tandis que Trice parlait, le maire contemplait la surface de la table en bois vieille de cinquante-trois ans et les douzaines d'initiales et de dates qui avaient été gravées dedans. La date la plus ancienne, elle le savait à partir d'examens antérieurs, était le 3-12-35, qui était le jour où le père de Norm Trice avait ouvert le bar, le baptisant d'après l'aigle bleu qui symbolisait alors la National Recovery Administration – l'Administration de Redressement National – de Roosevelt. En fait, un vaste et vieil aigle bleu de la NRA, en contreplaqué à la peinture pâlie, était encore accroché derrière le comptoir, tenant dans une serre un engrenage où manquaient quelques dents, dans l'autre deux éclairs et demi de foudre, et pointant à jamais le bec vers la gauche des consommateurs.

Quand elle fut certaine que Norm Trice avait fini de parler, le maire leva la tête et le regarda avec des yeux de pluie d'hiver qui, s'ils avaient été doux et marrons, auraient aussi été bien trop grands par rapport au délicat menton, à la bouche charnue, au nez un peu moins que parfait et à un front dont Sid Fork l'avait avertie sept ans auparavant qu'il était trop haut d'un kilomètre et lui donnait l'air d'avoir 19 ans au lieu de 29.

Les cheveux de B.D. Huckins, qui étaient un peu plus sombres que le miel, pendaient librement à cette époque, lui arrivant presque à la taille. Le lendemain matin elle les fit sauvagement tailler, avec une crête en brosse et une frange rabattue juste au dessus des yeux gris glacés qui camouflait le haut front intellectuel. A l'issue de sa campagne suivante elle fut réélue maire avec 56,9 % – un progrès de 3,6 % sur sa victoire précédente. Sid Fork attribua intégralement cette progression à la coupe de cheveux.

Le maire épingla Norm Trice sous son regard gris pendant plusieurs secondes avant de dire :

– Personne n'a appelé, Norm. Ni Iacocca. Ni Ronald Reagan. Ni même le maire Sonny de Palm Springs. Il n'est rien arrivé de bien. Alors si ça ne te dérange pas trop, veux-tu s'il te plaît aller chercher notre commande ?

Après que Trice se fut éloigné en marmonnant qu'un type a bien le droit de poser une question, Sid Fork dit :

– J'ai pris quatre pavés de filet de bœuf chez Alpha Beta, vraiment chouettes, vu qu'il vient de sortir de taule et que j'ai pensé qu'on bon steak pourrait lui plaire.

– Tu as du charbon de bois ?

– Bien sûr.
– Quoi d'autre ?
– Pommes de terre sous la cendre.
– Elles prendront une heure.
Fork acquiesça de la tête.
– Et j'ai pensé une de mes salades à la Caesar et peut-être des biscuits comme amuse-gueule.
– Et comme dessert ?
– Vines n'a pas beaucoup l'air d'un mangeur de dessert. Je ne sais pas, pour Adair.
– Bon. Laissons tomber le dessert. S'ils veulent du sucré, je crois qu'il me reste du B & B.
Un Norm Trice morose revint et servit les deux martini-gin en silence. Après qu'il fut reparti, B.D. Huckins goûta le sien, soupira et dit :
– Comment est-il ?
– Vines ?
Elle hocha la tête.
– Eh bien, il est du genre un peu en retrait, plus doucereux que vif, et il a encore tous ses cheveux. (Fork passa une paume sur sa propre tête chauve.) A peu près mon âge. Très bien pour l'ossature mais pas beaucoup de viande dessus. Les yeux vraiment sombres, peut-être noirs, et les cheveux vraiment bruns avec un nez nettement moins moche que le mien ou celui de l'aigle là-bas. Il est assez grand et a l'air – ma foi, rusé-méfiant, une allure de carte biseautée.
– Il leur faut combien de temps ?
– Il n'a pas dit.
– Et pour l'argent ?
– Vines ne voulait pas traiter avant d'avoir parlé à Adair.
B.D. Huckins termina son martini-gin, reposa le verre et dit :
– Pourquoi a-t-il été rayé du barreau ?
– De l'argent a disparu.
– L'argent de qui ?
– D'Adair.
– Combien ?
– Ils ne sont pas sûrs mais ils disent que c'était près d'un demi-million. Juste avant que l'État commence à enquêter sur Adair pour ce truc de pot-de-vin, il a tout mis jusqu'au dernier centime dans un fonds d'investissement dont il a fait Vines l'administrateur ou le fidéicommissaire ou n'importe comment ça s'appelle.
– L'administrateur.
– Après qu'on a laissé tomber le truc de pot-de-vin, les fédés ont voulu coincer Adair pour fraude fiscale. Mais quand ils sont allés pour geler ses avoirs, ils se sont aperçu qu'il n'en avait pas. Ou

presque pas. Vines a juré qu'il avait tout perdu dans des investissements imprudents. Il avait même des dossiers montrant comment il avait perdu plein de son propre argent en même temps que celui d'Adair. Mais ils ont fait quand même passer Vines devant une commission du conseil de l'ordre des avocats de l'État et ils l'ont épinglé avec quatre accusations différentes d'entorses aux règles, qui étaient bigrement vagues, à ce que j'ai entendu. Sur ce, la cour suprême de l'État – celle-là même dont Adair avait été président – a rayé Vines du barreau. Comme ça, clac.

– Aucun des juges ne s'est récusé ?

– Non m'dame.

– Qu'est-il arrivé réellement à l'argent ? dit le maire.

– Qui sait ?

– Imagine.

– J'aurais tendance à imaginer que Vines s'est débrouillé pour le faire filer à l'étranger.

– Où ?

– Seigneur, B.D. J'ai passé une partie de la matinée et presque tout l'après-midi au téléphone interurbain pour découvrir ce que je viens de te dire. Comment diable saurais-je dans quel pays ?

– C'est bon, dit-elle. Admettons qu'ils ont de l'argent quelque part. Question suivante : qui en a après Adair ?

– Ça, facile. Quelqu'un qui ne veut pas qu'il dise ce qu'il sait.

– C'est-à-dire quoi ?

Fork répliqua d'un haussement d'épaule et termina son martini-gin.

– Suppose que tu saches quelque chose avec quoi faire chanter quelqu'un, dit B.D. Huckins. Quelqu'un de mauvais comme une teigne. Il te faudrait un endroit sûr d'où opérer, non ? Un sanctuaire.

Fork secoua la tête en abaissant les coins de sa bouche.

– Je ne voudrais pas de sanctuaire, dit-il. « Sanctuaire », ça me fait toujours penser à une petite pièce verrouillée au sous-sol de l'église avec peut-être une couverture militaire et un seau hygiénique. Ou à une réserve naturelle avec une pancarte « Défense d'entrer – chasse interdite » toute criblée de balles. Alors si j'étais eux, Vines et Adair, je ne chercherais pas un sanctuaire.

– Bon, dit B.D. Huckins. Alors nous allons leur offrir simplement ce que nous avons fourni à tous les autres. Une cachette.

Chapitre 7

Après avoir garé la Mercedes bleue sur l'un des quatre emplacements libres à parcmètre devant le grand magasin Figgs dans la grand-rue de Durango, ils entrèrent juste avant la fermeture et achetèrent à Adair quatre chemises Arrow, deux pantalons de velours côtelé Levi's, quatre paires de chaussettes et six paires de caleçons Jockey, et Adair prit grand plaisir à indiquer son tour de cou de 39,5 centimètres et son tour de taille de 86 centimètres.

Vines paya en liquide tandis qu'un Adair stupéfait regardait la vendeuse d'une cinquantaine d'années, avec une permanente en forme de ruche dorée, enrouler le ticket de caisse autour des billets de 20 dollars, glisser le tout dans un cylindre métallique et fourrer le cylindre dans un tube pneumatique qui le propulsa d'un coup jusqu'au bureau du caissier au premier ou au deuxième étage.

Quand ils furent revenus dans la Mercedes, Adair dit :

– Ça fait croire aux voyages dans le temps, hein ? Dans quel trou du continuum sommes-nous tombés ? 1950 ?

– 53, dit Vines, parce que c'est le plus loin que je puisse me rappeler.

Après un dernier arrêt chez un marchand de vin et spiritueux où Vines acheta deux bouteilles de Jack Daniel's, ils roulèrent jusqu'au Holiday Inn et montèrent dans les deux chambres voisines avec vue sur la mer au troisième étage. Vines resta devant la fenêtre dans la chambre d'Adair, contemplant à nouveau le Pacifique qui semblait maintenant plus vert que bleu. Il entendait Adair qui s'éclaboussait dans la baignoire du cabinet de toilette, prenant son premier bain depuis quinze mois et chantant, d'une voix de baryton étonnamment authentique, qu'on va partir en avion à réaction.

Vines se détourna de la fenêtre quand Adair sortir de la salle de bain, portant un pantalon de velours côtelé gris et une chemise oxford bleue où se voyait encore la trace des pliures. Adair rejoignit Vines à la fenêtre, où ils contemplèrent l'océan pendant près d'une minute. Quand la minute fut presque écoulée, Adair pivota et alla au secrétaire, où le bourbon était posé à côté du seau de glace que Vines s'était procuré auprès de la machine en bas dans le hall.

– T'en veux un ? fit Adair tout en laissant tomber des glaçons dans un verre où il versa du bourbon.

– Pas pour l'instant, dit Vines qui contemplait toujours l'océan.

– Bon. Quand l'as-tu vue pour la dernière fois ?

– Il y a deux semaines.

– Et ?

Vines se retourna.

– Je suis allé en voiture de La Jolla à Agoura pour payer la note mensuelle. Je la paie en liquide tous les quinze du mois.

Adair hocha la tête.

– Où est-ce au juste, Agoura – par rapport à Los Angeles ?

– A l'extrémité nord de la vallée de San Fernando. C'est plein de collines, là-bas... des collines rondes et basses qui virent au brun en ce moment mais qui redeviendront vertes quand il pleuvra. De jolis vieux chênes. Tout est très... (Vines chercha le mot que le docteur avait utilisé.) Non menaçant.

– Apaisant, traduisit Adair.

– Apaisant. De sa fenêtre elle peut parfois voir des daims et même un coyote ou deux.

– Pour une raison quelconque, dit Adair, Dannie a toujours aimé les coyotes.

Dannie, c'était Danielle Adair Vines, épouse de l'avocat radié, fille du juge taulard. La question des coyotes épuisée, Vines attendit la prochaine question d'Adair, sûr de la connaître parce qu'il était logique de la poser.

– Que disent les médecins ?

– Ils sont d'un optimisme prudent, dit Vines. Mais ils touchent 6 000 dollars cash chaque mois, alors c'est normal qu'ils le soient, hein ?

– Mais tu ne l'es pas.

– Ce que je suis, Jack, dit Vines avec de la résignation dans la voix, c'est le messager. Je monte là-haut en voiture le quinze de chaque mois et je donne l'enveloppe avec l'argent qu'ils sont trop polis pour compter en ma présence. Pendant qu'ils le comptent, je vais m'asseoir dans une jolie petite salle de réunion avec une grande fenêtre donnant sur le paysage. Ils amènent Dannie. Elle s'assied à l'autre bout de la table et sourit de ce sourire qu'elle a toujours eu, comme si vous étiez la chose la plus merveilleuse de sa vie. Puis elle dit : « Qui êtes-vous ? Je ne crois pas vous connaître. »

Adair ferma les paupières pour pouvoir les frotter ainsi que l'arête de son nez sinueux avec le pouce et le majeur.

– Aucune possibilité qu'elle simule, non ? demanda-t-il en ouvrant les yeux et en clignant comme il se rendait compte qu'un si serait pire qu'un non.

– Je n'étais pas sûr, dit Vines. Alors au bout de deux ou trois mois de ce truc de qui êtes-vous, je me suis mis à lui dire que j'étais Warren Beatty ou Jerry Brown – pour qui elle a toujours eu un faible – ou même Bruce Springsteen. Mais tout ce qu'elle a jamais dit, c'est : « Je ne crois pas vous connaître. »

– Eh bien, merde, Kelly, fit Adair qui se retourna vers la table, entreprit de se verser encore du whisky, se ravisa, posa le verre et fit de nouveau face à Vines. Tu crois qu'elle me reconnaîtrait ?

– Nous pourrions faire l'expérience.

– Ça veut dire non.

Vines acquiesça.

Décidant qu'il avait somme toute envie d'un autre verre, Adair pivota, saisit le verre vide et y laissa tomber d'autres glaçons. Tout en versant le bourbon, il dit :

– Tu lui as raconté, pour Paul ?

– Le 13 avril de l'année dernière – vingt-quatre heures après la chose – je suis monté là-haut et j'ai donné l'enveloppe d'argent avec deux jours d'avance. Elle et moi nous sommes encore une fois assis dans la petite salle de réunion. Il y avait deux daims à une trentaine de mètres et elle les regardait et souriait.

– Quand tu as dit quoi ?

– Quelque chose comme : « Ton frère Paul s'est suicidé d'un coup de revolver hier soir dans un bordel de Tijuana. »

– Et ?

– Rien.

Adair soupira et s'assit dans un fauteuil, lentement et précautionneusement, comme s'il éprouvait une grande et inhabituelle douleur. Il resta assis penché en avant, les avant-bras sur les genoux, tenant son verre à deux mains et contemplant la moquette.

– Darwin Loom, dit Adair.

– Le sous-directeur du pénitencier.

Adair hocha la tête sans lever les yeux.

– Il m'a dit que c'était un suicide avant même de me laisser prendre ton appel de La Jolla. J'imagine qu'il voulait m'éviter un choc trop brusque. Tu sais ce que je lui ai dit ? (Adair leva les yeux de la moquette et parodia cruellement sa propre voix.) Mon fils ne se suiciderait jamais. Pas mon fils. (Il secoua la tête, s'accusant lui-même, et reprit son examen de la moquette. Après un long silence il leva de nouveau les yeux et parla d'une voix soudain lasse.) Alors dis-moi ce qui s'est passé, Kelly. Pas les conneries que tu m'as servies au téléphone.

– Exact. C'étaient des conneries.

– Peur d'être sur écoute ?

– Ou que tu le sois, toi.

– Tes lettres ne valaient pas mieux. Même raison ?

– Même raison.

Adair soupira.

– J'écoute.

– Les flics de Tijuana affirment que Paul était seul dans une chambre à l'étage quand ça s'est passé. Ils ont aussi affirmé qu'il avait commandé qu'on lui monte deux filles. Quand je suis arrivé là-bas de La Jolla, un des flics m'a montré ce qu'il disait être des déclarations sous serment des deux filles, lesquelles avaient entre-temps disparu, apparemment pour toujours. Les déclarations disaient que les filles étaient en train de monter à la chambre de Paul quand elles ont entendu les coups de feu.

– Pourquoi t'ont-ils appelé – la police de Tijuana ?

– Paul avait dans son portefeuille une de ces cartes du genre « en cas d'urgence, prévenir ». Ton nom, ton ancienne adresse et ton numéro de téléphone étaient tapés à la machine et avaient été rayés. Les miens étaient écrits au dos de la carte.

– Alors comment t'ont-ils présenté les choses, les flics de Tijuana ?

– Ils ont dit qu'il s'est planté un 45 dans la bouche et a pressé la détente deux fois.

– Deux fois ? dit Adair.

Vines hocha la tête.

– Tu l'as vu, j'imagine.

– Je l'ai vu, Jack. Presque tous les jours je le vois encore. C'était deux fois.

Secouant la tête avec incrédulité, Adair fit une ultime inspection de la moquette avec des yeux bleus qui avaient jadis semblé aussi innocents qu'un chaton de neuf jours. Mais quand il releva la tête dans ce moment, il était évident que toute innocence était morte ou s'en était allée. On dirait de la neige carbonique bleue, pensa Vines, et s'il les bouge suffisamment vite, j'arriverai à entendre les cristaux cliqueter.

Sous les yeux amers et le nez sinueux se trouvait la longue bouche d'Adair qui, dans le passé, se relevait toujours aux coins, comme devant quelque plaisanterie cosmique. A présent la plaisanterie était terminée et la bouche serrée en une mince ligne qu'Adair entrouvrit juste assez pour dire :

– C'est bon, Kelly, maintenant tu peux me donner les nouvelles vraiment mauvaises.

Chapitre 8

Les nouvelles vraiment mauvaises concernaient ce qui avait commencé un peu moins de quinze mois auparavant juste après que Vines avait été radié et Adair envoyé en prison. C'est alors que Vines fit une seule grosse valise, quitta son état natal et conduisit la Mercedes bleue jusqu'à La Jolla (Californie) où il s'installa plus ou moins gratuitement dans un grand ensemble du front de mer à l'angle de Coast Boulevard et Pearl Street.

Le deux-pièces coûteusement meublé appartenait à un ex-client, la compagnie de prospection pétrolière de Sanchez & Maloney – que les gens du pétrole appelaient généralement Petit Mex et Grand Mick. Quand le baril frôlait les 30 dollars, la firme avait acheté l'appartement en tant que lieu de week-end où les deux associés pourraient se rendre vivement avec un avion à réaction de la compagnie.

Ils avaient réussi à l'utiliser trois fois avant de le proposer à Kelly Vines pour un prix d'ami de 3 000 dollars de loyer mensuel, à déduire des 39 000 dollars que la société de forage spéculatif lui devait encore mais ne pouvait lui payer parce qu'entre-temps le pétrole s'était retrouvé à environ 15 dollars le baril.

Les honoraires de 39 000 dollars étaient la facture que Vines – avant sa radiation – avait présentée à Sanchez & Maloney après avoir persuadé un vice-président d'une des grandes compagnies de laisser tomber un procès en dommages et intérêts de 5 millions. La plainte accusait Joe Maloney d'avoir jeté le vice-président par terre à coups de poing dans le bar du Petroleum Club et de l'avoir piétiné avec une paire presque neuve de bottes de cow-boy en lézard pendant que Paco Sanchez à moitié soûl encourageait son associé en criant « olé ! ».

Le vice-président de la grande compagnie retira sa plainte après que Kelly Vines lui eut fait voir des photocopies de fiches d'inscription obtenues d'un motel de Houston situé près de l'Aéroport Intercontinental.

– La jeune femme qui a partagé ces chambres avec vous en sept occasions successives, avait dit Vines avec ce qu'il considérait comme sa voix de morve glacée, porte bel et bien votre nom, bien qu'il semblerait que ce n'était pas votre femme, mais votre nièce de seize ans.

Six mois après le retrait de la plainte, c'est-à-dire deux jours après la radiation de Vines, Paco Sanchez et Joe Maloney vinrent le trouver pour lui proposer les clés de l'appartement.

– Vous pouvez habiter là aussi longtemps que les paroles s'envolent et que la merde pue, avait déclaré Sanchez.

– Ou jusqu'à ce que le pétrole remonte à 25 dollars le baril, dit Maloney.

Sanchez eut un sourire triste.

– C'est comme je disais, Kelly, fit-il. Pour toujours.

Kelly Vines donna ou abandonna presque tout ce qu'il possédait encore, fit cette seule grosse valise et gagna la Californie en voiture. Il y avait un mois que Jack Adair était entré au pénitencier fédéral de Lompoc et deux semaines et trois jours que la femme de Vines avait retiré les 43 912 dollars de son compte d'épargne personnel chez E.F. Hutton et annoncé à des amis, sinon à Vines, qu'elle s'envolait vers Las Vegas afin de divorcer.

Elle ne passa que quatre heures à Las Vegas – juste le temps d'acheter vingt-quatre gélules de Seconal à un chasseur d'hôtel et de perdre 4 350 dollars au blackjack – avant de poursuivre son vol jusqu'à Los Angeles, où elle s'inscrivit au Beverly Wilshire. Montée dans sa chambre elle explora l'annuaire du téléphone et appela le premier psychiatre qu'elle trouva avec une adresse à Beverly Hills. En se servant seulement d'un minimum d'astuce, elle le persuada de lui donner un rendez-vous le jour même.

Durant leur séance de neuf minutes, Danielle Vines convainquit le psychiatre qu'elle était très nerveuse, extrêmement déprimée et incapable de dormir à cause de l'emprisonnement de son père et du déshonneur de son mari. Le psychiatre lui donna rendez-vous pour un entretien exploratoire général à 7 heures du matin le mardi suivant, première heure qu'il eût de libre, et lui fit une ordonnance pour vingt-quatre gélules de Seconal.

Danielle Vines le remercia, présenta son ordonnance à la pharmacie la plus proche, regagna sa chambre au Beverly Wilshire et se fit monter un toast à la cannelle, une bouteille de vin et de la Dramamine, le remède au mal de mer, au mal de l'air et au mal de la route. Elle mangea d'abord le toast, buvant le vin pour le faire passer. Elle avala ensuite de la Dramamine. Après ça elle se servit de ce qu'il restait de vin pour faire passer son butin de quatre douzaines de Seconal, confiante dans le toast et la Dramamine pour l'aider à ne pas les rejeter. Après ça elle décrocha le téléphone et appela son frère Paul Adair, à Washington (D.C.), pour lui dire exactement ce qu'elle avait fait.

– Alors, dit Jack Adair, après qu'elle a appelé Paul, il t'a appelé.

– Non. Il a rappelé l'hôtel et organisé les choses. Médecin. Ambulance. Le nom d'un hôpital. Pas de flics. Pas de journalistes.

Adair hocha la tête.

– Je l'entends presque.

– Ensuite il a appelé l'hôpital, qui s'est trouvé être à Santa Monica, et il a commencé par parler d'argent, ce que d'après lui ils ont paru apprécier. Une fois que Paul a eu mis l'hôpital en état d'alerte – chambre individuelle, des infirmières 24 heures sur 24, un spécialiste, aucun visiteur, etc. – alors il m'a appelé.

Adair examina pensivement Vines.

– D'abord il t'a annoncé la nouvelle. Et ensuite je dirais qu'il en est venu à ce qu'il avait vraiment en tête.

Vines soupira.

– Il a réparti les blâmes, Jack.

– Qui en a eu le plus ? Moi ?

– Il a été très équitable. Nous avons eu une moitié chacun.

– Ensuite il a pris l'avion pour ici ?

– Le soir même. Je l'ai retrouvé à l'aéroport de Los Angeles et nous sommes allés au St John à Santa Monica.

– L'hôpital.

Vines hocha la tête.

– Entre-temps ils lui avaient fait un lavage d'estomac et elle était sortie des urgences et se trouvait dans la chambre individuelle avec une infirmière personnelle. Mais quelque chose avait claqué ou sauté ou fondu parce qu'elle ne m'a pas reconnu et elle n'a pas reconnu Paul. Alors après quelques minutes nous sommes sortis et Paul a commencé à gueuler.

– Toujours à propos de toi et moi ?

– Toujours. Mais à ce moment-là j'étais engourdi et plus il vociférait, plus je m'engourdissais. C'était presque agréable – un peu comme de la codéïne. Finalement j'en ai eu assez d'écouter et je lui ai dit d'aller se faire foutre.

Adair se leva, marcha jusqu'à la fenêtre et regarda dehors.

– Est-ce le plus long jour de l'année ?

– C'était mardi.

Adair se retourna.

– Qu'est-ce que Paul a dit exactement, pendant qu'il gueulait et vociférait – pour autant que tu te rappelles ?

– Il a dit qu'il allait leur demander un congé de six mois et que s'ils ne voulaient pas le lui donner, merde pour eux, il allait démissionner. Il a dit qu'il passerait son congé à aller jusqu'au fond de la fosse à purin où toi et moi avions entraîné et enfoncé Dannie. Il a aussi continué interminablement à propos du pot-de-vin et du vieux juge Fuller – mais surtout du pot-de-vin. Combien était-ce vraiment, et est-ce que quelqu'un l'avait vraiment touché, et qui, à mon avis, avait vraiment fourni l'argent ? Il a beaucoup utilisé le mot « vraiment ».

– Alors qu'as-tu dit ?

– Je lui ai dit que je ne savais vraiment pas, je lui ai souhaité bon vent, je suis rentré à La Jolla et j'ai attendu les événements.

Adair se tourna de nouveau vers la fenêtre.

– Je crois que nous allons avoir un coucher de soleil splendide. Sans cesser de contempler l'océan, il ajouta : Combien de temps ça a pris exactement ?

– Pour le tuer ? Trente-deux jours.

Adair se détourna de la fenêtre avec un froncement de sourcils plus pensif que perplexe.

– Alors il devait être sur la piste de quelque chose.

– L'idée m'en est venue.

– Il n'a rien fait d'à moitié intelligent comme t'envoyer un rapport ou une lettre pour dire ce qu'il allait faire ?

– Il a téléphoné une fois.

– Quand ?

– Deux jours avant d'être tué. Il a dit qu'il allait rencontrer un type à Tijuana qui affirmait savoir quelque chose. J'ai suggéré qu'il le rencontre plutôt au zoo de San Diego près des koalas avec environ cinq cents témoins alentour. Paul a dit qu'il ne pouvait pas faire ça parce que le type avait dit que La Migra le recherchait à tous les postes-frontière. J'ai suggéré une bonne conversation téléphonique bien longue. Il a dit qu'un coup de téléphone ne valait jamais un face à face. J'ai demandé si le type avait un nom. Il a dit que c'était M. Smith, a ri, raccroché et c'est la dernière chose qu'il m'a jamais dite.

– Alors il est descendu à Tijuana et quelqu'un l'a tué de deux coups de feu et maquillé ça en suicide, fit Adair. S'ils l'avaient flingué une fois, ça aurait pu marcher. Mais deux fois, ça veut dire qu'ils voulaient en faire un signal, une déclaration.

– Cette idée aussi m'est venue.

– Et puis il y a le pauvre Blessing Nelson et ma tête mise à prix.

– Un autre signal, dit Vines. Et assurément une déclaration.

– Plus la fille, la photographe, à l'arrière de la fourgonnette rose. Fleurs Floradora de Santa Barbara. Quand est-ce qu'on vérifie de ce côté ?

– Demain à la première heure.

Adair contempla de nouveau la moquette.

– Paul a-t-il été autopsié ?

– A Tijuana, distraitement. J'ai réclamé le corps. Après avoir appelé son avocat à Washington, je l'ai fait incinérer. C'était dans son testament.

– Qui a gardé les cendres ?

– L'océan, dit Vines avec un signe de tête vers la fenêtre. C'était aussi dans son testament, bien qu'il voulait sans doute dire l'Atlantique. Mais comme il n'avait pas précisé, il a abouti dans le Pacifique. Il n'a pas laissé grand-chose. Environ 10 000 dollars sur un compte courant, une BMW de deux ans et une police d'assurance sur la vie qu'un ami quelconque lui avait vendue. Il a tout laissé à un de ces *brain-trusts* de Washington qui n'a pas encore décidé s'il est néo-conservateur ou néo-progressiste.

– Non que ça ait encore beaucoup d'importance, dit Adair en se retournant une nouvelle fois pour regarder l'océan. Quand même, c'est drôle, Paul ne s'est jamais intéressé à l'argent. Du moins, pas de la façon dont nous nous y sommes intéressés, toi et moi. S'il n'était pas entré dans l'administration fédérale, il aurait pu s'en faire des tonnes.

– Peut-être.

Adair pivota pour examiner Vines avec une curiosité non déguisée.

– As-tu jamais aimé Paul ?

– J'ai grandi avec lui et nous avons partagé une chambre pendant quatre ans.

– Tu n'as pas répondu.

Vines regarda un point juste au-delà de l'oreille gauche d'Adair.

– Je suppose que je ne l'ai jamais aimé. Pas vraiment. Je respectais son intelligence, j'enviais son allure, je méprisais ses positions politiques et j'avais grande envie de baiser sa sœur.

– Ce que tu as finalement fait.

– Ce que j'ai finalement fait.

Avec une curiosité encore une fois évidente, Adair demanda :

– As-tu jamais eu de l'affection pour Dannie ?

– Beaucoup.

– Et à présent ?

– Et à présent, Jack, je l'aime.

Chapitre 9

Il faisait encore jour le soir de ce dernier vendredi de juin quand ils firent halte sur la courbe extérieure du septième virage en épingle à cheveux de Garner Road. En se dressant légèrement sur le siège avant de la Mercedes, Jack Adair put examiner la plus grande partie de Durango en contrebas, y compris le quartier commerçant large de trois rues et long de cinq, ou quartier des affaires, qui était bordé à l'ouest par les voies ferrées de la Southern Pacific. Aussitôt après les rails, c'était l'océan, et ce que le chef Sid Fork aimait appeler « la plus longue plage en roche dure de 30 centimètres de large dans tout l'état de Californie ».

Comme Adair l'avait prédit, le coucher de soleil était splendide, les derniers rayons baignant le quartier commercial, y compris l'unique gratte-ciel de six étages, d'une douce et chaude lumière qu'un étranger aurait pu comparer à de l'or – et un habitant plus informé à du laiton.

Adair admirait encore la vue quand il demanda :

– Il nous reste combien dans cette banque des Bahamas ?

– Dans les 300 000.

Adair tourna la tête pour regarder fixement Vines avec incrédulité et même horreur.

– Nous avons eu des frais, Jack. Les honoraires de ton procès. Le blanchiment de l'argent a coûté très cher. Le traitement de Dannie. La mère de Blessing Nelson. Et moi, puisque j'en ai mangé et bu un peu.

– Alors il faudra faire avec, dit Adair qui se rappela quelque chose et ajouta : Continue d'envoyer les 500 dollars par mois à la mère de Blessing.

– Pendant combien de temps ?

– Jusqu'à ce qu'on soit à court d'argent, dit Adair qui reprit son examen de Durango en contrebas.

A cinq rues à l'est du chemin de fer, le quartier des affaires avait échoué dans sa tentative, bien des années auparavant, de s'étendre autour de Handshaw Park, qui était, sur une surface équivalente à deux pâtés de maison, un double carré de pins, de magnolias, d'aubépines, d'eucalyptus, d'herbe verte quand il pleuvait, avec neuf tables de pique-nique en béton, un toboggan brisé pour les enfants, quelques balançoires et un kiosque à musique gris jadis peint en blanc luisant.

Autrefois, quand le kiosque luisait encore, l'élite des membres de la fanfare du collège de Durango se faisait quelques dollars pendant les vacances en donnant des concerts dans le parc les dimanches après-midi d'été. Mais à mesure que les recettes fiscales de la ville se rétrécissaient, les coupes budgétaires s'abattirent d'abord sur les concerts d'été, puis sur la fanfare elle-même et, finalement, sur son directeur Milt Steed, également professeur d'art à cette époque mais qui, aux dernières nouvelles, était devenu cornettiste à Disneyland.

Handshaw Park s'était simplement appelé City Park jusqu'à ce que B.D. Huckins fut élue maire. Elle le rebaptisa du nom de Dicky Handshaw, qui avait été maire durant trois mandats avant que Huckins le batte à l'élection de 1978, qu'on se rappelait encore comme la plus féroce en cent quarante-huit ans d'histoire de la ville.

Rebaptiser le parc avait d'abord paru être un joli geste de conciliation. Mais c'était avant que se répandent les échos d'un échange au Blue Eagle Bar entre Norm Trice et un éminent homme de loi local qui se considérait comme un futur expert en politique. L'homme de loi avait affirmé que la prochaine fois B.D. Huckins pourrait aisément être battue par à peu près n'importe quel candidat ayant des couilles et un peu de jugeotte.

– Comme vous, hé ? avait demandé Trice.

– Certainement. Comme moi. Pourquoi pas ?

– Parce que, avait expliqué Trice d'une voix patiente, B.D. n'a pas rebaptisé le parc pour que les gens se souviennent de Dicky Handshaw. Elle a fait ça pour que des types comme vous se rappellent ce qui lui est arrivé.

– Tu en as vu assez ? fit Kelly Vines.

Jack Adair hocha la tête, jeta un dernier regard et se réinstalla dans le siège de cuir.

– Environ deux douzaines de rues orientées est-ouest, dit-il, et peut-être une demi-douzaine nord-sud. Trop de terrains vacants. Réalisations architecturales négligeables, à moins de mentionner un tas d'empilements victoriens tout barbouillés de ce vert et crème qu'ils aiment utiliser. Sans doute des bed & breakfast, à présent ; ou des bureaux d'avoués. Je me demande pourquoi ils peignent toujours ça en vert et crème.

Vines ayant dit qu'il n'en savait rien, Adair questionna encore :

– Et comme je suis vachement sûr de n'en avoir vu aucun en bas près des voies, où penses-tu que vivent les gens riches ?

– Ici, en haut dans les collines, dit Vines tandis qu'on descendait doucement le cul-de-sac nommé Don Emilio Drive. Là où ils vivent toujours.

Au bout de la rue sans issue ils apercevaient la jolie villa bleue à deux chambres de Madame le maire et pouvaient admirer sa belle plantation de jacarandas. Les six autres maisons qui bordaient la courte rue n'étaient pas plus grandioses que celle du maire. Jaugeant chaque demeure au passage, Jack Adair dit :

– Eh bien, si c'est comme ça que vivent les riches, que Dieu vienne en aide aux pauvres.

C'est le maire soi-même qui ouvrit la porte après que Vines eut sonné. Elle portait une jupe noire, un corsage de soie grise et guère de maquillage. Ses bijoux consistaient en une montre d'homme en or qui était peut-être une tank de Cartier, et une paire de boucles d'oreilles en or qui provenaient peut-être d'un Prisunic. Vines pensa qu'elle semblait ne guère se soucier de l'origine de celles-ci ou celle-là.

B.D. Huckins regarda d'abord Adair, puis Vines et de nouveau l'homme plus âgé.

– Vous êtes Jack Adair, dit-elle en tendant la main et tandis qu'il la serrait elle ajouta : Comment souhaitez-vous qu'on vous appelle ? Monsieur le juge, monsieur le juge suprême ou monsieur Adair ?

– Jack, si ça ne vous gêne pas.

Huckins eut un sourire neutre et regarda Kelly Vines.

– M. Vines, dit-elle en tendant la main.

– Madame le maire, dit Vines en acceptant la main et en constatant qu'elle lui rappelait étrangement celle de la blonde Dixie : la main du maire était aussi déliée et fraîche et ferme que celle de Dixie, mais la poignée de main fut loin d'être aussi longue (on serre vite, on lâche encore plus vite, c'était le genre qu'affectionnent les habitués des campagnes électorales).

Elle les conduisit à travers une petite entrée et dans le salon, dont le principal meuble était un long canapé crème 1930 remarquablement remis à neuf. Il y avait aussi un fauteuil club en cuir brun-chocolat, où elle s'asseyait manifestement quand elle lisait, à en juger par la position soigneuse d'un lampadaire en cuivre. Le fauteuil et le canapé étaient tous deux placés près d'une table basse qui était en fait une vieille malle de navire, posée sur le flanc et constellée d'étiquettes de couleur vive provenant d'antiques hôtels d'Europe et de lignes transatlantiques d'antan.

Sur le plancher de chêne bien ciré se trouvait un tapis de laine tissée, vaste et éclatant de couleurs, dont Vines soupçonna qu'il venait du Yucatan. Il n'y avait pas de poste de télévision mais beaucoup de livres, et sur les murs se voyaient trois reproductions de Monet et deux affiches.

L'une des affiches montrait une appétissante grappe de raisins violets et humides avec ce slogan : « La colère des raisins. Soutenez le boycott... Encore ! » L'autre affiche représentait un ouvrier très stylisé qui cognait sur quelque chose avec deux marteaux. Au-dessous, cette espérance brisée de Bertolt Brecht : « L'art n'est pas un miroir qu'on tend à la réalité, mais un marteau pour lui donner forme. »

Vines suivit Adair et Huckins, contournant la table de verre et d'acier du coin salle à manger, traversant la cuisine, franchissant la porte de derrière et s'avançant dans un patio de brique usée où le chef de la police Sid Fork, portant un tablier qui semblait avoir été taillé dans de la toile à matelas, présidait au gril à charbon de bois.

On parla d'abord du temps et, après avoir épuisé ce sujet, on passa aux campagnes des candidats aux primaires, dont Adair déclara qu'il en avait suivi le début derrière les murs du pénitencier. Il présenta son séjour de quinze mois à Lompoc en disant : « Quand j'étais en prison. » Cette question étant réglée, Vines remarqua que Fork et Huckins se détendaient, tout en songeant que le bourbon que tout le monde buvait pouvait aussi y être pour quelque chose.

– Quand j'étais en prison, avait dit Adair et il poursuivit, décrivant les résultats du sondage (informel et certes peu scientifique) touchant les préférences politiques des détenus. Il avoua avoir été quelque peu étonné de découvrir une écrasante majorité de conservateurs rigides et de patriotes quasiment maniaques.

Sid Fork dit que ça ne l'étonnait pas.

– Si vous leur aviez demandé le ticket idéal pour n'importe lequel les deux partis, ils auraient dit John Wayne comme président et Clint Eastwood comme vice-président. Et si vous aviez signalé que Wayne est mort, ils auraient dit que vous croyez ça mais qu'ils ont appris des choses d'un type qui connaît un cousin du garde du corps de Wayne. Et ce type qui connaît le cousin du garde du corps a juré sur une pile de bibles que le Duke est planqué à Rio Lobo, pas du tout mort, juste en train d'attendre le bon moment. Et si vous leur aviez demandé où diable est Rio Lobo, ils auraient dit à exactement 46,9 kilomètres à l'ouest de Fargo.

Ayant donné son analyse, le chef but un long trait de son whisky à l'eau, reposa le verre, se tourna vers le barbecue, donna à l'un des steaks un coup de fourchette presque féroce, le retourna d'un coup de poignet et revint à Adair.

– Qu'est-ce que vous pensez vraiment de ces enfoirés avec qui ils vous ont enfermé ?

– J'ai parfois trouvé leurs processus intellectuels intéressants et bizarrement divertissants. Mais j'ai un faible pour les bizarreries.

– Stupides, pour la plupart ?

– Personne de très brillant, en tout cas.

– Quelqu'un de futé ? Ou même très malin ?

– Quelques-uns.

– Et du point de vue du charme ? Vous êtes tombé sur des enfoirés charmants ?

– C'est une espèce encore plus rare.

Fork semblait prêt à poursuivre le dialogue mais se ravisa quand B.D. Huckins demanda si les steaks n'étaient pas encore prêts.

– Si tout le monde les aime saignants, ils le sont, dit Fork qui regarda Kelly Vines comme s'il le mettait au défi d'en demander un bien cuit ; mais Vines dit qu'il aimait les steaks saignants et l'ex-juge suprême dit qu'il n'en mangeait jamais d'autres.

On mangea à la table en séquoia sur tréteaux dans le patio, sans guère parler sauf pour complimenter Fork sur ses steaks, la salade à la Caesar, les biscuits assortis et les pommes de terre Idaho cuites au four. Quand Jack Adair, maître ès bavardage, demanda si les pommes de terre avaient cuit dans un vrai four ou dans un micro-onde, Fork dit dans un vrai four parce que B.D. ne voulait pas d'un micro-onde dans la maison. Il dit qu'elle croyait encore que c'est cancérigène bien qu'il en avait acheté un pour sa maison à lui parce que qui diable a envie d'attendre soixante minutes qu'une pomme de terre soit cuite alors qu'un micro-onde fait ça en dix minutes ?

Sur quoi la conversation mourut et personne, pas même Jack Adair, ne trouva quoi que ce soit de pertinent à dire. Juste avant que le silence devienne gênant, B.D. Huckins se leva et demanda si tout le monde voulait du café. Tout le monde en voulait, et elle passa donc dans la cuisine et revint quelques minutes plus tard avec, sur un plateau, une carafe Thermos, quatre grosses tasses cylindriques brunes, du lait et du sucre. Tout en versant elle annonça sans marquer de regret qu'il n'y avait pas de dessert, mais que s'ils avaient envie de sucré, elle pouvait proposer du Brandy et de la Bénédictine. Personne n'en voulut.

Madame le maire se rassit à la table en séquoia, prit une petite gorgée de café et sourit courtoisement à Kelly Vines.

– Je crois que vous êtes tombé sur ma sœur, Dixie.

Vines tâcha, avec un certain succès, de dissimuler son sursaut intérieur derrière un étonnement de bonne compagnie.

– Je ne crois pas qu'elle m'ait dit s'appeler Huckins.

– Eh bien, il n'y avait pas lieu, bien sûr, puisqu'elle s'appelle Mansur. Dixie Mansur. Elle a épousé un Iranien. Un Iranien riche, Dieu merci.

Vines hocha la tête comme s'il approuvait le bon choix de Dixie et sa bonne fortune.

– La ressemblance de famille n'est pas très grande.

– Nous sommes de deux pères différents. Le mien était Huckins ; le sien, Venable.

– Je suppose que Dixie vous a fait un compte rendu.

– Elle vous a donné vingt sur vingt. Sinon, nous ne serions pas en train de parler.

Sid Fork posa les coudes sur la table, avec une expression peut-être un brin trop amicale.

– Soldat Sloan affirme que vous êtes bonnard, lui aussi, dit-il et il se redressa pour recevoir la réaction de Vines.

Sans y mettre d'expression et en utilisant juste assez d'inflexion pour en faire une question, Vines dit :

– Ah bon ?

Fork hocha la tête.

– Je crois que Soldat pourrait faire partie des types que j'ai évoqués tout à l'heure : un enfoiré charmant et futé.

– Extrêmement charmant, mais pas très futé. Où l'avez-vous rencontré ?

– Par des amis communs. Soldat dit que vous et le juge ici présent l'avez tout deux défendu en des occasions diverses. Mais c'est un peu dur de savoir quand il ment.

– Vous pouvez le croire, du moins sur ce point, dit Adair. Je l'ai effectivement défendu voici longtemps lorsque j'étais encore avocat et alors que Soldat et moi, je devrais le préciser, étions tous deux nettement plus jeunes. Des années après être devenu juge, j'ai appris qu'il avait certains ennuis dont la nature exacte m'échappe. Je lui ai donc fait savoir qu'il devrait contacter Kelly, qui, si ma mémoire est bonne, a pu le tirer du pétrin – quel qu'il soit – où il se trouvait.

Se tournant vers le maire, Adair lui adressa son sourire le plus triomphant et dit :

– Il semblerait donc que nous sommes ce que nous prétendons être. (Le sourire disparut.) Et vous ?

– Vous voulez dire, avons-nous déjà fait ce genre de chose auparavant ? dit-elle.

– Oui, dit Jack Adair. C'est exactement ce que je veux dire.

Chapitre 10

Selon le maire, ça avait commencé dix ans auparavant après le vote de la loi n° 13 qui réduisait les impôts sur la propriété en Californie et détruisait virtuellement le budget de beaucoup de villes de l'état, spécialement les petites villes.

– La treize n'aurait même pas laissé une ville comme Durango émettre un emprunt obligataire jusque voici deux ans environ, dit-elle. Non qu'il y eût personne pour trépigner après.

– Jusqu'où cela a-t-il empiré ? demanda Adair.

– Nous nous sommes presque retrouvé fauchés. Et nous aurions plongé si l'économie n'avait pas un peu repris, du moins pendant quelque temps ici, et sans les donations faites par, eh bien, certains bienfaiteurs.

Adair hocha, l'œil curieux, le visage affable.

– Combien de bienfaiteurs ont-ils fait la queue, de l'argent à la main, pendant les neuf ou dix dernières années ?

Elle regarda Fork.

– Une douzaine ?

– Une douzaine juste.

– Chacun a... fait donation de combien ? demanda Vines. En moyenne ?

– Les quatre premiers, 100 000, dit Huckins. Puis l'inflation a frappé et les huit suivants ont dû sortir 200 000.

– Chacun ?

– Chacun.

– 2 millions au total, donc, fit Adair. Et en échange de ces dons généreux, chaque philanthrope a bénéficié d'un refuge sûr ? Un sanctuaire ?

– Une cachette, dit le maire.

– Certains fuyaient-ils la justice ? dit Vines. Mais peut-être que ça ne me regarde pas ?

– L'un deux fuyait en quelque sorte la police, dit Fork. Mais c'était pour un de ces trucs aberrant où il y a la CIA derrière, alors

B.D. et moi on s'est dit au diable, il peut venir. Les autres cherchaient tous à échapper à leurs adversaires.

– Des concurrents en affaires ?

– Des types qui voulaient les tuer, dit Fork.

– Ont-ils jamais réussi ? demanda Adair avec un intérêt manifeste.

– Jamais, dit le chef.

– Jamais à Durango, rectifia B.D. Huckins. Mais deux de nos hôtes ont eu des fourmis dans les jambes, à deux années d'intervalle, et sont partis plus tôt qu'ils n'auraient dû, bien que nous avons essayé de les en dissuader. Le premier est tombé d'un immeuble à Los Angeles, du côté de Wilshire, je crois. L'autre s'est fait renverser par une voiture dans le nord de Dallas et la voiture a fait marche arrière pour lui repasser dessus juste pour s'assurer qu'il était bien mort. Les dix autres sont tous en bon état, autant que nous sachions, mais... (Elle haussa les épaules.)

– Ils n'envoient pas de cartes postales, dit Fork.

– Ils ne téléphonent même pas, dit le maire avec un petit sourire.

– Et les 2 millions de dollars ? demanda Adair en jetant un regard circulaire comme s'il espérait découvrir quelque chose qu'on avait acheté avec.

– Ils ont aidé à continuer à faire marcher les choses, dit le maire. Les fanfreluches, en tout cas. La bibliothèque est restée ouverte, si peu que ce soit, et de même la clinique anti-vénérienne et le dispensaire de jour, du moins jusqu'à ce que la General Electric s'en aille et qu'on soit obligé de fermer. Le dispensaire, je veux dire, pas la clinique. Le reste de l'argent, le reliquat, a servi à la police et à l'entretien.

– Personne n'a jamais posé de questions sur ces... donations ? demanda Adair.

– La ville est entièrement gérée par le maire et le conseil municipal, dit-elle. Et depuis que je suis maire, chaque nouveau membre du conseil a été, eh bien, élu avec soin.

Malgré le hochement de tête approbateur d'Adair, elle s'en tint là. Le silence menaçait à nouveau de s'établir, mais Vines y para en s'adressant à Fork :

– Et vos flics, chef ?

– Vous permettez que je fanfaronne un peu ?

– Pourquoi pas ?

– Eh bien, je dirais que, pour une petite ville, nous possédons une des meilleures forces de police qui soit. Il y a moi, quatre inspecteurs, douze hommes en tenue et trois employés de bureau qui s'occupent aussi de la prison si nécessaire. Il y a aussi Henry Quirt, le shérif adjoint du comté, qui a beaucoup d'espace à couvrir par ailleurs, de sorte qu'on veille à ce qu'il ne perde jamais son temps par chez nous.

– *Quatre* inspecteurs ? dit Adair qui haussa un sourcil.

– Quatre. Et tous personnellement recrutés par moi. Je vais vous dire comment j'ai fait ça. J'ai recherché des gens expérimentés ; des types qui avaient servi leurs vingt ans et qui avaient leur retraite et peut-être quelques bakchichs de côté, mais âgés seulement de 41 ans, 45, par là, peut-être même 50 ans et qui avaient tendance à s'ennuyer à rester assis chez eux. Et je leur ai offert 30 bâtons par an, le climat du bon Dieu, bonne chasse et bonne pêche, le logement bon marché, médecine et soins dentaires gratuits, un travail léger avec de longues vacances.

– Et ils ont sauté dessus, dit Vines.

– Le contraire serait étonnant. Deux d'entre eux viennent de la criminelle, de Chicago et de Detroit ; un de la brigade des escroqueries de Dallas, et le dernier est un stup qui voulait quitter Miami en un seul morceau. Ils ont à peu près quatre-vingt-cinq ans d'expérience à eux quatre et personne ne leur échappe. (Il adressa à Vines un sourire sagace.) Absolument personne.

Vines repensa à la soirée précédente et à la blonde Dixie. Dixie Mansur.

– Ces deux pochards au bar du Holiday Inn, hein ?

Fork eut un petit hochement de tête satisfait.

– Félicitations, dit Vines.

C'est alors que Jack Adair décida de découvrir s'il pouvait conclure le marché. Il se tourna vers le maire et mit dans sa voix une certaine dose de chaleur qu'il n'éprouvait pas.

– Eh bien, dit-il. Il semblerait que nous sommes vraiment entre des mains très capables.

– Pas encore, dit-elle en négligeant à la fois le compliment et le ton chaleureux. Pas avant d'avoir parlé argent.

– Oui. Bien sûr. Combien nous coûterait, disons, un mois ou deux ?

– 250 000, que ce soit pour une semaine, un mois ou un an. Si quelqu'un d'autre en a après Vines, le prix double. Si les mêmes types qui sont à vos trousses sont aux siennes, on vous prend tous les deux pour le prix d'un.

Comme son ton chaleureux ne lui avait rien rapporté, Adair se fit grave et judicieux, hochant la tête à l'adresse de Huckins comme si la somme qu'elle avait mentionnée, tout en méritant considération, n'était en aucune façon une énormité.

– Supposez, dit-il, que vos honoraires puissent être susbtantiellement accrus en échange d'un effort supplémentaire, mais seulement très léger, de votre part ?

– On ne fait pas de suppléments, dit le chef, la voix ferme, le visage sévère.

Le maire jeta un regard exaspéré au chef, puis étudia Adair pendant plusieurs secondes.

– Continuez, dit-elle.

– Je dois d'abord avouer quelque chose, dit-il. Je ne sais pas qui veut me tuer ou me faire tuer.

– Situation standard, dit Huckins avec un hochement impatient. Il semble qu'aucun d'eux ne sait jamais qui sera envoyé faire le boulot.

– Je puis seulement supposer, fit Adair, que ce sera organisé par quiconque a tenté de faire croire que moi-même et un autre juge de la cour avons accepté des pots-de-vin substantiels. C'était le juge Mark T. Fuller. T pour Tyson.

Sid Fork s'étira, bâilla sans faire d'excuses et fit l'inspection du ciel nocturne.

– On a su ça. On a aussi su pour votre fils – Paul, c'est ça ? Un suicide là-bas à Tijuana. Et cet après-midi même là-haut à Lompoc un mec avec un drôle de nom s'est fait effacer. A ce que j'ai entendu, c'était votre baby-sitter. (Le regard de Fork s'abaissa, abandonnant les étoiles.) Blessing quelque chose.

– Blessing Nelson, dit Adair. Un ami et partenaire.

Appuyant ses coudes sur la table à tréteaux et son menton sur son poing droit, B.D. Huckins examina Adair avec curiosité.

– Peut-être bien que je ne vous suis pas, dit-elle.

– C'est-à-dire ?

– Vous ne nous proposez pas un tas d'argent pour ne faire presque rien de spécial.

– Non. Ce que je propose... (Adair s'interrompit pour regarder Vines.) Puisque c'est ton vaste plan, peut-être vaudrait-il mieux que tu l'exposes.

Vines hocha la tête, regarda fixement Fork pendant plusieurs secondes, hocha de nouveau, comme s'il était parvenu à quelque conclusion inévitable, et braqua son regard sur B.D. Huckins, qui s'impatienta et dit :

– J'écoute.

S'adressant uniquement au maire, et choisissant avec soin chaque mot, Vines dit :

– Ce que nous voulons que vous fassiez... c'est répandre l'information... comme quoi vous vendrez Jack Adair... à quiconque le cherche... pour 1 million de dollars.

Le maire s'adossa, prit sa tasse cylindrique brune, avala une gorgée de café froid et reposa la tasse sans quitter des yeux Kelly Vines.

– Vous voulez que nous simulions une offre...
– Le million sera réel.
– ... qui pourrait nuire à notre réputation.
– Auprès de qui ? demanda Vines.
– Il n'a pas tort, B.D., dit Fork.
– Dites-moi une chose, fit-elle. Pourquoi quelqu'un paierait-il 1 million en échange d'un Jack Adair ?
– A cause de ce qu'il sait, dit Vines.
Elle regarda Adair avec scepticisme.
– C'est-à-dire quoi ?
Adair poussa un soupir.
– Je ne sais pas ce que c'est. Ou peut-être est-ce une chose que je sais mais que je n'ai pas suffisamment analysée.
– Ça doit valoir beaucoup, cette chose que vous ne savez pas que vous savez.
– Manifestement.
– Vous avez pensé à simuler une tentative de chantage contre eux ?
– Hélas, je ne suis pas un maître-chanteur et j'ignore qui ils sont.
– J'ai parlé de *simuler* une tentative de chantage.
– J'ai entendu ce que vous avez dit.
Elle se détourna d'Adair pour s'adresser à Sid Fork.
– Alors ce serait à nous de monter le coup, n'est-ce pas ?
– Pas facile, dit Fork en fronçant les sourcils.
Elle se tourna ensuite vers Kelly Vines, levant son menton délicat, un regard calculateur dans ses yeux gris.
– Alors comment partagerons-nous le million ?
– On ne le partage pas, dit Vines.
Il constata que le maire n'aimait manifestement pas les surprises, agréables ou désagréables. Elle rétrécit les yeux au point de les fermer presque et ses lèvres se serrèrent en une mince ligne totalement morose. Si elle fronce les sourcils, pensa Vines, l'affaire est à l'eau. Mais Huckins ne fronça pas les sourcils. Au lieu de cela, elle ouvrit grand les yeux et laissa sa bouche se détendre et former un imperceptible sourire.
– Alors tout nous revient. A Sid, à la ville et à moi.
Vines hocha la tête.
– Si vous réussissez.
– Et sinon ?
– Vous ne touchez rien et Jack ici présent aura probablement droit à un service funèbre où il n'y aura pas grand monde.
– Alors c'est ce que vous autres avocats appelez une affaire sous réserve, payable en cas de succès.
– Et c'est ainsi que nous devenons riches, nous autres avocats.

Le très léger sourire du maire était toujours en place quand elle se tourna vers le chef de la police.

– Eh bien ?

Fork peigna pensivement sa moustache de chef d'escadrille avec son pouce gauche, fronça les sourcils à l'adresse de Vines et dit :

– J'aurai droit à la canne, quoi qu'il arrive ?

– Quoi qu'il arrive, dit Vines.

Le chef se tourna vers B.D. Huckins avec un sourire froid.

– Je trouve que ça paraît lucratif.

Un silence s'établit, que nul ne tenta de rompre. Il finit par cesser lorsque le maire regarda de nouveau le chef de la police et lui donna un ordre en forme de suggestion.

– Pourquoi ne pas descendre avec M. Vines pour prendre un verre au Blue Eagle pendant que le juge et moi causons de quelques détails ?

Fork voyait manifestement plusieurs raisons de dire non, mais il ne protesta pas. Il se contenta de se tourner vers Kelly Vines et de dire :

– Ça vous plairait d'aller boire un pot ou deux en vitesse ?

Vines songea à demander si l'on avait le choix, mais ce qu'il dit fut :

– Plus vite on ira, mieux ce sera.

Chapitre 11

A 23 h 26 en ce dernier vendredi de juin, la fourgonnette Ford rose, à présent débarrassée de toute identité commerciale, déposa un homme petit et corpulent avec un col de pasteur devant chez Felipe, marchand d'animaux de compagnie au 532 de la Cinquième Rue Nord, exactement quatre portes plus loin que le Blue Eagle Bar qui faisait le coin.

La boutique animalière avait fermé à son heure habituelle, 18 heures. Dans la vitrine se trouvait un amas confus de quatre chiots endormis sur leur litière de bouts de papier journal. Les chiots étaient le produit d'un croisement que le propriétaire de la boutique vantait sous le nom de bergers labradors. Tandis que la fourgonnette rose s'en allait vivement, l'homme au col de pasteur jeta un regard de côté et d'autre dans la Cinquième Rue, ne vit rien de notable et se tourna vers la vitrine de la boutique.

Il sourit aux chiots endormis, négligeant son reflet dans la vitre qui révélait de petites dents plutôt grises et une bouche si mince qu'elle semblait presque sans lèvres. Cette bouche était bien trop rapprochée du petit nez porcin dont la narine droite paraissait moitié plus grande que la gauche. Il était tête nue et ses épais cheveux noirs grisonnaient et avaient été taillés, ou tailladés, en forme de terrasse accidentée par une main apparemment peu sûre.

Outre son col ecclésiastique, il portait des chaussures noires et un complet noir trop serré fait d'un tissu synthétique terne. Le costume était presque de la même nuance de noir que ses yeux, qui auraient pu être ceux d'un vieux libertin irréductible en train de mourir tout seul et de trouver ça ennuyeux.

L'homme tapota deux fois la vitrine avec l'ongle de son majeur. Mais comme les chiots endormis continuaient de le négliger, il cessa de sourire, pivota vers la gauche, tournant le dos au Blue Eagle Bar, et se hâta sur le trottoir, porté par des jambes particulièrement courtes. Au bout de 10 ou 15 mètres sa marche rapide ralentit et devint un pas de promenade, puis une flânerie indécise, et finalement il s'immobilisa.

Il se retourna vivement, pivotant presque complètement, son regard balayant les deux côtés de la Cinquième Rue. Il hocha alors la tête comme s'il se rappelait les cigarettes ou la douzaine d'œufs qu'il avait oublié d'acheter, et revint sur ses pas, repassant en hâte devant les chiots endormis sans leur accorder un coup d'œil. Quand il atteignit le coin, il jeta rapidement un dernier regard circulaire et fila à l'intérieur du Blue Eagle Bar de Norm Trice.

Bien que l'heure de fermeture légale était 2 heures du matin, Trice fermait souvent son bar et son gril vers minuit parce qu'à cette heure la plupart de ses clients n'avaient plus d'argent et étaient rentrés chez eux. Mais si c'était jour de paie, ou bien le 2 ou le 3 du mois, quand arrivaient les chèques des allocations, du chômage, de l'invalidité et de la sécurité sociale, Trice restait ouvert jusqu'à 2 heures et même parfois 3 ou bien comme il disait, jusqu'à ce qu'ils aient fini de boire l'argent de l'État.

Il n'y avait aucun client au Blue Eagle quand l'homme au col ecclésiastique entra, s'assit au comptoir et commanda un verre de bière. Après que Trice l'eut servi, l'homme paya et déclara d'une mince et froide voix de ténor :

– On dit que le maire passe ici de temps en temps.

– Qui dit ça ? fit Trice qui ne donnait jamais rien pour rien, à part des conseils qu'on ne lui demandait pas.

– Et le chef de la police. Il paraît qu'il passe ici parfois, lui aussi.

– Et alors ?

L'homme prit une gorgée de bière et sourit de son sourire gris.

– Alors un ami à elle, au maire, m'a demandé de lui donner une lettre et j'ai pensé que je pourrais peut-être vous la donner et vous lui donneriez.

– Donnez-la-lui vous-même à l'hôtel de ville demain.

– Je quitte la ville ce soir.

Trice soupira.

– C'est bon, mais la prochaine fois achetez-vous une de ces choses qu'ils vendent dans les bureaux de poste. Vous savez... des timbres.

L'homme hocha la tête avec un sourire reconnaissant, plongea la main dans la poche droite de son costume noir et en tira une enveloppe cachetée 12 × 7 en papier manille. Il la glissa sur le comptoir jusqu'à Trice qui baissa le regard pour lire l'étiquette blanche autocollante. Quelqu'un avait dactylographié dessus : Maire B.D. Huckins, Durango, Californie.

Trice ramassa l'enveloppe, remarquant qu'elle contenait quelque chose de rigide, sans doute du carton, et la plaça sur une étagère derrière le bar.

– Je veillerai à ce qu'elle l'ait.

– Vous n'oublierez pas ?
– Je viens de dire qu'elle l'aura.
L'homme au col ecclésiastique sourit, remercia de nouveau d'un signe de tête et dit :
– Vous pourriez peut-être me rendre un autre petit service ?
– Quoi ?
– Pourriez-vous me changer ça ?
Il tendit à Trice un chèque au porteur de 50 dollars tiré sur une banque Wells Fargo de San Francisco. La signature du chèque était Ralph B. Farr. Dans le coin supérieur gauche, le même nom était imprimé au-dessus d'une adresse à San Francisco, probablement située dans le quartier de la Mission, songea Trice.
Sans cesser de contempler le chèque avec un sentiment proche de la répulsion, Trice dit :
– Eh bien, peut-être que si vous pouviez le faire endosser par le pape, mon père, ou même un simple évêque, j'envisagerais éventuellement de...
Le refus élaboré de Trice mourut lorsqu'il leva les yeux du chèque et vit le semi-automatique de calibre .22 dans la main gauche du faux prêtre.
– Alors je vais juste prendre ce qu'il y a dans la caisse, dit l'homme de sa mince voix de ténor, dont Trice jugea que c'était tout ce qu'il avait de mince à part ses lèvres : au moins 90 kilos, enregistra Trice, peut-être 95 et pas plus de 1,55 m, au grand maximum ; le salopard a l'air d'une boule de billard n° 8, dans son costume de prêtre – le Père Numéro 8 de merde.
Feignant de réfléchir à la sommation, Trice se rembrunit avec un regret simulé.
– Ma foi, votre éminence, dit-il, il n'y a pas vraiment des masses de fric là-dedans. Pas beaucoup plus que vous n'en trouveriez dans le tronc des pauvres à Sainte Maggie, voire moins : 50 dollars, peut-être 52.
– Ça ira très bien, dit le faux prêtre qui tira dans la figure de Norm Trice, une fois juste au-dessous de l'œil gauche, et une fois juste au-dessus de la bouche, les détonations du .22 court ne faisant guère plus de bruit que deux portes qui claquent.

L'homme courtaud à col ecclésiastique sortit en hâte du Blue Eagle et grimpa dans la fourgonnette rose qui attendait. De l'autre côté de la rue et en diagonale, un autre homme sortit sans hâte de l'entrée obscure et en retrait de la bijouterie Marvin. L'autre homme avait près de 35 ans et des cheveux grisonnants. Il portait une chemise blanche, un blue jean délavé et de vieilles chaussures de basket Converse à semelle compensée, le modèle professionnel, alors même qu'il faisait un peu moins de 1,85 mètre. Il arborait aussi un air triste, presque résigné.

Après avoir regardé la fourgonnette rose accélérer et disparaître au loin dans la Cinquième Rue Nord, l'homme fourra les mains dans ses poches, se détourna et, la tête penchée et arborant toujours son air triste, s'en alla lentement à pied dans la direction opposée.

Chapitre 12

Kelly Vines et Sid Fork pénétrèrent dans le Blue Eagle Bar vide huit minutes plus tard. Fork jeta un regard circulaire à la recherche de Norm Trice, le héla, alla même regarder dans les toilettes pour hommes et, finalement, derrière le comptoir, où Trice gisait mort sur le caillebotis, serrant toujours dans sa main droite le chèque de 50 dollars au porteur signé Ralph B. Farr.

– Ouh-là, merde, Norm, dit le chef de la police et il s'agenouilla près du corps.

Il remarqua le chèque et l'ôta de la main de Norm en le pinçant entre les ongles de son pouce et de son index droits. Se redressant, Fork posa soigneusement le chèque sur le comptoir et avertit Vines de ne pas y toucher.

Kelly Vines se tortilla le cou pour lire ce qui était écrit et imprimé sur le chèque.

– 50 dollars au porteur et signé par un certain Ralph B. Farr. Banque Wells Fargo à San Francisco.

– N'y touchez pas, avertit de nouveau Fork qui se tourna vers la vieille caisse enregistreuse mécanique, tapa sur touche d'ouverture et jeta un coup d'œil au contenu du tiroir-caisse. Environ 150 là-dedans, dit-il et il referma le tiroir et décrocha le téléphone du comptoir. Vous voulez passer de ce côté et nous verser un coup ?

– Bien sûr, dit Vines qui contourna le comptoir pendant que Fork tapait un numéro.

Vines choisit une bouteille de Wild Turkey, trouva deux verres et cherchait la glace quand il remarqua l'enveloppe de papier manille. Il lut le nom du maire sur l'étiquette autocollante, laissa tomber des glaçons dans les verres, versa le bourbon, ajouta de l'eau du robinet et pivota pour dire à Fork ce qu'il avait trouvé.

Le chef de la police était toujours au téléphone, parlant sur le ton bas et confidentiel qu'on utilise souvent pour annoncer une mort ou bien pour répandre une rumeur. Quand Fork eut raccroché, Vines lui tendit un verre.

– J'ai trouvé une enveloppe adressée au maire.

– Où ?
Vines la montra du doigt.
– Vous y avez touché ? demanda Fork.
– Non.
Fork s'avança et se pencha pour lire l'autocollant.
– C'est pour B.D., en effet. (Il se redressa et prit une longue gorgée.) Peut-être que je devrais l'ouvrir.
– Vous êtes le chef de la police.
– Je ne veux pas brouiller des empreintes.
– Il n'y aura pas d'empreintes, dit Vines.
– Pourquoi ça ?
– Disons que le tireur entre et commande une bière.
– Pourquoi une bière ?
Vines désigna sur le comptoir le verre de bière plein aux deux tiers encore couvert de gouttelettes de condensation. Fork regarda le verre et hocha la tête à contrecœur.
– Il commande une bière, dit Vines, en boit un peu, donne au barman...
– Au propriétaire, dit Fork. Norm Trice.
– Il donne au propriétaire l'enveloppe et...
– L'enveloppe ? Qu'est-ce que vous en savez ?
– J'essaie de deviner, dit Vines. Bon, il la lui donne et maintenant nous sommes censés avoir des empreintes digitales sur une enveloppe de papier manille et peut-être sur un verre de bière. Ensuite il demande au propriétaire de lui changer un chèque. Voilà encore des empreintes sur le chèque, plus les vôtres sur le téléphone et la caisse enregistreuse. Quand le propriétaire refuse de lui changer son chèque pourri, le type le flingue. Deux fois. Dans la figure. Les impacts sont à 15 centimètres l'un de l'autre, peut-être moins, ce qui veut dire que le tireur est ou bien très chanceux ou très bon. Le propriétaire tombe et le tireur vide la caisse.
– Sauf qu'il n'a pas fait ça.
– Je sais, dit Vines. Ce qui signifie que bien qu'il a peut-être laissé un message au maire, l'enveloppe et le cadavre, je ne parierais pas sur des empreintes.
– Un pro, hé ?
– Ouvrez l'enveloppe et vous le saurez.
– C'est une pièce à conviction.
– C'est pourquoi vous devriez l'ouvrir, dit Vines. Avant que quelqu'un d'autre ne le fasse.
Fork posa son verre, prit l'enveloppe de papier manille et en ouvrir le rabat d'un long coup de pouce. Il en tira un morceau de carton gris à quoi six photographies noir et blanc brillantes étaient

attachées par un bracelet de caoutchouc brun. Fork arracha le bracelet de caoutchouc et, une par une, étala les photos sur le comptoir.

Cinq des six clichés avaient été pris à travers le parebrise de la Mercedes bleue de Vines. Le premier montrait Vines surpris et levant les mains vers son visage. Le deuxième le montrait les mains sur le visage, scrutant entre ses doigts. Le troisième montrait Jack Adair surpris. Le quatrième montrait Jack Adair souriant. Le cinquième montrait Jack Adair tirant la langue. La sixième et dernière photographie montrait Sid Fork et B.D. Huckins debout près d'une voiture, la portière avant gauche ouverte, en pleine conversation, Fork parlant et Huckins les yeux levés vers lui.

– A qui est la voiture ? demanda Vines.

– C'est celle de B.D.

– Quand est-ce que ça a été pris ?

– Aucune idée, dit Fork. Quand vous ont-ils pris, vous ?

– Aujourd'hui.

– Où ?

– Lompoc.

– Qui les a prises ?

– Une photographe, une fille, à l'arrière d'une fourgonnette Ford rose avec une pancarte verte dessus disant « Fleurs Floradora, Santa Barbara ».

– Vous vous êtes caché et Adair a tiré la langue.

– Vous trouvez que c'est symbolique ? fit Vines.

– Aucune idée, dit Fork qui se pencha pour regarder de plus près la photo du maire Huckins et de lui-même. Celle-là, de moi et B.D., elle n'est pas mal.

Vines entendit claquer une portière, puis une autre. Il ramassa vivement les clichés, les fourra dans l'enveloppe de papier manille ouverte et la glissa dans sa poche arrière droite juste avant que la porte d'entrée du Blue Eagle s'ouvre avec fracas et que deux hommes d'une quarantaine d'années s'avancent à grands pas, avec cette allure de propriétaire qui révèle un policier presque aussi ouvertement que son insigne ou son uniforme.

Vines supposa que c'étaient les deux inspecteurs de la criminelle recrutés par Fork à Detroit et à Chicago. Il reconnut aussi en eux les deux faux ivrognes vus dans le bar du Holiday Inn. L'un était un noir de taille moyenne à l'air intellectuel et chauve comme un œuf. Une trousse en cuir était accrochée à son épaule gauche par une courroie. L'autre ressemblait à un elfe trop grand avec d'alertes yeux bruns et un long visage malin. Les yeux bruns jaugèrent Vines tandis que l'homme s'avançait lentement vers Fork. Vines se rappela que c'était cet homme trop grand qui était descendu du tabouret de bar et avait déclaré « J'emmerde la Californie » d'une voix claire et affable.

Quand l'homme grand atteignit Sid Fork, il dit :

– Le vieux Norm, hein ?

– Abattu, dit Fork. Deux balles.

L'inspecteur se pencha par dessus le bar et examina de haut le corps sur le caillebotis. L'inspecteur chauve ne prit pas la peine de regarder. Il préféra poser sa trousse de matériel sur le comptoir, ouvrir la fermeture à glissière et sortir un appareil photographique Minolta à flash incorporé. Il passa derrière le bar et se mit à photographier le cadavre de Nom Trice. Après avoir pris six ou sept clichés, il regarda le grand inspecteur.

– On dirait que c'est quelqu'un avec un .22, dit-il.

Fork estima que c'était le moment de faire les présentations.

– Joe Huff, Kelly Vines, dit-il en désignant l'inspecteur au Minolta. (Ils échangèrent un signe de tête. Fork présenta ensuite le grand inspecteur comme étant Wade Bryant. Le grand inspecteur et Vines échangèrent un bonjour.) Nous sommes arrivés ici, dit ensuite Fork, il y a sept ou huit minutes.

– Où se trouvait le chèque à ce moment-là ? demanda Bryant. (Bien que le chèque était toujours à plat sur le comptoir, Vines n'avait pas le souvenir que Bryant lui eut seulement jeté un coup d'œil.)

– Il était dans la main de Norm, dit Fork. La droite.

– Vous avez jeté un œil dans la caisse ?

Fork hocha la tête.

– Dans les 150 dollars, là-dedans.

Bryant secoua la tête et se rembrunit, comme s'il était déçu de ce qu'il avait vu et entendu jusqu'ici. Il fouilla dans la poche de sa chemise blanche à manches courtes, sortit un paquet de Lucky Strike et en alluma une, soufflant sa fumée vers la gauche et à l'écart des autres.

– Ça ne colle pas, dit-il.

– Pourquoi ? dit Fork.

– Un type entre et commande une bière, dit Bryant en accordant un bref regard au verre de bière plein aux deux tiers. Il boit une gorgée ou deux et puis il demande qu'on lui change un chèque au porteur qui ne vient pas d'ici. Ça signifie qu'il ne connaissait absolument pas Norm, merde alors. Donc quand Norm refuse, le type sort un .22 ou peut-être même un .25 et il plante deux balles dans la figure de Norm, un joliment bon groupement pour la cambrousse. Ensuite le type se barre en laissant derrière lui ce qu'il y a dans la caisse et aussi le chèque à son nom, avec son adresse et son numéro de téléphone dessus juste au cas où on voudrait appeler les flics de San Francisco pour qu'ils le ramassent.

Joe Huff, l'inspecteur avec l'appareil photo, revint de derrière le comptoir, jeta un coup d'œil à Vines, entreprit de ranger le Minolta dans la trousse de matériel et dit :

– Avez-vous une théorie quelconque, M. Vines ?

– Trice a-t-il une épouse ? dit Vines, répondant plus ou moins à la question par une question.

– Il en a une, dit Fork qui regarda Huff. Tu veux aller prévenir Virginia ?

– Ah non, pas moi, dit Huff.

– C'est pour ça qu'on paie les chefs de la police,dit Bryant. Pour annoncer les mauvaises nouvelles. Surtout quand il faut les annoncer à Virginia Trice.

Fork regarda Vines.

– Vous voulez venir avec moi ?

– Je ne veux pas, mais je vais venir.

– Avant de partir, Sid, dit Bryant qui regarda de près le chèque de la Wells Fargo, contourna le comptoir, décrocha le téléphone et tapa un numéro longue distance ; Vines jugea qu'il attendait pendant cinq sonneries avant qu'on lui réponde.

– Puis-je parler à Ralph B. Farr, s'il vous plaît ?... M. Farr, ici l'inspecteur Bryant du service de police de Durango... Durango *en Californie*... J'appelle pour savoir si un de vos chèques Wells Fargo aurait été perdu ou volé récemment ?

Au bout de cinq minutes d'une conversation surtout passée à assurer à Ralph B. Barr que si l'on retrouvait son portefeuille et son chéquier volés, ils lui seraient promptement restitués, le coup de téléphone prit fin. Bryant se tourna vers Sid Fork.

– Quelqu'un les lui a tirés quelque part dans Geary Street il y a deux semaines. Il est allé aux flics. Ce qui signifie que ce que nous avons ici est ou bien le boulot d'un dingue ou d'un pro. Si c'est un pro, il est déjà loin. Si c'est un dingue, ma foi, qui sait ?

– Peut-être qu'il est les deux, dit Vines.

De nouveau les yeux de Bryant jaugèrent Kelly Vines.

– Un dingue professionnel ? Voilà quelque chose à nous mettre sous la dent.

– Ça me plaît, dit Joe Huff.

– Eh bien, faut qu'on y aille, dit Fork après un regard à sa montre. Vous savez quoi faire, les gars.

– Ouais, on sait.

– Pendant que je réconforte la veuve Trice, faites venir Jacoby pour voir s'il trouve quelques empreintes.

– Des empreintes, dit Bryant et il gloussa. Des empreintes, dit-il encore comme s'il répétait le dernier mot d'une plaisanterie à chute, et il eut un rire sonore en se tournant vers Joe Huff : T'entends ça, Joe ? Le chef vient d'avoir une de ses intuitions fulgurantes.

– Je ne ris pas, dit Huff, mais c'est seulement qu'un rire bruyant révèle un esprit creux. (Il fit une pause.) Oliver Goldsmith.

– La citation est déformée, dit Vines.

– Et améliorée, dit Joe Huff sans la moindre trace d'un sourire.

Chapitre 13

Quand ils passèrent de la cuisine au salon après avoir fait la vaisselle (il lava, elle essuya), B.D. Huckins indiqua à Adair le long canapé crème et lui demanda s'il voulait un alcool.

– Non, merci.

Adair attendit qu'elle fût assise dans le fauteuil club en cuir brun-chocolat avant de prendre lui-même place sur le canapé. Quand elle croisa les jambes, non pas négligemment mais avec indifférence, il eut un bref aperçu du haut des bas qu'elle portait plutôt qu'un collant, ce qui le fit se demander si les porte-jarretelles étaient revenus en force durant ses quinze mois en prison.

– Parlez-moi de cette canne, dit-elle. Celle que Sid veut.

– C'était celle de mon grand-père.

– Un souvenir de famille ?

– Une curiosité. Il l'a gagnée à un joueur professionnel en 1920 juste après les débuts de la prohibition. La poignée se dévisse et il y a un tube de verre avec un bouchon, à l'intérieur, qui contient environ 12 centilitres de tord-boyaux. C'est ainsi qu'il appelait toujours son alcool : du tord-boyaux. Après l'abolition de la prohibition en 33 notre état est resté sec et mon grand-père a transmis la canne à mon vieux, qui finalement me l'a transmise. Je l'aurais donnée à mon fils mais il trouvait que c'était bête.

– Alors vous l'avez transmise à Vines.

– En dépôt.

– Il était plus digne de confiance que votre fils ?

– Simplement plus proche. Géographiquement. Mon fils était à Washington ; Kelly était à La Jolla.

– Et vous étiez à Lompoc.

– J'étais à Lompoc.

– Il était dans quelle branche ?

– Paul ? Il était homme de loi comme Kelly et moi mais il n'est jamais devenu avocat. Dès l'âge de 18 ans, peut-être 19, il avait déjà décidé de faire carrière dans l'administration fédérale.

– Ça n'aurait guère servi sa carrière, qu'on vous envoie en prison.

– Ça ne lui a pas fait de mal. Juste après ma condamnation on l'a promu d'un coup de l'équivalent du grade de lieutenant colonel dans la fonction publique à celui de général de brigade.

La bouche charnue de Huckins eut son sourire torve.

– Ses positions politiques devaient plaire à Washington.

– La tendance actuelle et celle de Paul se mariaient très bien.

– Et la vôtre ?

– Dans ma famille les opinions politiques des fils ont toujours été le contraire de celles des pères. Mon grand-père, celui qui a gagné la canne au joueur professionnel, était socialiste dans la ligne d'Eugène Debs. Son fils – mon père – s'est assis pour pleurer quand Taft a perdu les primaires contre Eisenhower en 52.

– Et quand avez-vous attrapé le virus de la politique ?

– Au lycée. J'étais plutôt bon dans les débats et il m'est venu l'idée de devenir juriste et peut-être de faire de la politique après que j'ai découvert comme je me sentais bien quand je gagnais. Quand je gagnais quoi que ce soit. Plus tard, j'ai découvert qu'il n'y a rien comme gagner une élection. Absolument rien.

– Quel âge aviez-vous ?

– Quand j'ai été candidat pour la première fois ? 27 ans. J'ai été élu procureur du comté, j'ai fait deux mandats de deux ans, j'ai envoyé quelques riches crapules en prison, j'ai eu mon nom dans les journaux et puis je suis redevenu avocat et je me suis fait un gentil revenu en défendant le même genre de riches crapules que j'avais naguère poursuivies. Quand j'ai trouvé que je m'étais fait assez d'argent, je me suis porté candidat à la cour suprême et j'ai gagné.

– Assez d'argent, c'était combien ?

Adair haussa les épaules.

– 2 ou 3 millions, par là.

– Comment êtes-vous devenu président de la cour suprême ?

– Les membres de la cour élisent l'un d'entre eux tous les quatre ans.

– Ça paraît bizarre.

– C'est un État bizarre. Après que j'ai été membre de la cour pendant quatre ans, ils m'ont toujours élu pour une raison quelconque.

– Une raison quelconque, dit-elle.

Adair hocha la tête et se pencha en avant, les coudes sur les genoux. Il ne tenta pas de dissimuler sa curiosité quand il dit :

– C'est avec plaisir que je vais vous entendre.

– A propos de quoi ?

– A propos de votre vraie méthode pour être élue maire.

Huckins examina Adair d'un regard neutre, comme s'il était un poisson qu'elle venait de pêcher et qu'elle pouvait garder ou bien rejeter dans le lac. Finalement, au bout de presque vingt secondes, elle dit :

– Bon.

Adair s'avança jusqu'au bord du canapé et prit sa voix la plus grave.

– Quand vous en arriverez au moment où, comme toujours, l'histoire devient déplaisante, continuez, Madame le maire, sans vous soucier de ma sensiblerie. (Il lui adressa un petit sourire.) Quelle qu'elle soit.

B.D. Huckins dit qu'ils étaient neuf à bord du car scolaire General Motors fluo qui vint s'arrêter à Durango ce soir-là en 1968. Le lendemain matin quatre d'entre eux décidèrent de rester. Les cinq autres voulaient qu'on continue vers la Durango des Montagnes Rocheuses, dans le Colorado. On tira à pile ou face. Les partisans du Colorado choisirent face et gagnèrent à la fois le tirage au sort et le car psychédélique.

Restèrent dans la Durango de Californie, dit-elle, elle-même, alors âgée de 16 ans ; sa demi-sœur de 12 ans, Dixie Venable ; Sid Fork, 18 ans ; et un cinglé de 20 ans qui certains jours disait s'appeler Teddy Jones et d'autres jours Teddy Smith.

Huckins dit que Teddy était un buveur et un junkie qui assaisonnait et faisait frire sa cervelle à l'acide et au gin et n'importe quoi qu'il pouvait inhaler, avaler ou se planter dans la veine du bras. Mais Teddy était aussi le seul à avoir quelque argent. Quand il loua une maison de quatre pièces (plutôt une cahute qu'une maison, affirma-t-elle) sur Boatrigh Street à la limite orientale de Durango dans ce qui, déjà à cette époque, était un bidonville campagnard, les trois autres s'y installèrent avec lui.

Elle dit que la vie communautaire dura trois semaines, peut-être quatre. Elle prit fin lorsqu'elle et Fork revinrent de la plage un après-midi. C'était alors une vraie plage, dit-elle, avec plein de sable, rien à voir avec ce que c'était devenu à présent. Quoi qu'il en soit, elle et Fork rentrèrent dans la maison et trouvèrent Dixie, 12 ans, nue et attachée sur le lit. Teddy était également nu et ivre de gin et tâchait apparemment de pénétrer Dixie avec la bouteille de gin parce que, dit Huckins, il était sans doute incapable de faire la chose autrement.

Sid Fork ramassa quelque chose, un contrepoids de fenêtre, à ce qu'elle croyait, et il envoya Teddy au tapis et l'assomma à coups de pied. Quand il revint à lui, Fork avait tout l'argent de Teddy, elle se souvenait que c'était environ 300 dollars – près de 1 000 en dollars actuels. Fork dit à Teddy qu'il pourrait récupérer son argent après qu'il aurait pris le premier car pour quitter la ville. Elle dit qu'il y avait encore deux compagnies d'autocars qui desservaient Durango, alors : Greyhound et Trailways.

Et c'est ce que fit Teddy, dit-elle. Sid Fork l'accompagna en ville, lui acheta son billet, le mit dans le car, lui rendit son argent et lui dit que s'il le revoyait jamais à Durango, il le noierait dans l'océan.

Ils n'entendirent plus parler de Teddy Jones ou Smith mais Fork et Dixie et elle devaient manger. Alors Fork et elle se trouvèrent du boulot – lui dans une station d'essence et elle dans un drugstore où le pharmacien-propriétaire, un vieux type assez sympa d'environ 45 ans, se mit à la draguer jusqu'à ce qu'elle le menace d'avertir sa femme s'il ne laissait pas tomber.

Ils parvinrent à subsister tous les trois jusque vers la fin août 1968 quand la station d'essence où travaillait Fork fut cambriolée. Le propriétaire soupçonna Fork, bien sûr, dit-elle. Mais comme c'était un fumier de première grandeur, il ne l'accusa ni ne le congédia ni même n'alla trouver les flics. Ce qu'il fit, dit-elle, était pire. Bien pire.

Huckins pensait que c'était deux ou peut-être trois semaines plus tard que deux types en civil du FBI de Santa Barbara s'arrêtèrent devant une des pompes à essence. Sid sortit et ils lui demandèrent son livret militaire. C'était le bouquet, dit-elle. Le propriétaire de la station avait dénoncé Fork pour insoumission et trois mois plus tard il était dans l'armée de terre et quatre ou cinq mois après ça il était MP à Saigon.

Après le départ de Fork, Huckins dit qu'elle alla trouver le propriétaire du drugstore et lui annonça que s'il voulait toujours coucher avec elle d'une manière régulière, ça lui coûterait 200 dollars par mois en plus de ce qu'il lui payait déjà. Le pharmacien-propriétaire dit qu'il aimerait y réfléchir. Trois jours plus tard, il lui demanda de rester après le travail.

Le pharmacien lui expliqua qu'il avait peut-être trouvé une solution. Il y avait deux amis à lui, tous deux des types vraiment sympas, l'un avocat et l'autre comptable agréé, et tous deux membres comme lui du conseil municipal de Durango. Et ils souhaitaient, c'est-à-dire tous les trois, monter une sorte de coopérative.

Ce qu'ils voulaient faire, dit-elle, c'était la payer 150 dollars par mois chacun. Le pharmacien aurait le lundi soir et le mercredi soir ; l'avocat, les mardis et vendredis ; et le comptable agréé, les jeudis et les samedis. Huckins dit qu'ils estimaient qu'elle devait avoir ses dimanches.

Huckins dit qu'elle fit au pharmacien une contre-proposition. Elle lui déclara qu'elle accepterait, pourvu qu'ils puissent s'arranger pour que Dixie aille à l'école en septembre sans qu'on lui casse les pieds à propos d'un quelconque dossier scolaire antérieur. Sa seconde condition était que, ne se voyant aucun avenir dans la vente d'aspirine et de Tampax, elle voulait un travail auprès de l'avocat ou du comptable agréé afin de pouvoir apprendre quelque chose d'utile.

Elle dit qu'il fallut une semaine de négociations avant de se mettre d'accord. Le comptable agréé lui donna du travail de classement de dossiers et comme réceptionniste à l'aide sociale et Dixie fut inscrite en sixième. Plus tard, dit-elle, quand le comptable agréé remarqua que sa nouvelle employée était douée pour le calcul, il se mit à lui enseigner des rudiments de comptabilité et l'envoya même à des cours de sténo et de dactylographie dans le cadre du programme de formation continue du lycée de Durango (lequel programme avait été abandonné voici neuf ans à cause de la loi n° 13).

Quand elle eut passé environ trois ans avec le comptable agréé, dit Huckins, il la promut chef de bureau. Et c'est à peu près à ce moment que Sid Fork revint du Vietnam.

– C'est-à-dire en combien ? demanda Adair. 71 ?

– Fin 71.

– Et vous aviez 19 ou 20 ans ?

– Je venais d'avoir 20 ans.

– Et comment les choses ont-elles marché après son retour ?

– Nous avons parlé et après ça tout a bien marché.

Quand Sid Fork revint de ses trois séjours d'un an dans la police militaire à Saigon, elle dit qu'il avait sur la manche des galons de spécialiste de niveau 6 et autour de la taille une ceinture porte-billets contenant 15 000 dollars de gains provenant du marché noir. Adair estima qu'un spécialiste de niveau 6 était l'équivalent d'un sergent major dans l'armée où il avait servi jadis. Un galon en accent circonflexe et trois bandes horizontales, il s'en souvenait.

– Pourquoi le chef a-t-il rempilé pour deux séjours de plus ? demanda Adair.

– Ça lui plaisait d'être MP. L'argent du marché noir lui plaisait aussi.

Huckins dit que Fork voulait reprendre les choses au point où il les avait laissées. Il voulait même descendre à Los Angeles, où il pensait pouvoir entrer dans la police. Elle lui demanda où il croyait qu'il en serait dans dix ans. Sergent au LAPD ? Fork dit qu'il ne voyait pas ce qui clochait là-dedans jusqu'au moment où elle lui annonça qu'il pourrait être le chef de la police de Durango d'ici six ou sept ans si l'on suivait son plan à elle.

B.D. Huckins s'interrompit de nouveau pour demander à Adair s'il voulait un cognac ou quelque chose. Adair dit qu'il ne voulait pas de cognac mais qu'il voulait assurément entendre comment elle s'était débrouillée pour la suite.

Huckins dit qu'elle s'était arrangée pour se rendre indispensable aux trois membres de la coopérative sexuelle. Ils étaient toujours tous les trois membres du conseil municipal et donc, quand elle sut assez de sténo, elle proposa de prendre les minutes des réunions hebdomadaires du conseil. Jusque là cette tâche revenait par rotation à chacun des cinq membres. Tous détestaient ça, dit-elle, parce que ça signifiait que celui qui prenait des notes devait écouter ce que disaient les autres.

Ils sautèrent sur sa proposition, se rappelait Huckins, et lui dirent combien ils appréciaient, d'autant plus que ça ne coûtait rien à la ville. Elle leur déclara qu'elle était contente de leur rendre service et que s'ils voulaient en rendre un au vieux chef de la police, ils devraient lui faire savoir comment il pouvait engager un gros dur, ex-MP et ancien du Vietnam, pour un salaire d'à peine trois sous. Et c'est ainsi, dit-elle, que Sid Fork entra dans la police de Durango.

Adair décida de poser quelques questions supplémentaires.

– Qui était le trésorier municipal ? Ce comptable pour qui vous travailliez ?

– Oui. C'était un travail à temps partiel. Maintenant c'est à temps complet.

– Il vous transmettait pas mal d'affaires de routine ?

– Tout ce dont il pouvait éviter de s'occuper lui-même.

– Donc vous notiez les minutes du conseil et, de fait, vous teniez les livres de comptes de la ville.

Elle acquiesça.

– Est-ce que la coopérative sexuelle fonctionnait toujours ?

– Ils continuaient tous à payer et ils passaient une ou deux fois par semaine. Mais c'était plutôt devenu une thérapie que du sexe. Ils aimaient me parler d'à peu près tout.

– Et de tout le monde.

– Et de tout le monde, approuva-t-elle.

– Je suis convaincu que vous vous rappeliez ce qui se disait.

– Je le notais.

– Un comptable trésorier, un avocat et un pharmacien, dit Adair comme s'il réfléchissait tout haut. Ils ont dû fourrer le nez dans tous les placards où il y avait un squelette, en ville.

– Si quelque chose leur échappait, ça n'échappait pas à Sid.

– Vous étiez encore très proches, tous les deux ?

– Il avait les dimanches soir.

Adair eut un hochement de tête appréciateur, sinon approbateur, devant cet arrangement. Il la regarda d'un air matois et demanda :

– Et lequel des trois la mort vous a-t-elle enlevé ?

– Le pharmacien.

Elle dit qu'il était mort en 1973 d'une rupture d'anévrisme peu après qu'elle avait eu vingt et un ans. Comme ce n'était pas une année d'élections, la charte municipale exigeait que le maire choisisse un successeur, et que la majorité du conseil entérine ce choix.

– Avec un conseil réduit à quatre hommes, il aurait pu y avoir égalité des suffrages pour et contre, dit Adair.

– Le maire avait la capacité de trancher.

– Vous deviez avoir deux voix sûres au conseil : le comptable agréé et l'avocat.

– J'avais aussi le maire. Les deux autres conseillers voulaient qu'il propose un juriste dynamique, jeune et ambitieux. Mais mes deux types lui ont expliqué qu'il avait intérêt à proposer une très jeune femme qui continuerait comme toujours à prendre les minutes et à s'occuper des comptes.

– Et combien de temps a-t-il fallu pour virer le maire ?

Huckins dit qu'il avait fallu cinq ans. Elle termina le mandat auquel elle avait été nommée et fut réélue au conseil en 1974 et 1976. En 1978, elle constitua une liste et se présenta contre le maire sortant, Richard Handshaw, l'accusant d'être sénile, négligent et incompétent jusqu'à ce que Sid Fork lui dise de baisser le ton et d'avoir l'air gentillet.

Après ça elle qualifia Dicky Handshaw de vieux, lent et paresseux. Et elle le battit avec 52,3 % des voix et donna son nom à City Park juste trois jours avant de virer le vieux chef de la police et de nommer Sid Fork à son poste.

Adair secoua la tête, impressionné et admiratif.

– Donner son nom à un square, sapristi.

– Ç'avait été une élection agressive et j'ai pensé que ça apaiserait un peu les choses.

– Et que ça servirait peut-être à rappeler constamment ce qui était arrivé au pauvre vieux Dicky.

B.D. Huckins sourit pour la première fois de la conversation qui avait dû durer trente minutes.

– Oui, dit-elle, je suppose que c'est possible, mais je n'ai jamais vraiment vu ça sous cet angle.

– Ben voyons, dit Jack Adair.

Chapitre 14

Peu avant minuit en ce dernier vendredi de juin, Kelly Vines et Sid Fork stoppèrent devant une démonstration du style victorien, illuminée par des projecteurs, deux étages, et qui s'ornait de deux coupoles festonnées, huit pignons (à ce que compta hâtivement Vines) et une véranda enveloppant deux côtés de la maison et une partie du troisième.

– Qu'est-ce qu'elle fait ? demanda Vines. Il faut payer pour entrer ?

– Les projecteurs restent allumés jusqu'à ce qu'il rentre. Elle est toute seule là-dedans et les lumières sont une espèce de protection contre les cambrioleurs. D'ailleurs, l'endroit est sur le trajet de la visite touristique de la ville.

– Vous avez un trajet touristique ?

– Ouais, mais il ne prend que dix minutes.

Les projecteurs révélaient une couche neuve de riche peinture crème qui contrastait de manière plutôt bilieuse, de l'avis de Vines, avec les deux nuances de vert foncé qu'on avait appliqué sur les bordures et les encadrements. Un toit de bardeaux assez récent avait été laissé aux intempéries. La demeure elle-même était située bien en retrait sur un terrain profond, large de 350 mètres, et elle était entourée d'un bois soigneusement débroussaillé de vieux pins. Sur les arrières, au bout de l'allée, se trouvait une construction à un étage, également illuminée par des projecteurs, et dont Vines pensa que c'était jadis une écurie et à présent un garage.

Comme ils suivaient un sinueux sentier de brique en direction de la véranda, Sid Fork expliqua comment Norm Trice avait hérité la maison de son père, lequel l'avait héritée de son père à lui, lequel avait construit la chose en 1903.

Fork sonna. La femme qui ouvrit la porte était plus jeune que Vines ne s'y attendait. Quand elle vit que ses visiteurs nocturnes étaient le chef de la police et un inconnu, elle supposa le pire et le refusa automatiquement en secouant lentement la tête. Le mouvement signifiait « Je ne veux pas le savoir, quoi que ce puisse être » et continua indéfiniment jusqu'à ce que Sid Fork dise :

– Je suis désolé, Virginia, mais j'ai de mauvaises nouvelles. On a tiré sur Norm et il est... eh bien, il est mort.

Au mot « mort », la tête de Virginia Trice cessa son mouvement et ses yeux se mirent à cligner rapidement tandis qu'elle luttait contre les larmes. C'étaient de grands yeux brun sombre, à présent très humides, et largement écartés dans un visage étroit et bronzé que couronnaient des cheveux courts et épais, couleur de paille. Ce visage comportait aussi un petit nez, peut-être mutin, et un menton ferme, peut-être têtu. Entre le nez et le menton se trouvait une bouche parfaite dont les dents étaient en train de mordre la lèvre inférieure charnue. Virginia Trice cessa de se mordre la lèvre, ouvrit la bouche, aspira une énorme bouffée d'air, s'arrêta de battre des paupières et retint son souffle jusqu'à ce qu'il ressorte finalement sous forme de long soupir triste. Quand le soupir fut terminé, elle dit :

– Entrez donc.

Ils la suivirent dans un large hall d'entrée, dépassèrent un escalier de chêne minutieusement sculpté, franchirent une double porte à glissière sculptée dans le même bois et entrèrent dans ce qui, pensa Vines, avait autrefois dû être le parloir. La plus grande partie du plancher de chêne ciré était recouverte d'un tapis rouge et violet – d'un violet si sombre qu'il paraissait presque noir. Le rouge du tapis entrait en conflit avec la couleur des minuscules roses trémières qui constituaient le motif du papier des murs.

Sur les murs se trouvaient aussi ce que Vines estima être des paysages marins californiens, peints à l'huile, manifestement par des amateurs qui, bien que capables, étaient moins que doués. Dans deux des coins de la pièce se voyaient de lourdes tables sculptées avec des pieds arqués et griffus et des dessus de marbre. Des lampes de porcelaine ventrues reposaient sur l'une et l'autre table, revêtues d'abat-jour de soie orange dont la couleur avait passé et qui semblaient maintenant plutôt surannés qu'éclatants.

Virginia Trice était grande, au moins 1,77 mètre, et portait un vieux jean serré qui faisait paraître ses longues jambes encore plus longues. Elle portait aussi une chemise blanche d'homme, avec des pointes de col boutonnées, les pans dehors et les manches roulées au-dessus du coude. Le col était élimé. A ses pieds nus, des Topsiders usagés.

Elle s'assit doucement sur une chaise droite au siège de peluche usée. Les genoux joints et les mains croisées sur le ventre d'un air compassé, elle parut écouter attentivement quand Fork présenta Kelly Vines comme « un ami à moi ». Elle salua Vines d'une voix presque inaudible tandis que lui et Fork s'asseyaient côte à côte sur un sofa à dossier canné.

Le court silence qui suivit prit fin quand Virginia Trice s'éclaircit la gorge.

– Qui l'a tué ? dit-elle.

– Nous ne savons pas encore, dit Fork.

– Était-ce une attaque... un hold-up ?

– Je ne crois pas, mais c'est possible.

– Eh bien, lui a-t-on tiré dessus une fois, deux fois, plein de fois... quoi ?

– Deux fois. Dans la tête.

– Ç'a dû être rapide, alors. Je veux dire, Norm n'est pas resté sur le carreau à souffrir et à saigner et à hurler au secours.

– Ç'a été rapide, Virginia.

Elle soupira de nouveau.

– Quelle saloperie.

Fork acquiesça solennellement de la tête.

– Y a-t-il quelqu'un que tu voudrais que j'appelle ? demanda-t-il. Peut-être quelqu'un que tu voudrais faire venir pour rester avec toi.

Au lieu de répondre à Fork, elle regarda Kelly Vines.

– Sid et vous êtes de vieux amis ?

– Pas vraiment.

– J'habite ici depuis quatre ans et je ne vois guère qui j'aimerais faire venir pour rester avec moi. Nous n'étions mariés que depuis trois ans. Je suis sa seconde femme. Ce qu'il appelle sa squaw n° 2. Avant, j'étais serveuse au Blue Eagle, je suppose que c'est pour ça que les gens n'ont pas apprécié qu'on se marie.

– Qui n'a pas apprécié ? protesta faiblement Fork.

Elle le négligea et continua de parler à Vines.

– Ils n'ont pas apprécié parce que j'étais serveuse et à cause de nos âges. J'avais 23 ans et Norm 43. Vingt ans de différence. Vous trouvez que c'est trop ?

Vines dit que non, il ne trouvait pas que c'était trop.

Il y eut un silence, puis elle regarda Fork.

– Merde, Sid, qu'est-ce que je vais faire, maintenant ?

Fork se glissa vers le bord du sofa, posa les coudes sur les genoux et laissa une expression de compassion envahir son long visage.

– La première chose à faire, c'est une bonne nuit de sommeil.

– C'est quoi, le sommeil ?

– Je vais dire à Joe Emory de te faire porter des cachets.

– Même avec des cachets je ne dormirai pas.

– Il le faut pour pouvoir te lever le matin.

– Pour quoi faire ?

– Ça ne me plaît guère de parler d'argent dans un moment pareil, mais tout le monde va vouloir voir l'endroit où Norm s'est fait tuer. Tu descends là-bas ouvrir le matin et tu te feras 1 000 dollars ou même 1 500.

Même l'appât du gain ne put effacer le chagrin et la tristesse du visage de la jeune femme.

– Tout ça ? fit-elle, et aussitôt elle répondit à sa propre question : Ouais, j'imagine qu'on pourrait peut-être se faire tout ça. (Elle se rembrunit.) Ça ne déplairait pas à Norm, tu crois ?

– Virginia, dit Fork d'une voix douce et patiente. Que tu le fasses ou non, Norm s'en fout.

Chapitre 15

Fork et Vines entrèrent sans frapper dans la maison du maire B.D. Huckins à 0 h 46 et trouvèrent Jack Adair assis sur le canapé crème avec une bouteille de bière et le maire dans son fauteuil de cuir brun-chocolat. Elle se tourna pour dire quelque chose à leur entrée mais Fork la devança.

– Quelqu'un a tué Norm Trice de deux balles il y a environ une heure et nous a laissé un message.

Huckins hocha la tête, comme si on lui annonçait des nouvelles médiocrement intéressantes, et se leva lentement, se détournant des trois hommes. Elle alla jusqu'à l'une de ses reproductions de Monet et parut l'étudier avec soin. Sans cesser d'examiner la reproduction, elle dit :

– Comment Virginia prend-elle la chose ?

– C'est dur.

– Tu as envoyé quelqu'un lui tenir compagnie ?

– Elle ne voulait personne.

Huckins se détourna du poster de *Sur la Seine à Bennecourt,* maîtrisant son expression, les yeux presque secs, la voix égale.

– Je l'appellerai pour voir si elle veut habiter ici quelques jours.

Le maire passa derrière le fauteuil de cuir et s'appuya des cuisses contre le dossier bas, comme si elle trouvait ce point d'appui réconfortant. Croisant les bras sur sa poitrine, elle demanda :

– Quel message ?

Vines tira de sa poche arrière l'enveloppe 12 × 7 en papier manille, traversa la pièce et la tendit à Huckins.

– Elle vous est adressée, dit-il, mais elle nous concerne tous les quatre.

– Je vois que vous l'avez ouverte, dit le maire.

Son ton manifestait clairement qu'elle n'aimait pas que quiconque ouvre son courrier. Elle sortit les photos et les examina rapidement. Quand elle se mit à les feuilleter plus lentement, Jack Adair demanda :

– Qui sont Norm et Virginia ?

– Virginia est la femme de Norm Trice, dit-elle en remettant les photos dans l'enveloppe. Il possédait le Blue Eagle Bar et quelques autres propriétés dans la ville. Il a aussi été mon tout premier soutien. (Elle regarda Adair.) Financièrement.

Adair secoua la tête d'un air compatissant pour manifester qu'il appréciait pleinement la perte subie par le maire. Elle contourna le fauteuil de cuir pour lui tendre l'enveloppe.

– Norm va me manquer, dit-elle.

– Je m'en doute, fit Adair qui sortit les photos et les feuilleta lentement. Quand il eut fini, il leva les yeux sur Vines.

– Tu t'es caché et j'ai tiré la langue.

– Le chef pense que c'est symbolique.

– C'est vous qui avez dit ça, pas moi, fit Fork en secouant la tête.

Adair regarda B.D. Huckins qui avait gagné une fenêtre et contemplait la nuit au-dehors.

– Où et quand ont-ils pris la vôtre et celle du chef ? demanda-t-il.

– Juste après 6 heures du soir il y a deux jours dans le parc de stationnement derrière l'hôtel de ville, dit-elle sans se retourner.

Adair regarda Fork pour avoir confirmation. Le chef se tirailla le lobe de l'oreille et fronça les sourcils.

– C'est ma foi vrai, dit-il.

B.D. Huckins se détourna de la fenêtre pour regarder Adair.

– Sid et moi parlions, nous discutions même, peut-être, pour décider si nous allions ou non prendre un verre. On ne l'a pas fait. Prendre un verre, je veux dire.

– Vous n'avez pas non plus remarqué le photographe, dit Vines.

Le maire secoua la tête.

– Ces clichés de vous deux. Où ont-ils été pris ?

– A Lompoc, dans le centre ville, dit Vines. Moins d'une heure après que Jack est sorti de prison.

Elle regarda Fork.

– J'aimerais boire un verre, Sid. Du cognac.

– Quelqu'un d'autre veut un verre ? demanda Fork.

Vines dit qu'il aimerait une bière et Adair dit qu'il se contenterait de finir la sienne. Fork passa dans la cuisine et le maire se rassit dans son fauteuil favori, ramena ses deux pieds sous elle et lissa sa jupe noire sur ses genoux.

Personne ne parla avant que Fork revienne avec deux bières et le cognac. Il servit Huckins, tendit à Vines une bouteille décapsulée et lui demanda s'il lui fallait un verre. Vines dit que non.

Après avoir goûté son cognac, B.D. Huckins questionna à la cantonnade :

– Qu'est-ce que ça pourrait signifier, de tuer Norm ?
– C'est pour s'assurer que nous comprenons le message, dit Vines.
– Le message ? C'est-à-dire quoi, en clair ?
– Ça, facile, dit Fork en prenant le dernier siège de la pièce, lequel était plutôt un tabouret qu'autre chose. Ils ont utilisé ces photos pour nous annoncer qu'ils sont parfaitement au courant qu'on va tous les deux fournir une cachette au juge et à Vines. Et ils ont tué ce pauvre vieux Norm pour nous faire savoir qu'ils sont les pires mecs avec qui déconner. (Il regarda Vines.) C'est à peu près ça ?
– Tout à fait.
Dans le silence qui suivit, Jack Adair se renversa en arrière contre les coussins du canapé et étudia le plafond.
– Je me demande, dit-il finalement, comment ils ont si vite découvert le contact entre vous et nous.
Un autre silence, plus bref.
– Quelqu'un a parlé, dit B.D. Huckins.
– Je n'en ai parlé à personne, dit Adair. Et Kelly seulement à Soldat Sloan.
– Alors il a parlé à une personne de trop, dit-elle.
– A qui avez-vous dit la chose ? lui demanda Vines. A part votre sœur ?
– Personne.
Vines et Adair regardèrent Sid Fork, qui déclara qu'il n'en avait pas non plus parlé à quiconque. Adair ramena sur le maire son regard inquisiteur.
– Et à qui votre sœur aurait-elle pu le dire ?
– A son mari, fit Fork avant que le maire puisse répondre.
– J'espère que c'est ça, déclara B.D. Huckins sans se soucier des trois regards fixes et moroses qu'elle suscitait.
Quand elle poursuivit, c'est à Jack Adair qu'elle s'adressa. Elle se pencha un peu en avant et le contempla avec de froids yeux gris qui – Adair le jura plus tard à Vines – « scrutèrent mon âme directement jusqu'au sous-sol, là où c'est tout sombre et crasseux et plein de bestioles qui grouillent ».
– Il faut que vous compreniez une chose, dit-elle. Si je dois négocier avec ces gens – quels qu'ils soient – j'aurai besoin d'un contact. Un intermédiaire.
– Cela fait sens, dit Adair.
– Et un intermédiaire riche vaut bien mieux qu'un pauvre, parce qu'un intermédiaire riche sera beaucoup moins tenté de nous doubler si l'occasion se présente – chose qui, dans cette affaire-ci, est foutrement sûre de se produire. Et Dieu sait que Parvis est suffisamment riche.

– Parvis votre beau-frère ? demanda Adair.
– Oui.
– Je croyais vous avoir entendu dire qu'il s'appelle Mansur.
– Parvis Mansur.
– Quand le rencontrerons-nous, Kelly et moi ?
– Demain, ça va ?
– Vous voulez dire samedi ou bien dimanche ?
– Samedi. Aujourd'hui.
– Aujourd'hui, ça ira très bien, dit Jack Adair.

Chapitre 16

Bien que l'appellation taillée dans la plaque de granit poli au-dessus de l'entrée fût « Centre Civique de Durango », personne ne désignait ça autrement que comme l'hôtel de ville. Bâti sur le site de l'ancien hôtel de ville, qui s'érigea en 1887 et s'effondra en 1935 lors du tremblement de terre, le nouvel hôtel de ville avait été achevé avec l'argent du ministère de l'équipement en juin 1938, fêtant donc à présent (dans l'indifférence ou à l'insu de tous) ses noces d'or avec la cité.

C'était un bâtiment à deux étages, en granit, l'air compact, que B.D. Huckins aimait à décrire comme une malle de voyage grise dotée de fenêtres. Avec son parc de stationnement et le garage n° 1 des pompiers (il n'y avait pas de garage n° 2), le Centre Civique occupait presque un demi-carré de terrain de premier choix sur Noble's Trace.

La Trace, comme tout le monde l'appelait, était la seule voie de circulation de Durango qui ressemblait à un boulevard et la seule à s'infléchir, virer et serpenter à travers la ville depuis sa limite à l'est jusqu'aux voies de la Southern Pacific à l'ouest. Toutes les autres rues – sauf celles qui montaient dans les collines – étaient droites comme des bandes de tissu, d'est en ouest ou du nord au sud.

Noble's Trace tirait son nom d'un joueur professionnel louisianais, Noble Clark, qui, avec sa femme mexicaine et prostituée, Lupe, avait fondé l'agglomération cent quarante-huit ans auparavant, la baptisant Durango comme celle du Mexique d'où Lupe s'était enfuie pendant l'invasion de scorpions de 1835.

Avec l'aide languissante et guère enthousiaste de quelques indiens Chumash, le couple construisit le premier bâtiment de Durango qui eût quatre murs et un toit. Moitié en bois, moitié en adobe, l'ouvrage combinait les fonctions de comptoir commercial, de taverne et de maison de prostitution. Il fut rasé par un incendie dans des circonstances mystérieuses vingt-trois mois plus tard, tandis que mouraient rôtis Noble et Lupe Clark ainsi que deux clients non identifiés de sexe masculin.

La vieille piste qui serpentait jadis à travers la montagne, les collines, et jusqu'à l'océan, s'appelait toujours la Trace parce que personne n'avait jamais pensé qu'il y eût aucune nécessité réelle de l'appeler autrement.

Comme l'affirmait son nom gravé dans la pierre, le Centre Civique était le siège de tous les services municipaux de Durango. Le maire, le chef de la police et le trésorier de la ville étaient tous trois en haut au second étage ainsi que l'essaim de comptables du trésorier. Au premier étage se trouvaient la salle d'audience et les locaux du juge municipal de la ville qu'on élisait tous les quatre ans. A l'autre bout du couloir étaient le procureur municipal élu et ses deux substituts nommés – plus deux employés de bureau, un huissier, trois secrétaires et un homme vieillissant, greffier à temps partiel et militant homosexuel à temps complet qui, quoique de plus en plus sourd, était encore trop coquet pour porter un sonotone. Le chef des pompiers travaillait à partir de son bureau dans le garage n° 1.

Le rez-de-chaussée du Centre Civique était réservé aux activités courantes de la ville. Presque un tiers de l'espace y était occupé par la force de police et la prison elle-même, qui comptait six cellules et une cage à ivrognes. Le reste était dévolu à des bureaux où les citoyens pouvaient payer leurs impôts, amendes et notes d'eau ; obtenir une licence de mariage et faire une demande de divorce ; faire enregistrer les naissances et les morts ; solliciter des permis de construire et faire des aménagements ; et, s'ils le souhaitaient (mais c'était rare), assister aux réunions hebdomadaires du conseil municipal de Durango.

Peu après 9 h 30 en ce dernier samedi de juin, le chef de la police Sid Fork était renversé en arrière dans son fauteuil à pivot en cuir, les pieds sur son bureau en noyer, écoutant un rapport de ses deux inspecteurs de la criminelle, Wade Bryant, l'elfe trop grand, et Joe Huff que Sid Fork considérait toujours comme « le professeur ».

– 22, hein ? dit le chef quand Bryant se tut.

– Le choix préférentiel du professionnel méticuleux, dit Huff.

– S'il y avait un mobile, ça nous aiderait un peu, dit Fork. Je veux dire, pourquoi est-ce qu'un flingueur pro s'amènerait de Los Angeles, ou monterait peut-être de San Francisco, pour planter deux balles dans ce vieux Norm et sans même prendre la peine de vider la caisse ?

– Quelle excellente question, dit Bryant.

– Oui, sapristi, dit Huff.

– Alors ?

– Parce que quelqu'un l'a payé pour le faire, dit Huff.
– Et qui est ce quelqu'un ?
– Là, vous nous coincez, dit Bryant. Joe et moi, c'est justement la chose qui nous a préoccupés. Alors ce matin on se lève tôt, bien que c'est samedi, et on fait une petite visite à la veuve pour, vous savez, s'assurer qu'elle va bien et ne s'est pas fourré la tête dans le four ni rien. Bon, on arrive vers huit heures du matin et devinez quoi ?
Fork bailla.
– Elle n'était pas là, dit- il.
– Exact, fit Bryant. Alors Joe dit : « Essayons le Blue Eagle vu que peut-être elle est descendue là-bas pour examiner les livres de comptes ou bien pour noyer son chagrin. » Alors on roule jusqu'au Blue Eagle et devinez quoi ?
– C'est la devinette n° 2, dit Fork.
– C'est à peine si on a pu entrer, voilà la réponse, dit Huff.
Fork hocha la tête comme s'il était content.
– C'était plein, hein ?
– Quatre rangs au comptoir, dit Bryant. Enfin, au moins deux. Et derrière le comptoir, Virginia soi-même en train de tirer des bières, de verser des coups, de sourire à travers ses larmes et de jouer un joli petit air sur la caisse enregistreuse.
– Je lui ai expliqué qu'elle se ferait sans doute au moins 1 000 dollars, dit Fork. Peut-être même 1 500.
– Alors c'était votre idée ?
– C'est mieux que si elle était restée chez elle à errer dans les quatorze pièces en déchiquetant son mouchoir avec les dents.
– Eh bien, on finit par atteindre le comptoir, dit Huff. On attire l'attention de Virginia et Wade dit quelque chose de compatissant du genre « Ça gaze, Gigi ? » et elle nous dit combien elle nous est reconnaissance d'être passés et que la maison offre le premier verre.
– Et vous n'êtes jamais arrivés à lui demander qui aurait pu envoyer le tireur ?
– Ça semblait pas tellement le moment, dit Bryant, avec le personnel de la banque Condor à notre gauche et les gens du concessionnaire Chevrolet à notre droite.
– Une espèce de veillée, c'est ça ? dit Fork.
– En quelque sorte.
Sid Fork tourna la tête vers la fenêtre et laissa errer son regard.
– Je me rappelle le temps où quand un gars mourait, ses parents, ses voisins et ses amis se réunissaient après l'enterrement avec une tonne de nourriture, dont plein de poulet rôti et de jambon braisé, et la veuve était là debout, tout en noir, serrant toutes les mains et

disant que oui, c'est vrai, le regretté Tom ou Harry avait vraiment l'air encore en vie et est-ce que les fleurs n'étaient pas magnifiques ?

– Merde alors, c'était quelle époque ? demanda Bryant.

– Il y a vingt-cinq ou trente ans, dit Fork qui détourna les yeux de la fenêtre et demanda à Bryant : Alors qu'est-ce que vous avez dégoté – si vous avez dégoté quelque chose ?

Bryant se lécha les lèvres, comme s'il goûtait sa réponse avant de le faire.

– Un éventuel témoin oculaire.

Fork laissa tomber ses pieds par terre et se pencha en avant.

– Qui ?

– Le père Frank de Sainte Maggie.

– Merveilleux, dit Fork qui remit ses pieds sur le bureau. Notre prêtre alcoolo.

– Il est au régime sec depuis un moment, dit Joe Huff. Il va chez les Alcooliques Anonymes et tout ça.

– Comment avez-vous abouti à lui ?

– Il traînait dehors devant l'Eagle ce matin, il avait peur d'entrer, quand Wade et moi sommes sortis.

– Peur de picoler, hein ?

– Probablement, dit Bryant. Alors Joe lui demande comment ça va, mon père ? Et il répond très bien sauf qu'il pense qu'il reviendra peut-être plus tard pour faire ses condoléances quand Virginia sera moins occupée. Et puis il me regarde et je vois qu'il est en train de se dire non, oui, non, oui... et finalement il dit qu'il croit avoir remarqué une chose un peu singulière hier soir. Je ne crois pas avoir jamais entendu quelqu'un dire d'une chose qu'elle est singulière.

– Moi non plus, dit Joe Huff.

– En tout cas, il semble qu'il était allé à une réunion...

– Des AA ? dit Fork.

– Mais, dit Bryant après avoir hoché la tête, ça n'a pas bien marché, ou quelqu'un a dit quelque chose qui l'a défrisé, ou peut-être que l'évêque lui a envoyé un petit message fâché, qui sait ? En tout cas il était un peu énervé et il a décidé de marcher pour se détendre. Et le voilà sur la Cinquième Nord quand il voit un autre prêtre qui regarde les chiots dans la vitrine de chez Felipe.

– Des bergers labradors, c'est ça ? dit Fork. Ils sont mignons.

Joe Huff prit la suite du rapport.

– Eh bien, vous savez que le père Frank circule en jean et T-shirt la plupart du temps. Mais il dit que cet autre prêtre est tout en noir avec le col à l'envers et tout. Alors le père Frank pense que l'autre est en visite ou ne fait que passer parce qu'il ne l'a jamais vu avant. Et il pense aussi que cet autre prêtre aimerait peut-être aller chez Pretty Polly prendre un café et des beignets. Alors il est sur le point de traverser la rue et de l'inviter quand l'autre se détourne et s'en va presque en courant.

– En direction de l'Eagle ?

– Dans l'autre sens. Alors le père Frank recule un peu dans l'entrée de chez Klein, qui est très en retrait, parce qu'il ne veut pas que l'autre prêtre se méprenne.

– Se méprenne sur quoi ?

– Je suis baptiste, j'en sais foutre rien, dit Huff. Vous voulez entendre ce qu'on raconte chez les protestants intégristes du sud à propos de ce que font les curés et les bonnes sœurs ? Attachez votre ceinture.

– Dis-moi juste ce qui s'est passé, d'après le père Frank.

– Voici ce qu'il affirme avoir vu et entendu, déclara Wade Bryant. Il dit que l'autre prêtre fonce sur le trottoir, s'arrête, pivote comme s'il venait de se rappeler quelque chose, et puis va droit au Blue Eagle.

– C'est à quelle heure ?

– Il pense que c'est vers 11 h 20.

– A quelle heure la réunion des AA s'est-elle terminée ?

– 9 h 30, mais il a encore traînaillé pendant une demi-heure pour les biscuits et le café.

– Et puis il est parti marcher pendant une heure et demie.

– En passant devant les bistrots, j'imagine, fit Huff. Pour éprouver sa tentation.

– Mais cet autre prêtre, dit Fork. Il est entré au Blue Eagle.

Huff acquiesça.

– Alors qu'est-ce que le père Frank a fait ?

– Il est resté à traîner encore un peu, dit Bryant, attendant la sortie de l'autre type parce qu'il pensait toujours qu'ils pourraient aller prendre un café et des beignets ensemble.

– Où est-ce qu'il est resté à traîner ?

– La verroterie en face de l'Eagle, dit Huff.

Fork ferma les yeux, comme s'il se traçait un plan du carrefour.

– La bijouterie Marvin, dit-il. Encore une entrée très en retrait.

– Le père Frank dit qu'il se sert de ce genre d'entrées parce qu'il n'aime pas qu'on le voit traîner au coin des rues la nuit, dit Bryant.

– Passons à la chose bizarre, dit Fork. Il a vu quelque chose ?

Bryant secoua la tête.

– Il a entendu quelque chose ?

– Il pense avoir entendu quelqu'un claquer dans ses mains à l'intérieur de l'Eagle.

– Claquer dans ses mains ?

– Claquer dans ses mains.

– Une fois ? demanda Fork. Cinq fois ? Cinquante fois ? Quoi ?

Bryant eut un sourire étroit.
– Voyez-vous, Sid, dit-il, c'est exactement ce que je lui ai moi-même demandé.
– Et ?
– Et il a dit qu'on avait claqué deux fois seulement.
– Et ensuite ?
– Ensuite le prêtre inconnu se précipite hors de l'Eagle et saute dans une fourgonnette qui s'en va à toute vitesse.
– Qu'est-ce que le père Frank a fait alors ?
– Il dit que puisqu'il n'avait personne avec qui boire un café, il est rentré chez lui et s'est couché.
– A quoi ressemblait cet autre prêtre ?
Bryant adressa un signe de tête à Joe Huff qui sortit un petit calepin, tourna quelques feuillets et lut ce qu'il avait écrit.
– Petit. Jambes très courtes. Environ 1,55 m. Gras aussi. Rond comme une boule. Cheveux gris, coupés courts. Et très laid. Porcin.
– Porcin ?
– L'air d'un porc. Il avait un de ces nez retroussés qui braquent leurs narines droit sur vous.
– De quelle couleur, les yeux ?
– Le père Frank dit qu'il n'était pas assez près pour voir, dit Bryant. Mais il était assez près pour voir que le type avait l'air porcin.
– La fourgonnette ?
Bryant secoua la tête avec regret.
– Pas de numéro ni de marque car le père Frank dit qu'il ne sait pas distinguer une Buick d'une Ford. Ce qu'il a dit, c'est qu'elle était rose.
– Rose ?
Bryant hocha la tête.
– Eh bien, dit Fork. C'est déjà quelque chose.

Chapitre 17

L'auberge où Adair, Vines et B.D. Huckins devaient rencontrer le riche beau-frère iranien du maire à 13 heures ce samedi se trouvait à 7 kilomètres à l'est de Durango sur le bord de Noble's Trace qui, une fois hors des limites de la ville, cessait d'être un boulevard pour devenir la route goudronnée à deux voies qui sinuait et virait pour rejoindre l'US 101.

L'auberge s'appelait Cousine Mary et son propriétaire Merriman Dorr affirmait avec insistance qu'il s'agissait d'une hostellerie et nullement d'une auberge. Dorr était un immigrant d'assez fraîche date, venu de Floride, qui prétendait avoir enseigné la géographie à l'université d'Arkansas, navigué comme co-pilote pour une chose nommée Trans-Caribbean Air Freight – compagnie de transport aérien des Antilles – et, avant tout cela, avoir joué pendant deux saisons comme deuxième base dans l'équipe des Savannah Indians de la Southern League de l'Association Américaine de Baseball.

Peu après que Dorr se fût matérialisé à Durango, le toujours soupçonneux Sid Fork passa une série d'appels longue distance et découvrit que Dorr avait fait tout ce qu'il prétendait et davantage. Le surplus incluait une détention sans possibilité de caution dans la prison de West Palm Beach, pendant trois mois, sous une accusation d'abus de confiance aux termes imprécis.

L'escroquerie supposée concernait deux et peut-être trois cargaisons de fusils M 16 et de mortiers M 60. Une firme d'import-export de Miami nommée Midway There Inc. était censée les avoir payés à Dorr. Elle affirmait n'avoir jamais reçu les cargaisons.

Toute accusation contre Dorr fut soudain abandonnée quand Midway There Inc. ferma boutique un week-end de Thanksgiving et qu'on n'en entendit plus jamais parler.

Après ça, Sid Fork ne donna plus de coups de téléphone longue distance inquisiteurs au sujet de Merriman Dorr car, ainsi qu'il le dit au maire, « Tout ça commençait à bigrement ressembler à des trucs de barbouzes. » Mais Fork considérait encore qu'il était de son devoir civique de sauvegarder l'excellent menu et les prix raisonnables de Cousine Mary, même si l'auberge se trouvait juste en dehors de sa juridiction. Il fit donc à Dorr une visite d'avertissement semi-officielle huit semaines après l'ouverture de l'auberge.

– Pourquoi ici ? demanda-t-il à Dorr.

– Quand j'étais là-bas dans cette prison de West Palm Beach, j'ai entendu parler de vos facilités.

– Et de nos règles ?

– Non.

– Eh bien, les règles sont pas de came et pas de putes, sauf si vous voulez une visite des Fédés ou des shérifs adjoints.

– Et dans le cas d'une partie de poker gentille et tranquille, avec les enjeux sur la table, le week-end ?

– C'est différent, dit Sid Fork.

Au volant de sa conduite intérieure Volvo grise vieille de trois ans, B.D. Huckins pénétra dans le parc de stationnement de l'auberge et suivit l'allée de gravier qui menait sur les arrières. Kelly Vines, remarquant la petite enseigne bleue au néon qui disait « Cousine Mary », demanda s'il existait effectivement une Mary qui était la cousine de quelqu'un.

– Merriman Dorr, dit Huckins. C'est le propriétaire.

– On y mange bien ? demanda Jack Adair assis à l'arrière.

– Les portions sont trop grandes.

La question finale vint de Vines, qui demanda pourquoi il n'y avait pas de voitures des clients dans le parc de stationnement de devant.

– Parce qu'il n'ouvre pas avant 18 heures, dit le maire.

Cousine Mary avait été une école abandonnée de deux salles et de quatre-vingt-un ans d'âge lorsque Merriman Dorr acheta le bâtiment et en refit l'installation, accomplissant lui-même une grande partie du travail, y compris l'électricité. Il ajouta aussi deux ailes et peignit l'endroit en rouge comme une grange, sauf le toit. Tous les matins (bien que ce ne fût souvent guère avant midi) Dorr hissait la bannière étoilée au mât porte-drapeau, vieux mais fraîchement repeint et toujours robuste. Les premiers temps qui suivirent l'ouverture, Dorr sonnait la vieille cloche de l'école au lever du soleil tous les jours de congé. Et quoique ses plus proches voisins vivent à 500 mètres de distance, tous (sauf une femme sourde) avaient téléphoné, écrit ou étaient venus pour protester contre cette aubade retentissante. Après ça, Dorr ne sonna plus la cloche que le 4 juillet, fête nationale, et le quatrième lundi d'octobre, journée des anciens combattants.

Il entretenait aussi un ruban jaune, presque aussi large qu'une ceinture en tissu, attaché autour du tronc de l'énorme vieux chêne qui croissait encore dans ce qui avait été la cour de récréation de l'école mais était à présent le parc de stationnement de l'auberge. Le ruban jaune, avait expliqué Dorr à un journaliste de 23 ans du *Durango Times,* était un mémorial à tous les Américains encore retenus en otages par divers terroristes et « à tout autre Américain qui languit dans quelque geôle étrangère pour la seule raison que les ahuris de Washington ont oublié d'arroser les gens qu'il faut ».

Certains tenaient Dorr pour un patriote. D'autres pensaient qu'il était cinglé. Il faisait de bonnes affaires.

Huckins gara sa Volvo derrière l'auberge au bout d'une rangée de cinq conduites intérieures presque neuves et remarquablement banales de marques américaines diverses. Kelly Vines songea que toutes ces voitures auraient aussi bien pu arborer des plaques de fantaisie annonçant : LOCATION. B.D. Huckins remarqua qu'il examinait ces véhicules excessivement anonymes et répondit à sa question informulée.

– C'est ce que conduisent les joueurs.

– Poker ?

– Poker.

La porte de derrière de l'auberge était familière à Vines parce qu'il en avait fait installer une toute pareille dans l'appartement d'un client qui avait de bonnes raisons de croire que quelqu'un essayait de le tuer. La porte avait au moins 5 centimètres d'épaisseur et consistait en une plaque compacte en aluminium recouverte d'un blindage d'acier.

Huckins leva le poing pour frapper mais avant qu'elle le fasse la porte fut ouverte par un type mince de 1,90 mètre aux yeux verts et vifs et dont le visage échappait à une banalité de gravure de mode grâce à une fine cicatrice blanchâtre comme une coquille d'œuf qui courait de son œil gauche à son oreille droite. La cicatrice lui donnait un air aimablement sinistre dont Vines pensa que c'était probablement bon pour attirer le client.

Les yeux verts de Merriman Dorr voletèrent sur Vines, s'attardèrent sur Adair et se posèrent sur B.D. Huckins. Il sourit alors, montrant des dents parfaites et luisantes.

– B.D., dit-il, je vous jure que vous êtes plus jolie chaque fois que je vous vois et ce n'est certes pas assez souvent.

C'était joliment formulé et énoncé avec douceur mais Huckins négligea le compliment et se borna à des présentations sommaires.

– Jack et Kelly. Merriman.

– Messieurs, fit Dorr en s'effaçant pour que ses invités puissent entrer et, au passage de Huckins, il ajouta : je ne vois pas la voiture de Parvis.

– C'est sans doute qu'il n'est pas encore arrivé.

Dorr et le maire avancèrent dans un couloir, suivis d'Adair et Vines. On dépassa une porte fermée. Devant elle, sur une chaise de bois, était assis un quinquagénaire aux aguets, un fusil à pompe posé en travers des cuisses. A travers la porte s'entendait l'inimitable cliquetis de jetons de poker qu'on ramasse ou qu'on met au pot.

Ayant parcouru la moitié du couloir, ils s'arrêtèrent devant une autre porte fermée, que leur hôte ouvrit, s'inclinant presque pour les inviter à entrer.

– Quelle canne extraordinaire, fit Dorr au passage d'Adair.

– Souvenir de famille, dit Adair.

Dorr pénétra dans la pièce comme B.D. Huckins pivotait pour examiner la vaste table ronde avec sa nappe de lin amidonnée, ses serviettes artistement pliées et le couvert mis pour quatre – argent massif, porcelaine striée d'or et gobelets de cristal dans lesquels étaient plantées les serviettes. Vines remarqua que la pièce n'avait pas de fenêtres et devina que l'air conditionné presque silencieux maintenait en permanence la température à 23 degrés.

Dans un coin de la pièce se trouvaient trois profonds fauteuils bruns, un canapé vert sombre et une table basse. Il y avait sur le sol un tapis marron en fibre synthétique. Sur les murs crème pâle étaient accrochées sept aquarelles intéressantes représentant le bâtiment dans son ancien état d'école. Non loin du canapé et des fauteuils, un bar à liqueurs. Une porte entrouverte signalait les toilettes.

– Qu'en dites-vous, B.D. ? demanda Dorr. Des truites vraiment excellentes, du riz sauvage, peut-être un peu de brocolis et une salade Cousine Mary suivie d'un flan pour le dessert ?

– Très bien, dit-elle.

– Le chef Fork ne se joint pas à nous ?

– Non.

Dorr hocha la tête comme s'il était médiocrement déçu et indiqua d'un geste le bar à liqueurs.

– Je vous en prie, servez-vous, dit-il et il sortit.

Le maire examinait un ongle de sa main gauche, Kelly Vines étudiait une des aquarelles et Jack Adair sirotait un verre de bière quand la porte s'ouvrit neuf minutes plus tard et la blonde Dixie Mansur entra, suivie d'un homme élégant proche de la quarantaine qui, pour une raison quelconque, fit penser Vines à un poignard de cérémonie, attendant d'être dégainé.

Dixie Mansur portait un pantalon de toile fauve qui paraissait coûteux et un chemisier de soie marron foncé dont le prix, estima Vines, avait été exorbitant. Son regard passa vivement sur Vines et Adair et s'arrêta sur sa demi-sœur le maire.

– Je me suis invitée, annonça-t-elle.

– J'en suis ravie, dit Huckins qui leva le menton pour recevoir le baiser que sa sœur se penchait pour lui donner. Je ne crois pas que tu aies rencontré le juge Adair. Ma sœur, Dixie Mansur.

Après qu'ils se furent serré la main et salués, Huckins dit :

– Tu connais Kelly Vines, bien sûr.

– Bien sûr.

B.D. Huckins, la tête levée, sourit à son beau-frère, qui attendait d'un air affable, quoique sans sourire, la main droite profondément enfoncée dans la poche de sa saharienne brun clair en soie sauvage, laissant pendre sa main gauche qui tenait une cigarette.

– Comment vas-tu, Parvis ? dit Huckins.

– Merveilleusement, B.D. Ça va, toi ?

Le maire acquiesça de la tête et présenta l'homme à Jack Adair et Kelly Vines. Parvis Mansur serra d'abord la main d'Adair, puis de Vines qu'il remercia d'avoir « porté secours à ma femme ».

– Ce n'est rien, dit Vines.

– Je suis votre débiteur.

– Pas du tout.

– Acceptez au moins ma reconnaissance.

– Bien volontiers, dit Vines en se demandant si les politesses finiraient jamais.

Elles finirent quand la porte s'ouvrit et un serveur mexicain entra vivement avec un couvert de plus. Juste derrière lui apparut un Merriman Dorr rembruni qui regarda la femme de Mansur avec fureur.

– Tu aurais au moins pu téléphoner, Dixie.

Elle négligea la réprimande et Dorr lui-même, qui supervisait maintenant le serveur. Quand le couvert supplémentaire fut mis, Dorr déplaça une fourchette à salade d'un demi-centimètre vers la gauche et se retourna pour adresser à personne en particulier un sourire d'hôte charmant.

– J'espère vivement que le déjeuner vous plaira à tous.

– J'en suis certaine, dit B.D. Huckins.

– Bien, dit Dorr qui s'en alla en propulsant le serveur devant lui.

Quand la porte fut refermée Parvis Mansur se tourna vers le maire.

– Avons-nous le temps de prendre un verre ? demanda-t-il.

– Sers-toi, dit Huckins en désignant le bar.

– Dixie ? demanda Mansur en se dirigeant vers le meuble.
– Oui-oui.

Tous regardèrent Mansur faire tomber des glaçons dans deux verres, verser du scotch et ajouter de l'eau. Il fit les choses avec une économie de mouvements qui frisait l'avarice. Vines soupçonna que c'était sa manière de faire toute chose, sauf parler, car Vines soupçonnait aussi Mansur d'aimer le son de sa propre voix, qui était un baryton grave, presque une basse, et sans autre accent que des voyelles et des inflexions britanniques. Se demandant à quel âge il avait acquis ces sonorités anglaises, Vines eut soudain l'image mentale, pas tout à fait la vision, d'un vieil officier retraité de l'armée britannique, arrondissant sa pension de retraite en passant de longs après-midi à Téhéran, à enseigner la prononciation de bon ton à un Parvis Mansur de 6 ans, qui se tortillait mais n'oubliait jamais rien.

Quand tout le monde fut installé dans les fauteuils ou sur le canapé, Mansur se tourna vers Adair.

– Exposez-nous la chose.
– Difficile de dire par où commencer.
– Peut-être par l'affaire judiciaire elle-même. Celle qui a impliqué un pot-de-vin d'un million de dollars.
– Prétendument, dit Adair.
– C'est bon. Prétendument.

Jack Adair vida le reste de sa bière, posa le verre, joignit les mains sur la poignée incurvée de la canne noire et étudia le plafond pendant un instant ou deux, comme s'il réunissait les fils de son récit. Ensuite il regarda Parvis Mansur.

– Eh bien, monsieur, c'est venu à nous en appel, bien sûr, et c'était une affaire de meurtre, un brin d'inceste et peut-être quelques milliards environ de mètres cubes de gaz naturel étaient-ils en cause. On pourrait donc dire, s'agissant de ce genre d'affaires, que celle-ci présentait un certain intérêt.
– Oui, dit Mansur. Je crois voir qu'on pourrait le dire.

Chapitre 18

Jack Adair commença son récit par Delano Maytubby, le détecteur, un indien Osage de 52 ans qui, sans autre équipement que deux rameaux de saule, s'était fait une réputation pour découvrir du pétrole et du gaz dans des sous-sols que les grandes compagnies pétrolières avaient soit négligés, soit rejetés. Si les affaires allaient doucement et si l'on insistait, Maytubby acceptait aussi de rechercher de l'eau. Mais il insistait d'abord clairement auprès de quiconque l'engageait sur le fait qu'il était un authentique professionnel de la détection et non une espèce de nom de Dieu de sourcier amateur croyant aux lutins des bois et tout ça.

Maytubby avait été engagé pour rechercher du gaz ou du pétrole dans le sous-sol des 13 kilomètres carrés de chênes noirs et de chardons où Obie Jimson, 63 ans, élevait du bétail, dans le coin sud-est de l'État d'Adair.

Les deux hommes circulaient aux alentours du ranch dans l'antique camionnette Ford de Jimson jusqu'à ce que Maytubby dise stop. Il descendait alors, armé de ses deux branches de saule, et s'en allait dans une direction de son choix, Jimson le suivant en première à bord de la camionnette. Ils firent ça pendant presque un mois jusqu'au moment où les rameaux entrecroisés plongèrent et tressautèrent trois fois, s'inclinèrent droit vers le sol, et Delano Maytubby dit : « Oh-oh. »

Jimson descendit de la camionnette et jeta alentour un regard sceptique.

– Ici, tu crois ?

– Ici.

– Et qu'est-ce que c'est ?

– Eh ben, c'est point du pétrole donc ça doit être du gaz.

– Comment tu peux faire la différence ?

Maytubby leva la main droite tout droit en l'air.

– Ça, c'est de quelle couleur ?

– Quoi donc ?

– Le ciel, nom de Dieu.

– Bleu.
– Comment tu le sais ?
– Je le vois.
– Comment tu sais que tu le vois ?
– Eh ben, merde, Del, je le sais, c'est tout.
– Et c'est comme ça que je peux dire que c'est du gaz et pas du pétrole, dit le sourcier. Je le sais, c'est tout.

La raison première pour laquelle Obie Jimson avait engagé Maytubby, à part sa réputation de principal devin de l'état quand il s'agissait de pétrole ou de gaz, était que Maytubby ne pouvait pas tenir sa langue. Un prospecteur au service d'une des grandes compagnies, assis deux jours plus tard au Crazy Kate Café, entendit Maytubby se vanter de sa prétendue découverte au ranch Jimson.

Le prospecteur signala négligemment la chose à son patron, qui lui dit de faire un petit sondage auprès des gens du palais de justice pour savoir si quelqu'un, à part le sourcier détecteur, avait fouiné dans le secteur. Quand le prospecteur rapporta qu'un type qu'il savait travailler pour la Phillips Petroleum avait soudain surgi en ville, son patron lui dit d'aller jusque chez Jimson pour voir s'il serait une noix difficile à faire craquer.

Obie Jimson se révéla être une noix en béton, comme on disait dans le milieu des pétroliers. Il grogna et marmonna que bétail et pétrole ne vont pas ensemble, et qu'il voulait sauvegarder cette terre qui était dans sa famille depuis trois générations, et comme il était déçu que ce sourcier détecteur qu'il avait engagé n'eût pas trouvé d'eau parce que c'est bougrement sûr que les bêtes peuvent pas boire du pétrole ou du gaz.

Après le départ du prospecteur, qui avait promis de revenir avec ce qui pourrait être une offre intéressante, Jimson téléphona aux Continental Airlines, la compagnie la moins chère, et fit une réservation sur un vol pour la Nouvelle Orléans. Il déterra ensuite une coupure du *Wall Street Journal* qui énumérait les vingt meilleurs conseillers fiscaux du pays et appela Randolph Parmenter à la Nouvelle Orléans, lequel était en seizième position sur la liste.

Jimson gagna la Nouvelle Orléans en avion le lendemain, but quelques verres et mangea un bon dîner, se balada dans le Quartier Français jusqu'à 3 heures du matin et se présenta à 10 heures à son rendez-vous avec Parmenter, l'air détendu et reposé.

Parmenter commença par la question que posent la plupart des juristes et des médecins :

– Alors, qu'est- ce qui nous arrive ?

– Il nous arrive, dit Jimson, que j'ai des chances de devenir riche comme un pou et que je ne veux pas que ces cinglés de socialistes de Washington mettent la main sur mon argent. Enfin, le moins possible, en tout cas.

Le bureau de Parmenter était juste à côté de Canal Street dans un des vieux immeubles du centre qui s'enorgueillissait de la respectabilité et de l'attitude compassée de ses occupants. Sa cafétéria avait la réputation de servir les meilleurs sandwichs poulet-salade de la ville et son comptoir à cigares était fier de la qualité de ses havanes de contrebande.

L'homme de loi adressa à Obie Jimson un sourire supérieur nourri de richesse ancestrale et demanda :

– Et qu'appelez-vous au juste devenir riche comme un pou, M. Jimson ?

– 60, peut-être 70 millions ; dans ces eaux-là. Mais pas tout d'un coup, bien sûr.

Parmenter abandonna son air supérieur.

– Et l'origine de toute cette richesse neuve ?

– Gaz naturel.

– Eh bien, les gisements profonds rapportent 270 dollars le mètre cube à présent, admit Parmenter.

(« Il faut vous rappeler », dit Jack Adair à son auditoire, « que tout cela se passait au début de 1984 ».)

– Ça va point du tout rester si cher, dit Jimson.

– Oh ?

– Avant longtemps, ça va dégringoler cul par-dessus tête.

– Qu'est-ce qui vous fait penser cela ?

– Je l'ai lu dans *The Wall Street Journal* où il y a ce type d'Arabie Saoudite, comment il s'appelle, cheikh Yamani, il l'a prédit, et m'est avis qu'il sait sûrement des choses que je sais pas.

– L'étude géologique de votre propriété a été faite, bien sûr.

– Je crois point avoir dit ça.

– Alors comment pouvez-vous être sûr qu'il y a du gaz là ?

– Parce que le meilleur sourcier de la nation Osage le dit.

– Un sourcier, fit Parmenter. Je vois.

– Non, vous ne voyez pas, M. Parmenter. Il se trouve que je me suis remarié assez récemment, bien que je m'aperçois que j'aime pas tellement ma nouvelle femme, et j'ai aussi deux jeunes mômes, un garçon et une fille de mon premier mariage – elle est morte, ma première femme, il y a dix ans – et j'ai pratiquement dû élever Jack et Jill à moi tout seul – du moins jusqu'à ce que j'épouse Contrary Mary il y a deux ans. Et je vous suis bien obligé de ne pas sourire des prénoms de mes enfants comme font la plupart des gens. Jack a vingt ans et Jill dix-huit ans – je me suis marié tard la première fois et pas assez tard la seconde fois – et je veux diviser la source de revenus avant qu'on prouve tout de bon qu'il y a ce gaz parce que j'ai lu dans le magazine *Money* que si on fait ça, on peut éviter un tas d'impôts.

Parmenter s'adossa profondément dans son grand fauteuil de cuir et de bois et scruta Jimson à travers une paire de lunettes à monture de corne. Jimson, qui n'avait jamais porté de lunettes, remarqua qu'elles étaient à triple foyer.

– Dans le magazine *Money ?* dit Parmenter sans pouvoir réfréner un ton horrifié.

Jimson acquiesça.

– Eh bien, fit Parmenter, il est vrai que si vous répartissez vos propriétés foncières avant qu'il soit prouvé que certaines ressources naturelles s'y trouvent, en surface ou dans le sous-sol, vous pouvez éviter des impôts substantiels. Toutefois, le fisc considère de telles répartitions préliminaires avec beaucoup de scepticisme. Êtes-vous bien sûr qu'il n'y a pas eu d'autres sondages géologiques ou études sismographiques de vos terres ?

– Pas que je me souvienne, dit Jimson.

– S'y est-on récemment intéressé ?

– Et bien, un vieux gars est passé l'autre jour, qui travaille pour une petite société qu'on appelle Petit Mex et Grand Mick. Mais j'ai joué les idiots et il est parti.

– Alors vous avez pris l'avion pour me voir uniquement parce que vous avez foi dans les capacités de ce sourcier Osage ?

– Que j'ai foi en lui, c'est pas la question, M. Parmenter. La question, c'est si le fisc aurait foi en lui.

Quand il comprit finalement l'élégance de la réponse d'Obie Jimson, Parmenter se permit son premier sourire de la journée. Toujours souriant, il saisit un bloc-notes jaune de juriste et décapuchonna un stylo.

– Alors comment souhaiteriez-vous découper la chose ?

– Je veux me garder pour moi les deux cinquièmes de tout. Je veux que ma femme, Marie-Elena Contraire Jimson, reçoive un cinquième et je veux que mes deux mômes aient un cinquième chacun. Quand je mourrai, je veux que mes deux cinquièmes aillent aux mômes parce qu'ils sont de mon sang et je les connais depuis bougrement plus longtemps que cette brave Contrary Mary. Et c'est à peu près tout à part une ou deux autres choses.

Après avoir fini de noter, Parmenter leva les yeux.

– J'aurai besoin de détails supplémentaires, de documents et...

Jimson ne le laissa pas terminer.

– J'ai tout apporté avec moi, dit-il et il se pencha, ramassa par terre un sac de Prisunic et le fit glisser sur le bureau de l'homme de loi.

Parmenter examina rapidement les papiers à l'intérieur et sourit pour la deuxième fois.

– Il semble que vous avez apporté exactement ce dont j'ai besoin. Encore le magazine *Money ?*

Jimson hocha la tête.

– C'est bourré de petits conseils utiles, dit-il.

– Il faudra que j'en achète un numéro un de ces jours, dit Parmenter.

Jimson accepta finalement la proposition d'une des grandes compagnies pétrolières et fit venir Parmenter de la Nouvelle Orléans pour mener la négociation. Un peu moins de six mois plus tard, Obie et son fils Jack étaient sortis chasser la caille quand Jill les rattrapa à bord de sa vieille Volkswagen.

– Il vient d'appeler ! dit-elle.

– Qui ? demanda son père.

– Le type de la compagnie pétrolière.

– A propos de quoi ?

– Il dit qu'on a de la production.

– Il n'a pas dit combien, hein ?

– Il a dit de te dire que c'est un obusier. C'est quoi, un obusier, papa ?

– Ça veut dire qu'on est riches comme des poux, dit Obie Jimson qui lança un cri de guerre sudiste, jeta son chapeau sur le sol et exécuta une gigue convaincante autour.

Ce soir-là les quatre Jimson fêtèrent l'événement à l'auberge du Stack Boys Ranch avec, selon le témoignage ultérieur de Roy Stack, « des bonnes grosses côtes de boeuf, plein de Champagne californien à 18 dollars la bouteille et peut-être un ou deux verres de whisky chacun ».

Puis les quatre Jimson – Obie, Contrary Mary, Jack et Jill – rentrèrent chez eux et se couchèrent. A un certain moment entre minuit et 3 heures, Obie Jimson se leva et gagna son bureau dans le vieux ranch. Un fusil de chasse chargé, l'une de ces mêmes armes dont Jack et lui s'étaient servis l'après-midi pour chasser la caille, fut sorti du râtelier d'armes fermé à clé. Le canon fut introduit dans la bouche d'Obie et la détente fut pressée. Il fut découvert par sa femme, née Marie Contraire, qui hurla et s'enfuit, toujours hurlant, pour trouver Jack et Jill.

Quand le shérif adjoint qui répondit au coup de téléphone frénétique de Marie Jimson pensa finalement à lui demander où elle avait trouvé son beau-fils et sa belle-fille, elle dit qu'elle les avait trouvés là où ils étaient toujours la nuit, au lit ensemble.

Les seules empreintes digitales relevées sur le fusil de chasse qui mit fin à la vie d'Obie Jimson appartenaient à son fils Jack. Lui et sa sœur Jill, alors âgés de 21 et 19 ans respectivement, furent arrêtés et inculpés de meurtre au premier degré. La caution fut fixée à 1 million de dollars chacun et envoyée par le président de la banque avec laquelle Obie Jimson avait fait ses affaires. Le président de la banque exigea et obtint 18,9 % d'agios sur les 2 millions de dollars, expliquant à Jack Jimson que c'était le même taux qu'il aurait eu s'il avait utilisé sa carte Visa.

Interdits au ranch par leur belle-mère, qui annonça – par l'intermédiaire d'un conseiller en communication récemment engagé – qu'elle ne voulait pas « dormir sous le même toit que les fornicateurs incestueux qui ont assassiné mon cher mari », Jack et Jill Jimson prirent une suite au Ramada Inn du chef-lieu du comté, renvoyèrent leur avocat local et téléphonèrent à Randolph Parmenter à la Nouvelle Orléans, qui leur conseilla avec force de prendre pour défenseur Combine Wilson, d'Austin (Texas), qui était fameux pour son brio, sa flamboyance et ses honoraires énormes.

– Et ben, j'crois qu'on peut se le payer, non ? dit Jack Jimson.

– Jill est toujours en ligne ? demanda Parmenter.

Ayant reçu l'assurance qu'elle l'était, Parmenter rappela au frère et à la sœur les documents notariaux qu'il avait mis au point pour convaincre Obie Jimson et que tous deux avaient signés, de même que leur belle-mère Marie Contraire Jimson.

– En cas de décès d'Obie, et c'est malheureusement le cas, dit Parmenter, vous deux deviez hériter de ses 40 % de revenu du gaz. Cela signifie qu'à vous deux vous allez maintenant toucher 80 % du revenu total et votre belle-mère, 20 %. Si vous mourez, elle aura votre part. Si elle meurt, vous aurez la sienne.

– De quel genre de somme sommes-nous en train de parler ? demanda Jack Jimson.

– Eh bien, vous avez maintenant cinq puits en production et nous parlons donc d'environ 400 000 mètres cubes de gaz par jour. Avec vos droits de trois seizièmes sur les cinq puits, ça représente un peu plus de 20 000 dollars par jour et par puits, soit environ 3 millions par mois. Bien sûr, la taxe à la production là-dessus fera 228 000 par mois, mais ça vous laisse encore tous les deux avec 80 % de 2,77 millions.

– Dans les 25 millions de dollars par an, hein ? Pour Jill et moi ?

– Oui.

– C'est assez intéressant.

– Je suis certain que Combine Wilson sera de cet avis, dit Parmenter.

Wilson fut tellement de cet avis qu'au lieu de fixer des honoraires il accepta de représenter ses deux jeunes clients – ces orphelins, comme il se plaisait à dire – contre un paiement sous réserve de réussite, chose à peu près inouïe dans une affaire de meurtre. Il expliqua que s'il les tirait d'affaire et les faisait sortir du tribunal par la grande porte, ils lui verseraient 10 % de leurs revenus bruts des trois années suivantes.

– Mais si je ne vous tire pas d'affaire, mes deux petits chéris, déclara Combine Wilson, vous ne me paierez pas un sou.

Jack Adair marqua une pause dans sa narration, prit son verre et but encore un peu de bière, qui était devenue presque tiède.

– Maintenant, 10 % des royalties sur une telle quantité de gaz naturel, c'était, ainsi que Combine lui-même aimait à l'admettre, « une somme très proprette ». Et pour la gagner, il monta un spectacle brillant. Beaucoup disent son meilleur.

– Un orateur, ce me semble, dit Parvis Mansur.

– Un magicien, dit Adair. Il sanglota et cria sur le sort d'enfants sans amour poussés par la solitude, le désespoir et une criminelle négligence jusque dans les bras l'un de l'autre, éclairant ainsi l'inceste d'une belle lumière chaleureuse. Il se répandit en lamentations furieuses contre un père vieillissant, indifférent et flirteur qui ramena au foyer, pour être la marâtre de ses enfants, une femme qu'on avait arrêtée seize fois à Houston pour prostitution. Il produisit des experts de Detroit et de Los Angeles qui s'attaquèrent aux preuves matérielles de l'accusation, pour autant qu'il y en avait, et les mirent en charpie. Il fit venir le shérif adjoint à la barre et le secoua tellement qu'il fut pris de tremblements, après quoi il malmena jusqu'aux larmes au moins trois autres témoins de l'accusation. Mais ce que Combine fit le mieux fut de pousser un médiocre juge de comté à procéder affreusement mal sur le plan légal. Et finalement, il y eut la plaidoirie de Combine qui était de la démagogie de la plus belle eau et de la plus grande efficacité.

Adair fit une pause pour finir sa bière et poursuivit.

– On raconte que c'était un genre de démagogie mi-chuchotée, mi-clamée. Des juristes arrivèrent en avion de partout. Quelques-uns pour tout le procès, mais la plupart rien que pour entendre la plaidoirie de Combine. Et elle a dû paraître d'une logique implacable, irrésistible – à moins de l'étudier de près, ce que j'ai fait ultérieurement, et de s'apercevoir que ce n'était guère plus qu'une rhétorique viscérale, mais brillamment construite et magnifiquement exposée. Kelly était là. Il peut vous le dire.

Les deux demi-sœurs et l'Iranien regardèrent Kelly Vines. Mais c'est B.D. Huckins qui formula la question que tous trois se posaient.

– Que faisiez-vous là ?

– Je représentais un client. Cette même petite compagnie du Petit Mex et du Grand Mick que Jack a mentionnée tout à l'heure. Ils m'avaient envoyé là-bas parce qu'ils pensaient qu'ils pourraient grignoter quelque chose sur les bords, ou du moins attraper quelques miettes qui tomberaient peut-être de la table, si le verdict était ce qu'ils espéraient.

– Et l'a-t-il été ? demanda Huckins.

– Non.

Elle regarda Adair.

– Quand le procureur en eut fini, et quand Combine eut finalement refermé la bouche, et après les douteuses instructions du juge, le jury est sorti et est resté absent une heure et quinze minutes, juste assez longtemps pour que ça ait l'air à moitié décent, et puis il est revenu et a déclaré Jack et Jill Jimson tous deux coupables de meurtre au premier degré.

Chapitre 19

Le dessert était un flan d'une scandaleuse opulence et après que Merriman Dorr lui-même l'eut servi à tout le monde sauf à Kelly Vines, qui dit qu'il n'en voulait pas, Dorr lui demanda s'ils pouvaient parler tous les deux en privé.

Vines se leva de table et le suivit dans le couloir où Dorr regarda à gauche, à droite et de nouveau à gauche, de la même manière que s'il s'était trouvé à une pancarte de stop.

– Le déjeuner vous a plu ? demanda-t-il à Vines.

– La truite était excellente.

– Vous pensez qu'il y avait une pincée de trop d'estragon dans la salade ?

– La salade était très bien aussi. Combien ?

– 1 000 en liquide, dit Dorr. Pas de chèques, pas de cartes.

– La truite n'était pas bonne à ce point.

– Vous payez pour ce que ça coûte de faire venir le personnel un samedi. Et puis il y a les boissons et la salle. Mais ce qui fait vraiment grimper le tarif, c'est l'intimité, qu'il est un peu difficile de chiffrer parce qu'il n'y en a nulle part une meilleure.

– Rien que du liquide, ça doit simplifier votre comptabilité, dit Vines qui sortit un rouleau guère ventru de billets de 100 dollars de la poche de son pantalon, en feuilleta dix coupures avec assez de lenteur pour que Dorr suive le décompte et les lui tendit.

Dorr les recompta, encore plus lentement, et dit :

– Je ne sais pas ce que B.D. et vous êtes en train de fabriquer, mais...

– C'est très bien comme ça.

Dorr négligea l'interruption.

– Mais quoi que ce puisse être, si elle ou vous-même avez un jour besoin de vous rendre quelque part en vitesse, je sais où trouver un Cessna.

– Quel est votre tarif ? 200 dollars au kilomètre ?

– Vous pourriez vous entraîner un peu à mieux écouter, dit Dorr en fourrant dans sa poche arrière les 1 000 dollars à présent pliés.

Je suis en train de vous proposer un service pour elle. Je veux dire, si elle m'annonce que vous devez vous rendre quelque part à toute vitesse, parfait, je vous emmènerai en avion mais il faut qu'elle approuve parce que je ne connais ni vous ni votre associé, si c'est ce qu'il est. La moindre chose que je puisse faire pour B.D., ce sera pour rien, gratis, parce que pour moi c'est la championne.

– Pourquoi ? dit Vines.

– Pourquoi quoi ?

– Pourquoi est-ce que tout le monde est tellement prêt à sauter du haut d'un immeuble pour elle ?

– Parce que si on propose de sauter aujourd'hui, on ne se fera peut-être pas jeter par dessus bord demain.

Quand Kelly Vines regagna sa place à la table ronde, Jack Adair était déjà bien lancé dans son histoire du pot-de-vin d'un million de dollars.

– ... et quand la cour d'appel de l'État a confirmé le jugement, leur liberté sous caution s'est aussi trouvé supprimée. Le garçon a été envoyé au pénitencier de l'État à Goldstone et la fille à l'Institution Correctionnelle Féminine, c'est le nom qu'ils avaient donné à la prison de femmes de l'État quand ils l'ont reconstruite en 1911.

– Et la sentence ? demanda Parvis Mansur. Vous n'en avez jamais parlé.

– Mort par injection.

– Vraiment. Tous les deux ?

– Tous les deux.

– Qui exécute cela ? Un médecin ?

– Un technicien médical.

Soupçonnant son beau-frère d'avoir une longue liste d'autres questions à poser concernant le mécanisme de l'exécution, B.D. Huckins coupa court.

– Venons-en au pot-de-vin.

Adair marqua son accord d'un hochement de tête.

– Le procureur général en personne est venu devant nous soutenir la position du ministère public. Ce n'est pas un très bon juriste mais c'est un politicien vachement futé, ce pourquoi il est à présent gouverneur. Puis est arrivé Combine Wilson et c'est là que tous, tout le tribunal, nous nous sommes redressés pour écouter avec attention. Car c'était Combine le juriste chevronné, et non Combine le démagogue. Et si certains d'entre nous n'avaient pas été attentifs, nous nous serions retrouvés en train de hocher la tête et peut-être même de dire amen de temps en temps pendant qu'il nous exposait ce que la loi était vraiment, et qu'elle n'était pas ce qu'un juge de comté à moitié illettré de Little Dixie pensait qu'elle devrait être.

– Little Dixie ? demanda Dixie Mansur.

– C'est le nom qu'on donne à cette partie de mon État où les mômes Jimson ont eu leur premier procès.

– C'est censé être un compliment ou une vacherie ?

– C'était un compliment au début et c'est devenu le contraire.

– C'est ce que j'imaginais, dit-elle.

Adair regarda chacun des membres de son auditoire.

– D'autres questions ? demanda-t-il et, comme personne n'en avait, il poursuivit : Mais malgré la dextérité de Combine, je sentais qu'au moins quatre des membres de notre fraternité ne se laissaient pas avoir par son argumentation. Peut-être était-ce que trois d'entre eux, devant bientôt se faire réélire, pensaient que voter la mise à mort de deux jeunes gens riches ne leur ferait pas de mal devant les électeurs de mon État qui, dans l'ensemble, sont plutôt partisans des exécutions capitales. La quatrième voix appartenait au seul maniaque de la cour, qui prenait et, j'imagine, prend toujours une sorte de plaisir émoustillé à soutenir les sentences de mort. Du moins n'a-t-il jamais voté contre. Mais de mon côté je dois admettre que j'avais beaucoup de satisfaction – d'un genre différent, j'espère – à voter exactement l'inverse.

– Vous êtes adversaire de la peine de mort, alors ? demanda Mansur.

– Oui, monsieur, je le suis. Indéfectiblement.

– Comme c'est bizarre.

– Vous avez déjà vu une exécution, M. Mansur ?

Avant que Mansur puisse répondre, ce qu'il voulait manifestement faire, B.D. Huckins trancha de nouveau avec impatience.

– Avançons, dit-elle.

Adair lui sourit.

– Dans mon récit plutôt que dans l'exposé de ma philosophie, voulez-vous dire ? (Il n'attendit pas de réponse.) Après avoir fait mon décompte des voix, j'ai abouti à ce qui semblait un blocage de quatre contre quatre, le pouvoir de trancher revenant au vieux juge Fuller.

Parvis Mansur ne put s'empêcher d'interrompre à nouveau.

– Quand vous dites vieux, est-ce une expression idiomatique ou bien l'énoncé d'un fait ?

– Le juge Fuller avait alors 81 ans, ce qui en faisait non seulement un vieux mais un vieillard. Son nom complet était Mark Tyson Fuller et il avait siégé au tribunal pendant 36 ans et aimait à dire qu'il en était la mémoire institutionnelle, quoique depuis un quart de siècle les greffiers l'aient surnommé La Girouette parce qu'il votait avec la majorité dans 89 % des cas.

– Était-il compétent ? demanda Mansur.

– Ce n'était pas un très grand juriste et il était paresseux, mais il avait l'esprit agile, toute sa tête, et il était le meilleur pour deviner le décompte des voix – encore meilleur que moi, et j'étais au-dessus du médiocre. Mais il était aussi décidé à rester membre de la cour jusqu'à sa mort parce que sa femme avait la maladie d'Alzheimer et les soins constants qu'elle nécessitait l'avaient presque ruiné financièrement.

– Combien gagne un juge à la cour suprême de votre État ? demanda Dixie Mansur.

– 65 000, dit Adair. Le président gagne 70 000.

– Hum, fit-elle. Il y a des avoués à Los Angeles qui se font presque autant.

– Je n'en doute pas, dit-il. Mais certains d'entre nous pouvaient se permettre de siéger à la cour. D'autres pensaient qu'un mandat ou deux les aiderait politiquement ou lorsqu'ils retourneraient aux affaires privées. Et quelques-uns d'entre nous jouissaient de leur prestige. Selon une vieille maxime, un juge d'État est un homme de loi qui connait un gouverneur. Mais dans mon État, être *élu* juge à la cour suprême signifie que l'on est un animal politique qui se situe juste au-dessus du vice-gouverneur et seulement un ou deux échelons au-dessous d'un sénateur des États-Unis.

B.D. Huckins jeta un coup d'œil à sa montre.

– Pourrait-on...

– Oui m'dame, dit Adair. Plus de digressions.

Il se pencha, posant ses coudes sur la grande table, et contempla Parvis Mansur, qui le regarda en retour avec des yeux d'un brun velouté qui auraient paru aussi doux que ceux d'une biche, n'était un minime strabisme de l'œil droit qui réussissait à donner à toute l'attitude de l'Iranien une allure de profond scepticisme. Le reste du visage de Mansur n'était pas non plus parfaitement régulier, décida Adair. Les yeux eux-mêmes étaient trop écartés dans cette figure au nez fin et à la forte mâchoire où semblait manquer quelque ingrédient essentiel, peut-être une moustache, et Adair en vint à se demander combien de fois Mansur s'en était laissé pousser une pour la raser aussitôt.

– Poursuivons, dit Adair. Le juge Fuller m'a approché quelques jours après que nous eûmes fini d'entendre l'affaire Jimson. Il est passé dans mes locaux et m'a donné à comprendre qu'il avait un peu tendance à rejeter la condamnation des deux petits et à ordonner un nouveau procès. Et je lui ai dit très bien, j'y inclinais moi-même. Puis il s'est mis à parler de la réélection difficile qui l'attendait, ce qui était parfaitement aberrant, mais je l'ai laissé babiller jusqu'à ce qu'il en vienne à ce qu'il avait vraiment en tête.

– C'est-à-dire quoi ? demanda Mansur.

– Il m'a demandé de le laisser rédiger l'opinion majoritaire parce qu'il m'a dit qu'il ressentait vraiment l'affaire, et aussi parce qu'il pensait que cela lui donnerait peut-être un petit avantage électoral, ce qui était encore aberrant. Mais entre-temps, j'avais compté les voix et je ne voyais aucun inconvénient, alors j'ai dit : « D'accord, Mark, tu rédiges. » Et c'est donc ce qu'il a fait ultérieurement et la cour a voté par cinq voix contre quatre l'annulation du verdict et un nouveau procès Jimson. (Adair s'interrompit pour regarder Kelly Vines.) Ça va, jusqu'ici ?

– Jusqu'ici.

– Environ un mois plus tard un enquêteur du bureau du procureur général de l'État a reçu un coup de téléphone anonyme d'un type qui déguisait manifestement sa voix et qui affirmait que le juge Fuller et moi avions partagé 1 million de dollars de pot-de-vin pour que l'appel Jimson aboutisse avec certitude.

– Juste comme ça ? dit B.D. Huckins. La surprise totale.

– Juste comme ça, dit Adair. Trente minutes après le coup de téléphone, le procureur général en personne était dans mes locaux et me faisait écouter une cassette enregistrée de la communication, ce qui était une belle idiotie de sa part. Mais avec les primaires dans quelques mois, j'imagine qu'il pensait davantage à sa campagne pour devenir gouverneur et aux retombées politiques, qu'aux règles du droit. Alors j'ai écouté, je l'ai gentiment remercié et je lui ai demandé si quelqu'un d'autre était en train de passer une copie de la cassette au juge Fuller.

– Et c'était le cas ? demanda Mansur.

– Je crois que ce n'était même pas venu à l'idée du proc', parce qu'il a eu l'air étonné, peut-être même choqué, et il a dit que non, bien sûr que non, parce qu'il voulait d'abord me parler à moi. J'ai dû faire remarquer qu'à mon avis nous ne devrions pas discuter plus longtemps la question tous les deux. Il s'est alors rappelé les règles du droit et il est parti. Il était à peu près 10 h 30 du matin et il est parti tout recroquevillé comme si le ciel lui tombait sur la tête et, en un sens, je suppose que ce n'était pas faux. C'est alors que j'ai estimé que je ferais mieux de prendre un bon avocat pas cher. J'ai donc appelé mon gendre.

Mansur regarda Kelly Vines.

– Vous, bien sûr.

– Moi, dit Vines.

Jack Adair, l'air soudain fatigué, s'adossa dans son siège.

– Je crois, dit-il, que Kelly devrait vous raconter ce qui s'est passé ensuite.

Après avoir parlé à Adair, Vines avait téléphoné au domicile du juge Fuller mais était tombé sur le signal occupé. Il rappela continuellement pendant quinze minutes, puis appela l'opératrice, affirma que c'était une urgence, et lui demanda de vérifier si la ligne de Fuller était occupée ou seulement le combiné décroché. Elle contrôla et dit que c'était décroché.

La demeure de Fuller était un vieux et vaste monstre à un étage et charpente de bois, peint en blanc, avec une profonde galerie ouverte qui signalait une construction des années 1920, antérieure à l'air conditionné. Elle était aussi au cœur d'un quartier qui se détériorait avec constance et que la ville avait baptisé « Secteur Historique » dans un vain effort pour maintenir la valeur des propriétés.

Kelly Vines sonna à plusieurs reprises. Comme personne ne répondait, il essaya la porte elle-même et découvrit qu'elle n'était pas verrouillée. Sa première impulsion fut de regagner sa voiture et de rentrer à son bureau. Au lieu de quoi il pénétra dans la maison, mû par ce qu'il décrivit comme « un sentiment de curiosité et de nécessité mal définie ».

Une vaste entrée centrale menait à l'escalier. A droite se trouvait le salon. A gauche, la salle à manger, jouxtée par la cuisine. Vines entra dans le salon et trouva Mme Mark Fuller, la victime de la maladie d'Alzheimer, assise dans un fauteuil à bascule très semblable à celui qu'avait popularisé John Kennedy, vêtue d'une longue chemise de nuit en flanelle rose, et morte de ce qui semblait être un coup de feu dans la poitrine. Ses mains croisées sur ses cuisses tenaient encore une paire de lunettes à monture d'argent.

Vines quitta le salon, traversa l'entrée et entra dans la salle à manger. Le juge Fuller était assis dans un fauteuil. Le fauteuil était assorti à la table faite d'un bois très sombre, presque noir, peut-être de l'acajou des Philippines. La table faisait partie d'un ensemble constitué de huit sièges assortis, un buffet sculpté et un vaisselier aux portes en glace.

Sept des huit sièges étaient poussés contre la table. Celui où était assis le juge Fuller avait été écarté d'un mètre du bout de la table, presque contre le mur, apparemment pour empêcher le sang d'éclabousser la lettre manuscrite d'une page qui était posée sur la table juste devant deux boîtes à chaussures ouvertes et pleines de liasses de billets de 100 dollars, chaque liasse entourée d'un bracelet de caoutchouc rouge.

Le juge Fuller était étalé dans son fauteuil, la tête rejetée en arrière. Environ 2 centimètres au-dessus de l'arête de son nez se voyait un trou noir du diamètre à peu près d'un crayon. Sur le sol près du fauteuil se trouvait un petit pistolet semi-automatique.

Vines contempla fixement le juge suprême mort pendant plusieurs secondes ou minutes, il ne sut jamais au juste, puis pivota pour lire la lettre manuscrite. Elle était bien centrée sur la table et maintenue par la mâchoire inférieure complète d'un dentier qui faisait office de presse-papier.

Se servant d'un crayon à bille pour écarter les fausses dents, Vines lut la ronde écriture de la lettre destinée à quiconque la trouverait :

> Après avoir reçu ce matin un appel téléphonique pénible du bureau du procureur général, j'ai décidé de mettre fin à mes jours ainsi qu'à ceux de ma bien-aimée Martha atteinte d'un mal incurable.
>
> La raison de ces mesures radicales est que le président de la cour suprême Jack Adair et moi-même avons chacun accepté un pot-de-vin de 500 000 $ (cinq cent mille dollars) d'une ou plusieurs personnes inconnues pour voter comme nous l'avons fait dans l'affaire Jack et Jill Jimson. C'est le président de la cour suprême Jack Adair, jusqu'alors l'un des hommes les plus honorables que j'eusse jamais connus, qui, ayant pleine et entière connaissance de ma situation financière précaire, m'a fait la proposition de partager par moitié un pot-de-vin de 1 000 000 $ (un million de dollars). Mais à présent le fardeau est devenu trop lourd et Martha et moi sommes devenus trop vieux. Je suis terriblement désolé.

La lettre était signée « Sincèrement, Mark Tyson Fuller ».

Kelly Vines se servit de son crayon à bille pour repousser les fausses dents à leur emplacement initial, alla au téléphone dans le salon et appela un journaliste de sa connaissance. Il attendit ensuite cinq minutes exactement et appela la police. Le journaliste, accompagné d'un photographe, arriva le premier. Le photographe, ayant vivement pris des clichés du juge mort, de sa femme tuée et de la lettre de suicide, était en train de photographier les deux boîtes à chaussures pleines de billets de 100 dollars quand la police arriva.

– Ils étaient quatre, dit Vines. Deux inspecteurs de la criminelle et deux en tenue. D'abord, ils ont jeté dehors le journaliste et le photographe. Ensuite ils m'ont hurlé aux oreilles pendant un moment. Puis ils se sont assurés que le juge et Mme Fuller étaient tous deux vraiment morts. Après ça, ils ont lu la lettre de suicide. Et finalement, ils ont compté l'argent. Mais quel que soit le nombre de fois où ils l'ont compté – et ce fut au moins six ou sept fois – le total en était toujours de seulement 497 000 dollars.

Chapitre 20

Ainsi que Vines s'y attendait, c'est Parvis Mansur qui posa la première question, hautement pertinente.
– Était-ce suffisant, deux ?
– Deux boîtes à chaussures ? Oui.
– Est-ce une estimation ? Une supposition ?
– Ni l'une ni l'autre.
– Puis-je vous demander comment vous le saviez ?
– Par d'ex-clients qui circulaient avec de grosses masses d'argent liquide dans des boîtes à chaussures.
– Combien d'argent américain une boîte contient-elle ?
– En billets de 100 ?
– Oui. En billets de 100.
– Une boîte à chaussures ordinaire fait 30 centimètres de long, 15 centimètres de large, 7,5 centimètres de profondeur et peut contenir jusqu'à trois mille coupures américaines, si elles sont bien serrées. Mais les gens que j'ai connus n'emballaient pas plus de deux mille cinq cents coupures par boîte. En se servant de billets de 100 dollars, ça leur faisait un réceptacle pratique, portatif, qui contenait un quart de million de dollars et ne pesait que 1,3 kilo.
– Comment savez-vous combien ça pesait ? demanda B.D. Huckins.
– Parce que cinq cents coupures américaines font 460 grammes.
– Vous avez aussi appris cela de vos anciens clients ? dit Mansur.
– Évidemment.
– Ils devaient être excessivement prospères.
– C'étaient des fumeurs d'herbe qui étaient devenus revendeurs et se sont développés. Ils se sont transformés en importants grossistes et se sont mis à encaisser tellement d'argent liquide qu'ils étaient obligés de le peser pour le compter.
– Où en sont-ils à présent ? demanda Dixie Mansur.
– Quelle importance ?
– Revenons au journaliste et au photographe, dit Mansur. Aussitôt que vous avez lu la lettre de suicide et regardé les deux boîtes

à chaussures, vous vous êtes rendu compte qu'en fait elles ne pouvaient contenir plus d'un demi-million, c'est ça ?

– C'est ça.

– Alors, pour tout fixer sur pellicule avant que la police arrive, vous avez appelé le journaliste en insistant pour qu'il amène un photographe. Exact aussi ?

Vines hocha la tête et Mansur hocha en retour avec satisfaction. Le silence qui suivit fut finalement rompu par un soupir exaspéré de B.D. Huckins.

– Je ne comprends pas.

– Vous ne comprenez pas quoi ? dit Vines.

– Je ne comprends rien. Surtout cette histoire d'argent. Y avait-il un million ou seulement cinq cent mille ? Est-ce que le juge, comment s'appelait-il, Fuller, s'est tué ainsi que sa femme, ou est-ce quelqu'un d'autre qui les a tués ? Et enfin, dit-elle en tournant la tête pour regarder fixement Jack Adair, avez-vous touché ou non un demi-million et, si oui, de qui ?

Vines aussi regarda Adair.

– Eh bien ? fit-il.

Adair décida d'étudier le plafond. Il l'étudiait toujours quand il parvint à prendre une décision et dit :

– Raconte-leur, Kelly.

– Tout ?

– Tout.

Après avoir rendu furieux les deux inspecteurs de la criminelle en refusant de répondre à aucune de leurs questions tant qu'un avocat ne serait pas présent pour le conseiller, Kelly Vines accrut encore leur rage en leur tendant à chacun une carte professionnelle et en suggérant de sa voix la plus impérieuse que s'ils souhaitaient l'interroger davantage, ils devraient téléphoner à sa secrétaire pour prendre un rendez-vous.

Les deux inspecteurs étaient encore en train de bafouiller et de postillonner quand Vines sortit de la maison Fuller, monta dans sa voiture et se rendit aussitôt à un immeuble vieux de trois ans et haut de six étages qui occupait à présent l'emplacement de l'école communale détruite qu'il avait fréquentée sept ans. L'immeuble résidentiel, qui selon la publicité offrait « le sommet du luxe et du standing », surplombait le parc de 8 hectares que Vines avait traversé chaque jour pour aller en classe, de la maternelle à la septième.

Maintenant une allée de circulation décrivait une boucle à travers 4 hectares de terrain coûteusement aménagé par un jardinier paysagiste et montait jusqu'à l'entrée de l'immeuble. Vines descendit de la conduite intérieure Mercedes, qui plus tard allait le conduire jusqu'en Californie, et confia la voiture au portier, qui, Vines s'en souvenait, avait laissé tomber le lycée au milieu de son année de première en 1965 pour s'engager dans les Marines. Le portier semblait ne jamais se rappeler Kelly Vines.

Après avoir pris l'ascenseur jusqu'au sixième et dernier étage, Vines s'introduisit avec une clé dans l'appartement de son beau-père qui occupait 240 mètres carrés. Il traversa le living-room, longea un couloir et pénétra dans ce que l'architecte avait décrété être la chambre du maître, qui comportait une gigantesque penderie à côté de la salle de bains. Les portes jumelles coulissantes de la penderie avaient été recouvertes de miroirs d'un seul tenant jusqu'à ce que Jack Adair les fît enlever, en expliquant que la dernière chose qu'il eût envie de voir immédiatement au réveil était un gros homme tout nu ou demi-nu.

Vines entra dans la penderie, y alluma la lumière, se mit à genoux et en trouva douze empilées dans un coin, cachées – ou du moins dissimulées – par deux vieux manteaux légers Burberry qui étaient maintenant trop étroits pour Adair mais en bien trop bon état pour être jetés.

Les douze boîtes à chaussures étaient divisées en deux piles jumelles de six chacune. Elles portaient des noms de marques : Ferragamo, Johnston & Murphy, Bass, Allen-Edmonds et Gucci. Une des boîtes Gucci était au bas de la pile extérieure. L'autre boîte Gucci était la deuxième à partir du haut de la pile du fond. Vines les retira automatiquement toutes les deux, certain qu'Adair irait pieds nus plutôt que de porter quoi que ce soit de chez Gucci. Il emporta les deux boîtes à chaussures hors de la penderie et les déposa sur le lit géant. Quand il en souleva les couvercles, il découvrit que de nouveau quelqu'un avait utilisé des bracelets de caoutchouc rouge pour enserrer les liasses de billets de 100 dollars.

Vines appela la loge pour avoir sa voiture. Quand il sortit de l'immeuble grand standing, il ouvrit le coffre de la Mercedes et y balança négligemment un sac poubelle en plastique vert. Après ça, il circula en voiture sans but précis pendant quinze minutes jusqu'à ce qu'il fût raisonnablement sûr de n'être pas suivi. D'une cabine téléphonique il appela un client qui était l'un des associés fondateurs de l'entreprise de vente de marijuana en gros.

Ils se retrouvèrent une heure plus tard au musée historique de l'État, qui n'était qu'à deux rues du capitole local. La rencontre eut lieu au sous-sol du musée où l'on exposait les diligences, les cabriolets et les chariots bâchés du siècle dernier. Le client était un homme efflanqué de 32 ans qui portait des jeans, des bottes de cow-boy éraillées et une chemise oxford en coton blanc avec des pointes de col boutonnées et les manches roulées juste au-dessus du coude. Le client avait cessé de fumer du tabac, et de la marijuana aussi bien, six mois auparavant et avait maintenant en permanence un cure-dent à la bouche. Quatre ou cinq fois par jour il trempait le cure-dent dans une petite fiole d'huile de cannelle.

– S'agit d'quoi ? demanda le client.

– J'ai besoin d'utiliser un de vos blanchisseurs.

– Sans déconner ?

– Lequel me conseillez-vous ?

Le client s'enfonça l'index dans l'oreille droite, ce qui semblait toujours l'aider à penser.

– Eh bien, le Panama n'est pas mal, mais on ne peut pas être sûr que tout le monde là-bas va comprendre l'anglais, quoique la plupart oui, mais j'ai quand même une espèce de penchant pour les Bahamas parce qu'ils parlent tous l'anglais là, même s'il faut des fois se défoncer pour comprendre ce qu'ils baragouinent. De combien est-ce qu'on cause ?

– 500 000.

– Oh, fit le client comme si la somme était à peine suffisante pour faire joujou. Eh bien, ça va coûter.

– Combien ?

– Au départ, on prendra 10 % et notre banque chérie là-bas à Houston va prendre 10 % de plus, alors le temps que ça arrive où ça va, c'est dans les 400 bâtons qu'il va vous rester.

– Alors on fait ça, dit Vines.

– Quand ?

– Aujourd'hui. Tout de suite.

Lorsque Kelly Vines pénétra dans les locaux du président de la cour suprême de l'État au deuxième étage du capitole de l'État, la réceptionniste de 54 ans leva les yeux avec un air d'appréhension qui fit place au soulagement comme elle voyait que son visiteur était le gendre du patron et non la police.

– Il a demandé après vous, dit Eunice Warr, qui était réceptionniste et secrétaire d'Adair depuis treize ans.

– Comment va-t-il ?

Elle haussa les épaules.

– A peu près comme vous pouvez l'imaginer.

Vines eut un petit sourire.

– Vous pensez qu'il a palpé, Eunice ?

Elle haussa de nouveau les épaules.

– Il dit que non.

Le vaste bureau du président de la cour suprême avait des cloisons de bois de pacanier, un tapis tissu de laine et était empli d'un énorme meuble de travail en teck, de deux canapés de cuir brun et d'au moins six profonds fauteuils de cuir brun. Des rideaux de velours marron décoraient trois larges fenêtres qui montaient jusqu'au plafond et donnaient sur l'immeuble directorial de conception japonaise où le gouverneur travaillait de l'autre côté de la rue.

Adair était assis dans un fauteuil à pivot à haut dossier, les pieds sur le bureau massif, suivant avec un écouteur ce que diffusait un petit poste de radio Sony à plusieurs gammes d'ondes, le modèle ICF-2002 qui incluait les ondes courtes.

Adair ôta son écouteur et dit :

– Eh bien, au moins, ce n'est pas encore sur la BBC.

– Qu'est-ce que tu as écouté d'autre ? fit Vines en s'asseyant dans un des grands fauteuils de cuir.

– Juste ce qu'ils disent sur les infos permanentes locales, dit Adair en tendant la main vers sa canne noire ; après en avoir ôté la poignée et le bouchon, il versa du bourbon dans deux verres qu'il sortit d'un tiroir du bureau.

– Je me retenais jusqu'à ce que tu arrives, dit-il en se levant et en tendant un des verres à Vines. Ça ne semblait pas tout à fait le moment de boire tout seul.

– Des appels de quiconque ? dit Vines après avoir goûté son whisky.

– Pas une âme.

– Personne n'est passé exprimer sa sympathie ?

– Ce serait comme sympathiser avec un tueur à la hache.

– Paul n'a pas appelé ? Ou Dannie ?

– Paul est loin en train de faire le travail du bon Dieu. A Chypre, je crois. Quant à Dannie, eh bien, ton épouse et ma fille n'a pas l'air de prêter grande attention aux événements de l'actualité ces temps derniers, ce que tu dois avoir remarqué, je suppose.

– Mais tu es au courant, pour les Fuller et la lettre de suicide ? dit Vines.

Adair hocha la tête et prit un trait de whisky.

– Ils disent que tu as trouvé les corps.

– Je suis aussi allé à ton appartement.

– Ma foi, tu as une clé.

– J'ai un peu regardé.

– Viens-en au fait, Kelly.

– J'ai regardé dans cette grande penderie, dans ta chambre.

– Tu veux dire que, pour une raison quelconque, tu as commencé par regarder là, hein ?

Vines hocha la tête.

– Et tu as trouvé quoi ?

– Deux boîtes à chaussures Gucci. La première contenait 250 000 dollars en billets de 100 dollars. La seconde contenait la même saloperie.

Vines savait que personne, pas même un grand acteur, n'aurait pu feindre le choc qui élargit les yeux bleus de chaton d'Adair, fit béer sa bouche et provoqua un violent éternuement, le genre d'explosion que cause un fort rhume des foins, qui lui fit fourrager à la recherche de son mouchoir et s'en servir. Quand ce fut fait, il se rappela son verre, l'avala d'un trait et répondit sur le ton de la conversation ou presque :

– Fils de pute.

Sur ce, Adair contempla le tapis de laine entre ses genoux puis releva les yeux sur Vines.

– Jamais de ma vie je n'ai acheté de Gucci, dit-il.

Vint alors la colère, une rage lente et froide qui étrécit les yeux d'Adair, vida de toute couleur ses joues replètes et fit tressauter furieusement ses trois mentons quand il reprit la parole.

– C'est encore là-bas ? demanda-t-il d'une voix tendue. Dans ma penderie ? Dans deux saloperies de boîtes Gucci ?

– A peu près à l'heure qu'il est, dit Vines en regardant sa montre, ça doit être en route pour les Bahamas.

La colère d'Adair s'évanouit. La couleur revint à ses joues et la curiosité dans son expression.

– Je te remercie, Kelly, dit-il d'un ton soigneusement urbain. Mais je dois dire que tu n'es vraiment pas malin d'avoir fait ça, bon sang.

– Je suis aussi un délinquant. On t'a entourloupé, Jack. Mais sans l'argent, ils n'ont pas de quoi t'inculper. Ou du moins pas de procès qu'ils puissent gagner.

Adair fit pivoter son fauteuil pour pouvoir regarder de l'autre côté de la rue le bâtiment presque neuf où le gouverneur travaillait.

– Ils vont quand même essayer, non ?

– Oui.

– Et où penses-tu qu'ils vont fouiner d'abord ?

– Comme d'habitude : tes comptes bancaires, coffres, propriétés, investissements, impôts.

– Mes impôts, dit Adair à l'adresse de l'immeuble en face.

Le silence s'établit alors. C'était un de ces silences lourds de menaces qui durent rarement très longtemps parce que quelqu'un tousse ou se racle la gorge avant que quelqu'un d'autre ne hurle. Dans les locaux du juge suprême, Kelly Vines mit fin au silence en murmurant une question.

– Quel est le problème, Jack ?

Adair pivota en sens inverse pour lui faire face et parla d'une voix sans inflexions. C'était un ton que Vines reconnut instantanément parce qu'il l'avait souvent rencontré chez des clients qui, lorsque tout espoir était perdu, l'adoptaient pour énoncer leurs délits sans émotion ni embellissement. C'était, Vines l'avait appris, la voix de la vérité.

– Il y a quatre ans, dit Adair, j'ai demandé aux gens de la comptabilité de me mettre de côté le double de mes impôts locaux et fédéraux sur mon salaire. Je pensais que le supplément me permettrait d'être à peu près en règle avec le fisc en fin d'année et de régler les impôts éventuels que je pourrais avoir sur les intérêts, les dividendes et autres revenus extérieurs.

– Très prudent, dit Vines.

– Le chiendent, dit Adair, c'est que j'ai oublié de faire ma déclaration de revenus locale et fédérale cette année-là. Quand je m'en suis finalement souvenu, j'ai toujours remis la chose à plus tard. Et comme il ne se passait rien, j'ai continué.

– Pendant combien de temps ?

– Comme j'ai dit, quatre ans, maintenant.

– Ils te tiennent, Jack.

– Je sais.

– Tu aurais pu voir H & R Block, bon sang. Tu aurais pu dire à Eunice de s'en occuper pour toi. Tu aurais pu... Ah, merde... C'est complètement absurde.

– Quand on lanterne, c'est généralement absurde.

Le silence qui s'établit n'eut rien de lourd ni de menaçant. Il fut plutôt du genre triste qu'on rencontre parfois aux inhumations quand personne ne trouve rien à dire du mort, en bien ou en mal. Finalement, Kelly Vines dit :

– Je peux peut-être prendre une ou deux mesures fantaisistes, monter une espèce de compte bloqué qui sauvera un peu les meubles, si on a de la chance.

– Peux-tu empêcher que j'aille en prison ?

– Je peux essayer.

– Ce n'est pas ce que je demande.

– Je ne suis pas un faiseur de miracles, Jack.

– Faudrait-il un miracle pour découvrir qui a planté ces boîtes à chaussures dans ma penderie ?

– Non, dit Vines. Pour ça, il ne faudra pas de miracle.

Chapitre 21

Après que Parvis Mansur eut écouté ce qu'Adair et Vines avaient à dire de la radiation, de la vie carcérale à Lompoc, de la mort de Blessing Nelson et du meurtre au Blue Eagle Bar, l'Iranien prit la direction de la conversation et alla droit à ce qui manifestement le troublait le plus.

– Par le fait, M. Adair, dit-il sans chercher à masquer son scepticisme, vous êtes en train de nous dire que personne ne veut vraiment vous tuer... du moins pas encore. Sinon, ils auraient facilement pu le faire quand ils vous ont photographié de l'arrière de cette fourgonnette rose. Après tout, un Uzi est aussi simple à manipuler qu'un Minolta. Plus simple, disent certains.

– Ou ils auraient pu me faire tuer en prison.

– Mais comme ils ne l'ont pas fait, vous croyez être encore en vie à cause de ce que vous savez, correct ?

– A cause de ce qu'ils *pensent* que je sais.

– Y a-t-il une possibilité que votre mémoire s'améliore à quelque moment propice ?

– S'il y a vraiment quelque chose à se rappeler, cela pourrait me revenir un de ces jours. Ou une nuit.

– Et si quelqu'un vous braquait une arme sur la tête et vous disait « Tu parles ou tu meurs » ?

– Cela pourrait réveiller mes souvenirs. Ou bien, encore une fois, ça ne pourrait pas.

Après s'être permis fugitivement une expression d'incrédulité extrême, Mansur se tourna vers Vines.

– Je suppose que les ennemis de M. Adair sont aussi les vôtres ?

– C'est une supposition totalement raisonnable.

– Ce ne sont pas exactement des angelots, n'est-ce pas ?

– Il ne semble pas.

Mansur fit la grimace et ferma les yeux, comme s'il souffrait soudain (d'une douleur probablement mentale, estima Vines). Quand il les rouvrit pour considérer de nouveau Vines, ils avaient l'air plus sceptique que jamais.

– Si j'ai bien compris ma belle-sœur, dit Mansur d'un ton presque ennuyé ou peut-être résigné, vous voulez que je débusque ces ennemis que vous avez et que je les fasse sortir de l'ombre. Et pour cela je dois répandre le bruit qu'on peut vous acheter tous les deux à vos protecteurs putatifs, le maire Huckins et le chef Fork, pour 1 million de dollars en liquide. Exact jusqu'ici ?

– Jusqu'ici, dit Vines.

– Puis-je demander comment vous êtes arrivés à ce joli chiffre rond.

– J'ai estimé, dit Adair, qu'un million n'est que de la petite monnaie pour eux. En quantité respectable, certes, mais tout de même de la petite monnaie.

– Autre point, dit Vines. Nous voulons aussi que vous donniez à la chose l'allure d'un guet-apens. Dans lequel vous nous auriez fait tomber.

– Eh bien, ma foi, dit Mansur d'un ton pour la première fois intéressé et content. Un petit côté farce. Merveilleux. Cela pourrait marcher gentiment, pourvu que... (la phrase mourut tandis qu'il jetait à Huckins un regard égayé). Alors, B.D. ?

– Sid et moi ne voulons pas de coup tordu, Parvis, dit-elle. Tu transmets l'information et l'Homme-Mystère prend contact. Quand le moment et le lieu sont fixés d'un commun accord, tu vends Adair et Vines contre le million, de n'importe quelle manière. Après, ils se débrouillent.

Mansur leva un sourcil interrogateur à l'adresse d'Adair.

– Satisfaisant ?

– Ça paraît très bien.

Mansur s'adossa dans son siège pour considérer Adair.

– Pour je ne sais quelle raison, ni vous ni M. Vines n'avez l'air de deux types qui franchiraient de bon gré les portes de la mort.

– Assurément, dit Adair.

– Vous avez donc une sorte de... plan de secours.

Adair se contenta de le regarder fixement.

– Qui ne me regarde en aucune façon, bien entendu. Ma seule tâche est d'établir le contact et de m'assurer que personne ne sera grugé ou maltraité... du moins jusqu'à ce que l'argent soit à l'abri entre mes mains.

– C'est votre talent personnel, non ? demanda Vines.

– Savoir organiser les choses ? dit Mansur. Oui. C'est mon grand talent personnel. (Il jeta un regard à la ronde, arborant un sourire éclatant.) D'autres questions ? Des commentaires ?

– Juste une, dit Adair. Je suis toujours curieux de savoir pourquoi un homme se charge d'un sale travail. Comme nous ne vous payons rien et, pour autant que je sache, le maire et le chef non plus, ma question est crûment classique : qu'est-ce que ça vous rapporte ?

Mansur se tourna vers sa femme avec un sourire tendre et posa la main sur la sienne.

– La continuation de ma félicité conjugale, dit-il.

– Qui, nous le savons tous, est sans prix, dit Adair.

– Précisément.

Dixie Mansur enleva sa main à son mari et regarda Kelly Vines.

– Vous avez oublié quelque chose.

– Quoi ?

– Vous avez dit au juge, ou en tout cas vous avez dit que vous lui aviez dit, que vous pensiez pouvoir découvrir qui avait mis ces deux boîtes à chaussures pleines d'argent dans sa penderie. Alors. Oui ? Vous l'avez découvert ?

– Oui.

– Comment ?

– J'ai demandé au portier de l'immeuble de Jack.

– Celui qui est allé au lycée avec vous et qui ne s'en souvenait pas ?

– Il s'en souvenait, dit Kelly Vines.

Le portier baissa les yeux sur le billet de 50 dollars dans sa main droite, puis les releva pour regarder Vines.

– C'est pour quoi, Kelly, en souvenir du bon vieux temps ?

– Des amis ont fait une farce au juge Adair et il aimerait savoir comment.

– Quel genre de farce ? demanda le portier. Mauvaise ? Drôle ? Une surprise ? Ou quoi ?

– Une surprise.

– Raconte-moi. Rigoler ne me ferait pas de mal.

– Ils ont mis quelque chose dans son appartement. Ou ils l'ont fait mettre par quelqu'un.

– Quoi ?

Vines se servit de ses mains pour évoquer une chose de la taille à peu près d'une huche à pain.

– Grand comme ça, environ. Peut-être un paquet.

– T'es avocat maintenant, hein ? Je me rappelle au lycée t'étais toujours dans l'équipe d'orateurs. Je me rappelle même comment tu t'es fait envoyer à Washington, une fois, pour débattre contre une autre équipe, du Wisconsin. Je crois que c'était du Wisconsin. C'est ça qui a fait que t'as décidé de devenir avocat ? Parce que t'aimes te lever devant tout le monde et discuter un truc ?

– Probablement, dit Vines.

– Une chose environ comme ça là, hein ? dit le portier en se servant de ses mains pour évoquer à son tour une huche à pain. Qu'est-ce qu'il y avait dedans de si drôle ?

– Des poissons morts.

– Je saisis pas.

– C'était à propos d'une partie de pêche où le juge a été forcé de se décommander à la dernière minute.

Le portier fronça les sourcils comme s'il n'arrivait toujours pas à comprendre pleinement la blague.

– Alors les types qui y sont allés ont déposé une partie de leurs prises pour lui montrer ce qu'il avait manqué, c'est ça ? Mais à ce moment-là le poisson commence à être un peu vieux et à sentir mauvais. (Il réfléchit encore un moment à la question, hocha la tête sans enthousiasme.) Ouais, eh ben, je suppose qu'il y a des gens qui trouveraient ça drôle.

Les yeux gris-bleu du portier s'agrandirent, puis s'étrécirent, comme s'il se rappelait soudain quelque chose – ou bien voulait en avoir l'air.

– Hé, c'est ça que t'as descendu de son appartement cet après-midi dans ce sac poubelle que t'as balancé dans le coffre de ta Mercedes ? Les poissons ?

– On a bien rigolé, dit Vines.

– Toi et le juge, hein ?

– C'est ça. Et maintenant on voudrait à notre tour faire une farce à celui qui a flanqué le poisson chez lui.

Le portier ôta sa casquette de la garde de Ruritanie pourvue d'une visière noire brillante, examina le billet de 50 dollars qu'il tenait toujours dans la main droite et le glissa derrière la bande intérieure de la casquette. Mais au lieu de remettre la casquette sur sa tête, il la garda en main à la hauteur de sa taille et la coiffe en bas, comme s'il quêtait. Comme rien ne venait, il reprit la parole.

– Tu sais, je crois me rappeler quelqu'un qui avait la clé de l'appartement du juge.

Vines soupira, fouilla dans sa poche, sortit un autre billet de 50 et le laissa tomber dans la casquette.

– J'essaie de me rappeler si c'était un paquet vraiment grand ou vraiment petit.

Vines mit un autre billet de 50 dans la casquette.

– Ou si c'était un homme ou une femme.

Quand la main de Vines ressortit cette fois de sa poche, elle tenait trois billets de 50 dollars.

– Tu viens de heurter le plafond, dit-il en les laissant tomber dans la casquette.

Aussitôt le portier remit sur sa tête la casquette et son trésor de 300 dollars en billets de 50.

– Un type courtaud, dit-il. Avec ce qui avait l'air d'un sac d'épicerie plein de denrées. Il avait la clé de chez le juge et il a dit que le sac, c'étaient des documents juridiques que le juge voulait qu'on dépose. Drôle d'allure. Courtaud, comme j'ai dit. 1,57 mètre et gras comme une boule. Il était aussi salement laid avec un drôle de nez, un trou de nez deux fois plus grand que l'autre. C'était un nez qu'on ne pouvait pas s'empêcher de remarquer parce qu'il était pour ainsi dire tordu vers le haut et braqué sur vous. Enfin, en tout cas, il avait une clé et il m'a filé un billet de 20, alors je lui ai dit de passer et de monter.

– Tu ne lui as pas demandé une pièce d'identité ?

– Ah, merde, Kelly, on demande pas une pièce d'identité à un prêtre.

Chapitre 22

Sid Fork trouva enfin ce qu'il cherchait depuis un moment dans la plus grande des deux chambres de sa maison blanc-rougeole là-haut sur Don Domingo Drive. La chambre contenait ce qu'il considérait comme la collection Fork d'Artefacts Américains. Certains d'entre eux – par exemple ses soixante-deux bouteilles de Coca-Cola antérieures à 1941 – étaient conservés à l'intérieur de placards vitrés. Des trésors moins fragiles, comme ses cent trente et une variétés de fil barbelé, étaient élégamment exposés sur des panneaux d'aggloméré qui occupaient le tiers d'un mur.

Parmi les autres objets d'exposition se trouvait une collection joliment disposée des quatre-vingt-quatorze variétés de badges *I Like Ike* distribués pendant les campagnes présidentielles de 1952 et 1956. Les badges politiques, soigneusement rangés par ordre de taille, côtoyaient un impressionnant étalage des derniers numéros jamais imprimés de *Collier's, Look, Liberty, Flair,* de l'ancien *Saturday Evening Post,* de l'ancien *Vanity Fair,* de *McClure's* et d'une demi-douzaine d'autres revues défuntes.

Beaucoup des objets que Fork avait recueillis au fil des années attendaient encore d'être triés et catalogués et étaient stockés dans des caisses en bois hérissées d'échardes et des cartons tachés qui s'empilaient jusqu'au plafond dans un coin de la chambre sans lit. Mais ce qui faisait particulièrement l'orgueil de Fork, c'était sa collection d'isolateurs en verre dont avaient jadis été dotées des lignes électriques, en ville comme à la campagne, de la Floride jusqu'en Alaska. Pareils à des bobines, les isolateurs verts, violets, marron et gris s'alignaient sur de longues étagères en hauteur, illuminés par un éclairage linéaire. C'est derrière les isolateurs de l'étagère du haut que Fork trouva finalement l'album de photos.

Il l'emporta jusqu'à son bureau à cylindre de quatre-vingt-un ans en chêne, alluma la lampe à col de cygne de cinquante-deux ans, épousseta la couverture en simili-cuir de l'album avec un mouchoir féminin en dentelle dont la provenance lui échappait, et parcourut l'album page par page jusqu'à ce qu'il parvienne à une grande photographie en couleur – un tirage géant – de deux hommes et deux jeunes filles, l'une d'elles presque une enfant encore.

Fork contempla la photo plusieurs secondes avant de la retirer de l'album et de fouiller l'amas de courrier sans intérêt sur le bureau à la recherche du cutter. Il se servit du cutter et d'une règle pour découper la tête et les épaules d'un des jeunes hommes du cliché. Après une autre brève recherche, il repéra le flacon de dissolution et colla soigneusement la tête et les épaules découpées sur une fiche de classement de 7 centimètres sur 12. De la poche droite de sa vieille veste en tweed, Fork tira neuf autres fiches et glissa la nouvelle parmi elles. Après avoir battu les dix fiches ensemble, il les étala sur le bureau.

Les fiches portaient les photos en couleur de dix visages d'hommes dont les âges allaient de 20 à 40 ans. Aucun des hommes n'était beau ni même agréable à voir et quelques-uns étaient carrément affreux. Tous regardaient droit dans l'objectif. Aucun ne souriait.

Fork ramassa les dix fiches, les remit dans la poche de sa veste et quitta la pièce, ne s'arrêtant que pour admirer dans son cadre la publicité en quadrichromie pour un magazine, vieille d'au moins cinquante-cinq ans, qui représentait une jolie jeune femme dans un grand roadster luisant quelque part à l'ouest de Laramie. L'image de cette publicité était l'échantillon d'art populaire préféré de Sid Fork ; son texte, la poésie qu'il adorait le plus.

Le chef de la police trouva le prêtre alcoolo à 15 h 13 en ce dernier samedi de juin. Il trouva le père Frank Riggins assis sur un banc sous un eucalyptus non loin du kiosque à musique de Handshaw Park. Le prêtre portait un vieux blue-jean, des chaussures de marche Nike sans chaussettes et un T-shirt vert avec une ligne imprimée en jaune qui proclamait : « Il n'y a pas de *Petits* Miracles. »

– J'ai pensé que vous pourriez être là, dit Fork qui s'assit sur le banc, sortit un petit sac de papier blanc de sa poche de veste et le présenta à Riggins : C'est la femme de Joe Huff qui l'a fait. Elle appelle ça sa recette de Vassar.

Le Père Riggins contempla le sac en papier et secoua la tête tristement.

– Je ne dois pas.

– Il y a des pacanes dedans.

– Ne me tentez pas, Sid.

– Un morceau ne vous fera pas de mal.

– Les substituts sont une fuite, dit Riggins tandis que sa main droite plongeait dans le sac et en ressortait avec un carré de fondant de 2 centimètres d'épaisseur et 5 centimètres de côté, fourré d'une abondance de pacanes ; il prit une grande bouchée, mâcha lentement, sourit glorieusement et dit : Ça me fait davantage mal aux dents qu'à ma conscience.

– Prenez le sac, dit Fork en le tendant à Riggins.

– Vous n'en voulez pas ?

– Je n'ai jamais beaucoup aimé les fondants.

Le prêtre prit le sac, regarda dedans pour compter les morceaux qui restaient et releva la tête vers Fork avec un léger sourire.

– Maintenant que vous m'avez compromis, qu'est-ce que vous voulez savoir ? Davantage que ce que j'ai dit ce matin à Joe Huff et Wade Bryant ?

Fork hocha la tête.

– Je ne l'ai pas bien vu, dit Riggins.

– Pourquoi ? Vous ne portez pas de lunettes.

– Il faisait noir.

– La vitrine de la boutique animalière de Felipe reste joliment éclairée et il y a un lampadaire juste devant le Blue Eagle.

– Il était habillé en prêtre, ou plutôt comme nous nous habillions tous autrefois.

– Mais vous ne pourriez pas jurer que ce n'en était pas un, si ?

– Bien sûr que non. Il y a eu toute sorte de prêtres... Des dingues, des violeurs, des escrocs, des voleurs, des détraqués et, bien sûr, des ivrognes. Des tas et des tas d'ivrognes. Alors pourquoi pas un prêtre tueur ?

– Nous savons tous les deux que ce n'était pas un prêtre, Frank.

– Je suppose que oui, soupira Riggins.

– Pourriez-vous le reconnaître ?

– Probablement.

– A quoi ressemblait- il ?

– Je peux seulement vous dire ce que j'ai dit à Joe et Wade ce matin.

– Ça me va très bien.

Riggins réfléchit à ce qu'il allait dire, puis hocha la tête comme pour se rassurer.

– Eh bien, il était petit. C'est ce qu'on remarquait en premier. Pas plus de 1,55 mètre, au maximum. Et très lourd, presque une boule, vous voyez. Et il avait les jambes très courtaudes et des cheveux gris coupés court. Pas simplement en brosse, mais comme si quelqu'un avait employé une paire de ciseaux et avait tout taillé. J'étais trop loin pour voir la couleur de ses yeux, mais il n'était pas joli-joli.

– Pourquoi ?

– Eh bien, il avait ce nez bizarre qui ressemblait un peu à un groin de cochon avec le dessous tout relevé de sorte qu'on voyait ses narines même depuis l'autre côté de la rue.

– J'ai apporté quelques photos que je voudrais vous montrer.

– Des portraits de criminels ?

– Quelque chose de ce genre, dit Fork qui sortit les dix fiches de la poche de sa veste et les tendit à Riggins.

Celui-ci les feuilleta lentement et s'arrêta à la septième.

– Eh bien... je ne sais pas trop.

– Quoi donc ?

– Il a l'air tellement plus jeune là.

Le chef de la police prit la fiche au prêtre et jeta un regard au visage d'homme qu'il avait découpé dans le cliché géant avec son cutter.

– C'est parce qu'il était plus jeune là-dessus, dit Fork en contemplant toujours la photo. Plus jeune de vingt ans.

Assise dans le fauteuil de cuir brun-chocolat de son coin salon, B.D. Huckins posa son verre de gin pour pouvoir feuilleter les dix fiches que Sid Fork lui avait tendues.

– Comment suis-je censée savoir lequel Franck Riggins a choisi ? dit-elle.

– Tu verras, dit Fork qui but un peu de bière et regarda le maire examiner sans réaction sept des dix fiches.

A la huitième elle s'arrêta, étrécit les yeux et serra les lèvres, formant la mince ligne maussade qui contribuait à lui donner son air d'écouter une réclamation contre les nids-de-poule. Son expression demeura sombre quand elle releva la tête.

– C'est impossible, dit-elle.

– Tu sais que non, B.D.

Elle tapota le visage d'homme sur la fiche avec son index.

– Où as-tu eu cette photo de Teddy ?

– Tu te rappelles le jour où on s'est tous installés dans cette baraque qu'il avait louée sur Boatright ?

Le maire acquiesça à contrecœur, comme si elle trouvait ce souvenir dérangeant.

– Et le propriétaire, le vieux Nevers, est passé voir s'il pouvait se faire offrir un verre et Teddy nous a fait aligner tous les quatre, toi, moi, lui et Dixie, et a fait prendre notre photo par Nevers avec ton Instamatic avant de lui donner à boire ?

– Je ne me rappelle rien de tout ça, dit-elle.

– Eh bien moi, si. Et je me rappelle aussi avoir fait faire des agrandissements de ce rouleau et les avoir collés dans mon album.

– Je ne comprends pas pourquoi.

– Pourquoi quoi ?

– Pourquoi tu as justement pensé à Teddy et montré sa photo à Frank Riggins. (Elle grimaça, comme si elle avait un mauvais goût dans la bouche.) Teddy. Seigneur.

– Comment est-ce que je l'appelais ?

– Teddy ? Le groin.

– Et quand je ne l'appelais pas le groin, je l'appelais Porcelet. Alors ce matin, mes deux as de la criminelle ont déniché un témoin oculaire, le père Frank, qui affirmait avoir vu un type vraiment courtaud d'environ 40 ans qui ressemblait à un des Trois Petits Cochons et qui est entré au Blue Eagle et en est ressorti à peu près au moment où le pauvre Norm s'est fait flinguer. Alors je me suis mis à réfléchir pour savoir si je connaissais des petits types méchants avec un nez de cochon qui pourraient se balader en abattant des gens pour de l'argent ou juste pour se distraire et j'ai pensé à Teddy. Je veux dire, il m'est venu à l'esprit, tout d'un coup.

– Au bout de vingt ans ? dit-elle.

– Teddy a tendance à vous rester en mémoire. Même au bout de vingt ans.

Le maire ferma les yeux et s'adossa dans le fauteuil de cuir.

– On aurait dû le noyer.

Quand elle reprit la parole plusieurs secondes plus tard elle avait toujours les yeux clos et sa voix semblait lasse.

– Teddy était déguisé en prêtre ?

– Je viens de te le dire.

– Non, tu ne me l'as pas dit.

Fork se repassa mentalement les quelques dernières minutes de la conversation.

– Tu as raison. Je ne te l'ai pas dit. Qui, alors ?

– Kelly Vines. Indirectement.

– Quand ?

– Aujourd'hui. Là-bas chez Cousine Mary.

– Raconte, dit Fork. Tout.

Huckins fit du déjeuner un compte rendu résumé mais complet qui incluait le souvenir qu'avait Kelly Vines de sa conversation avec le portier peu disposé à demander ses papiers d'identité à un prêtre. Quand elle eut fini, la première question de Sid Fork fut :

– Qu'est-ce que vous avez eu pour déjeuner ?

– Des truites, dit Huckins qui récita vivement le reste du menu, sachant que Fork l'interrogerait si elle ne le faisait pas.

– Comment c'était ? Les truites ?

– Très bonnes.

– Qui a payé ?

– Vines, je crois.

– Redis-moi ce que Vines a dit que le portier avait dit de ce type tout petit habillé en prêtre.

– Tu veux savoir de quoi il avait l'air ?

Fork hocha la tête avec impatience.

– Laisse-moi réfléchir. (Huckins ferma de nouveau les yeux, les tint fermés pendant au moins dix secondes, les rouvrit.) Le portier a dit à Vines que le prêtre était courtaud et salement laid et avec une narine deux fois plus grande que l'autre. Et que le nez était tordu vers le haut et braquait ses trous de nez, comme il les a appelés, droit sur vous.

– Et ça ne t'a pas tout de suite fait penser à Teddy ?

– Non.

Le signe de tête où Fork voulait mettre de la sympathie révéla sa condescendance.

– Eh bien, dit-il, tu n'es pas flic.

– Mais puisque tu l'es, dis-moi une chose. Qu'est-ce que les flics vont faire pour Teddy ?

– Tout ce qui sera dans les limites de la loi.

– Et Sid Fork ? Que va-t-il faire ?

– Tout ce qui sera nécessaire.

Chapitre 23

L'inspecteur de police de Durango âgé de 51 ans, qui avait fait jadis partie de la brigade des jeux et escroqueries de Dallas, leva les yeux de son exemplaire de la revue *People* quand l'homme de haute taille et d'âge mûr, avec les cheveux blancs et une moustache bien taillée noire comme du goudron, s'avança à grandes enjambées dans le hall du Holiday Inn et se dirigea vers le léger renfoncement où se trouvaient les téléphones de l'établissement.

Cornant sa page de *People* pour la marquer, Ivy Settles posa la revue sur la table près du canapé et se leva, sans quitter des yeux l'homme qui était debout, droit comme un pin, le combiné à l'oreille, attendant qu'on réponde à son appel.

Settles examina la veste écossaise brun éteint de l'homme, décidant que c'était un mélange de soie et de laine qui avait coûté au moins 650 dollars, peut-être même 700. Le pantalon à plis profonds, en gabardine fauve, valait à son avis 400 dollars, voire 425. Et les chaussures à lacets, bicolores, marron et blanc, en forme de mocassins au bout (un style que Settles n'avait pas vu depuis vingt ans), étaient probablement faites à la main et coûtaient autant que la veste. En comptant les chaussettes, la chemise et les sous-vêtements, Settles estima que l'homme portait près de 2 000 dollars sur le dos et les pieds.

L'inspecteur enfonça les mains dans les poches fendues du blouson coupe-vent de fabrication taïwanaise qu'il avait payé 16,83 dollars, TTC, au grand magasin Figg's et traversa le hall sur des pieds chaussés de savates à deux sous de chez le soldeur. Le reste de sa personne était revêtu d'un pantalon de coton bleu de chez Sears, d'une chemisette Arrow blanche et de sous-vêtements Fruit of the Loom. Settles aimait les vêtements bon marché et estima que tout ce qu'il portait, y compris ses chaussettes blanches de Prisunic, n'avait pas coûté autant que le bracelet noir en lézard qui maintenait une montre plate en or au poignet gauche de l'homme à cheveux blancs.

Les mains toujours enfoncées dans les poches de son coupe-vent, Settles s'arrêta juste derrière l'homme, comme si tous deux faisaient la queue. L'homme parlait à présent dans un téléphone intérieur d'une voix preste et affable qui semblait bien trop jeune pour son âge. Settles se dit que c'était sa voix de là-haut dans le nord que l'homme prenait, et se rappela avec quelle facilité elle pouvait passer à de douces intonations sudistes qui ressemblaient remarquablement à l'accent de Charleston.

– Oui, dans le hall, disait l'homme dans le combiné. J'ai pensé que je pourrais monter une ou deux minutes en passant avec quelque chose qui devrait vous intéresser.

Sentant finalement une présence derrière lui, l'homme se retourna et fit face à Settles qui, les mains toujours dans ses poches fendues, se balançait sur ses talons. L'homme se rembrunit et indiqua les autres téléphones. Settles sourit légèrement en secouant la tête.

L'homme tourna le dos à l'inspecteur et parla de nouveau dans le combiné.

– Disons dans cinq minutes au lieu de tout de suite. J'ai un autre coup de fil à passer.

L'homme raccrocha, se retourna pour faire à nouveau face à Settles et dit :

– Vous faites une fixation sur cet appareil-ci, l'ami ?

– Ça fait un bail, Soldat, dit Settles.

L'homme se rembrunit de nouveau, tâchant cette fois d'avoir l'air perplexe. Il aurait peut-être réussi sans le scintillement de ses yeux verts qui ne pouvaient jamais dissimuler complètement leur rouerie.

– Je ne crois pas avoir eu le plaisir, dit-il de sa voix joliment réfrigérée de là-haut dans le nord.

– Dallas, dit Ivy Settles. Février 73. Je t'ai conduit dans le centre et mis dans le Greyhound pour Houston après que la veuve du courtier a refusé de porter plainte.

– Ma promise, dit l'homme. Edwina Wickersham.

– A qui tu as rendu l'argent.

– Remboursé son prêt, vous voulez dire.

L'homme à cheveux blancs examina soigneusement Settles, prenant son temps, commençant par les savates à deux sous et remontant sans hâte jusqu'au visage rond où un nez délicat et un menton hésitant contrastaient avec des yeux gris totalement sagaces et une mince bouche blasée.

– Tu as grossi, Ivy, dit l'homme. Et tu sembles être tombé dans une mauvaise passe – encore qu'avec toi c'est toujours difficile d'être sûr. Tu fais quoi, maintenant ? Détective maison au Holiday Inn ?

– A qui téléphonais-tu, Soldat ? demanda Settles.

– Ce n'est vraiment pas tes oignons de merde, si ?

Settles hocha la tête comme s'il était d'accord, décrocha un des téléphones intérieurs et tapa trois chiffres. Quand on répondit à son appel, il dit :

– Ici Settles en bas dans le hall. Vous venez d'avoir un appel de Soldat Sloan ? (Il écouta, jeta un coup d'œil à Sloan.) Non, pas de problème. Juste pour vérifier. Je vous l'envoie.

Après que Settles eut raccroché, Soldat Sloan eut un sourire chaleureux, presque intime.

– Ça te plaît de travailler pour Sid Fork, Ivy ? demanda-t-il.

– C'est gentil et tranquille et c'est comme ça que Sid et moi aimons les choses.

Sloan parcourut du regard le hall presque vide.

– C'est plus tranquille qu'une tombe.

– Bah, nous aurons le défilé du 4 Juillet la semaine prochaine.

– Voilà assurément un jour de jouissances et de folies.

– Je vais t'accompagner à l'ascenseur, Soldat. M'assurer que tu appuies sur le bon bouton et tout.

Tandis qu'ils attendaient un ascenseur, Settles reprit :

– J'ai appris que tu t'es promu général de brigade.

– Et il était grand temps ! Tu ne crois pas ?

Settles sourit et hocha gaiement la tête, non pour répondre à la question de Sloan, mais comme s'il venait d'aboutir à quelque conclusion bienvenue.

– J'aime vraiment cette nouvelle moustache, Soldat. Elle me rappelle celle que portait César Romero avant que la sienne devienne blanche. Ça, c'était une moustache ; pas une de ces petites balayettes minables que Tom Selleck et tous les mômes dans *Highway Patrol* portent maintenant. Je parie que la tienne a poussé noire comme du charbon. Je parie que tu n'as même pas besoin de la teindre. Tous ces cheveux blancs. Les sourcils noirs. La moustache assortie. Je dois dire que ça te donne vraiment l'air distingué, Soldat, et combien de temps vais-je dire à Sid que tu es par chez nous cette fois ?

– Je m'en irai avec la marée du soir.

– Sid va regretter de t'avoir manqué, dit Settles comme les portes de l'ascenseur s'ouvraient. (Il regarda Sloan entrer dans l'ascenseur, pivoter et appuyer sur le bouton 3.) Content de t'avoir revu, Soldat.

– C'est toujours un plaisir, dit le vieil homme juste avant que les portes se referment.

Ayant passé la moitié de sa vie à s'occuper de jeux truqués et d'escrocs, Ivy Settles observa les chiffres de l'indicateur lumineux de l'ascenseur que le Soldat Sloan avait pris en direction du troisième étage. Simple précaution, se dit-il, pour s'assurer qu'il ne prend pas la tangente. L'ascenseur avait fait une pause au deuxième puis continué jusqu'au troisième, où il semblait maintenant bloqué.

L'autre ascenseur, à la droite de Settles, était en train de descendre. Il avait lui aussi marqué une pause au deuxième étage et Settles décida de demander à son ou ses occupants s'ils savaient quel était le problème au troisième.

Les portes de l'ascenseur de droite s'ouvrirent et un homme très petit et très corpulent en sortit. Il portait une casquette publicitaire vantant le tabac à priser de Copenhague, d'épaisses lunettes teintées et une combinaison bleu foncé avec « Francis » en fil rouge au-dessus de la poche poitrine gauche. Il transportait de la main gauche une grande boîte à outils noire qui semblait vieille et usagée.

– Qu'est-ce qui se passe avec l'autre ascenseur ? demanda Settles.

L'homme s'arrêta, leva les yeux vers Settles, puis vers les chiffres de l'indicateur et de nouveau vers Settles.

– J'en sais rien.

– A quel étage êtes-vous monté dans la cabine ?

– Deuxième.

– Vous n'êtes pas le réparateur des ascenseurs, hein ?

L'homme courtaud tourna le dos à Settles. Des lettres rouges de 5 centimètres de haut, en arc de cercle, annonçaient « Francis le Plombier » sur toute la largeur de la combinaison. Sous le nom se trouvait un numéro de téléphone. L'homme se retourna pour faire de nouveau face à Settles.

– Je suis Francis et les toilettes étaient bouchées au 222 et on est samedi et je suis en heures supplémentaires. Alors si quelqu'un veut que je reste à causer d'ascenseurs en panne, ce quelqu'un paiera une facture.

– Attendez ici, dit Settles.

– Pourquoi ?

Settles sortit son insigne et le montra au plombier.

– Parce que je le dis.

Ayant vivement gagné le léger renfoncement où se trouvaient les téléphones intérieurs, Settles en saisit un et tapa trois chiffres. Au bout de deux sonneries une voix d'homme répondit allô.

– M. Adair ? dit Settles.

– Vines à l'appareil.

– C'est encore Settles, en bas dans le hall. Est-ce que Soldat Sloan est arrivé ?

– Pas encore.

– Voudriez-vous allez voir l'ascenseur au troisième, la cabine de droite, et puis descendre me dire ce qu'il a qui ne va pas ?

– Que je descende dans le hall pour vous le dire ?

– S'il vous plaît.

– Bon, dit Vines qui raccrocha.

Settles retourna en hâte devant les ascenseurs, où Francis le Plombier avait omis d'attendre. L'inspecteur obliqua et traversa le hall en petites foulées jusqu'aux portes d'entrée de l'hôtel. Il les franchit juste à temps pour voir une fourgonnette Ford rose virer à droite en sortant du parc de stationnement. Il y avait sur le flanc de la fourgonnette un grand panneau à fixations magnétiques qui annonçait « Francis le Plombier » en grosses lettres noires. Au-dessous d'elles, en caractères plus petits, figurait le slogan « 24 heures sur 24 ».

Gêné et agacé par sa propre coquetterie, Ivy Settles fouilla dans la poche de sa chemisette pour en tirer ses lunettes qu'il mit en hâte. Mais entre-temps, même avec les lunettes, il était devenu impossible de déchiffrer le numéro d'immatriculation de la fourgonnette Ford rose.

Chapitre 24

Les ascenseurs étaient au bout du couloir et après qu'on en avait tourné le coin, par rapport à la chambre de Kelly Vines au troisième étage. Quand il les atteignit il trouva Soldat Sloan étendu sur le dos et à moitié hors de la cabine de droite dont les deux portes automatiques venaient heurter doucement la taille du vieil homme, toutes les trois ou quatre secondes.

Vines vit aussitôt que Sloan était mort. Les yeux trop verts avaient perdu leur scintillement et contemplaient sans ciller le plafond vanille du couloir. Vines s'agenouilla pour poser la main sur le cou du vieil homme, cherchant une pulsation qu'il ne trouverait pas, il le savait.

Si le décès avait une cause, Vines ne la voyait pas. Il n'y avait pas de blessures visibles ni de sang, mais il trouva cependant bizarre la position de Sloan. C'était comme si le vieil homme s'était retourné pour faire face au fond de la cabine, puis était tombé en arrière, s'effondrant à moitié hors de l'ascenseur.

Vines fouilla les poches du mort sans presque songer aux conséquences, sauf qu'il se rappela qu'il n'était plus un homme de loi. Il ne s'occupa du gousset qu'en dernier parce qu'il était convaincu de savoir ce qu'il y trouverait.

Dans les autres poches il découvrit un peigne, un stylo Montblanc et un portefeuille en autruche, passablement usagé, contenant 550 dollars en billets de 50. Dans les autres poches il découvrit une clé de contact avec un porte-clé Mercedes qui ne signifiait pas forcément quelque chose ; un petit canif avec un manche en or dont Vines pensa qu'il était sans doute à 14 carats ; un mouchoir en fil d'Écosse ; et un petit agenda de poche couplé avec un carnet d'adresses. Le carnet d'adresses était presque entièrement rempli de noms et de numéros de téléphone, mais très peu d'adresses. La partie agenda était vierge et la page de ce jour, samedi 25 juin, avait été arrachée.

Dans la poche de gousset de Sloan, comme il s'y attendait, Vines trouva un billet de 1 000 dollars plié en quatre, émis en 1934 et orné du portrait gravé du président Grover Cleveland et de la signature de Henry Morgenthau Jr., ministre du Trésor. Au dos du vieux billet, des lignes décoratives gravées visaient à décourager les contrefacteurs.

La page d'agenda arrachée se trouvait également dans la poche de gousset, pliée et repliée, comme le billet de 1 000 dollars, au point d'avoir la taille d'un timbre poste. Vines la déplia avec soin, remarquant qu'elle était pour l'essentiel une page d'agenda proprement dit, avec environ 2 centimètres en bas destinés aux « Mémos ». En haut se lisaient des initiales et des chiffres, « KV 331 » et « JA 333 », que Vines décoda aussitôt : c'était ses initiales et son numéro de chambre, et ceux de Jack Adair.

Au bas de la page dans l'emplacement réservé aux mémos se trouvait une autre note : « V JA O CF DV. » Vines n'y comprit rien et remit tout en place, y compris la page d'agenda arrachée et le billet de 1 000 dollars, tous deux soigneusement repliés. Après quoi il se redressa et alla annoncer à Ivy Settles que Soldat Sloan était mort.

Settles, premier policier à se trouver en présence du corps de Soldat Sloan, examina la scène sans bouger pendant que le jeune directeur adjoint du Holiday Inn se servait d'une clé pour couper l'alimentation de l'ascenseur afin que les deux portes restent ouvertes et cessent de heurter le mort à la hauteur de la taille. Settles s'agenouilla près de Sloan, rechercha des signes de vie et leva la tête vers Vines qui, de même qu'Adair, était à présent adossé au mur en face des ascenseurs.

– Il est mort, fit Settles. Comme vous avez dit.

Comme Vines ne voyait rien à ajouter à cela, il ne dit rien. Le chef Sid Fork arriva quelques minutes plus tard, adressa un signe de tête à Vines et Adair, jeta un coup d'œil à Soldat Sloan mort et se mit à questionner Settles. Il était encore en train de le questionner quand les deux spécialistes criminels, Wade Bryant et Joe Huff, arrivèrent et se joignirent à la séance de questions.

Huff, le chauve noir et professoral, en posa de loin en loin pendant qu'il utilisait son Minolta pour prendre des clichés du mort. Quand il en eut pris assez, il interrompit Wade Bryant.

– Retournons-le.

Une fois que Soldat Sloan fut allongé sur le ventre, on put voir la tache de sang grande comme une soucoupe sur le dos de sa veste écossaise aux tons discrets. Avec l'aide de Bryant, Huff ôta la veste et prit plusieurs photos d'une tache de sang de la taille d'une assiette sur le dos de la chemise jaune pâle de Sloan.

– Dites, les gars, demanda Kelly Vines par curiosité. Qu'est-ce que vous avez comme médecin légiste ?

– Comme nous sommes à près de 150 kilomètres du siège du comté, ils ont nommé le docteur Joe Emory assistant du légiste adjoint, dit Huff en tirant sur les manches de chemise de Sloan et en relevant la chemise elle-même vers les aisselles du mort. Son titre biscornu ne veut pas dire grand-chose parce que le comté paie Joe comme travailleur aux pièces.

– Il aime faire des autopsies ?

– Il aime que ça paie, dit Huff.

Quand la chemise fut remontée sous les aisselles de Sloan, on put voir la petite perforation dans son dos. La blessure elle-même n'avait pas vraiment saigné beaucoup et avait le diamètre, selon les mots de Huff, « d'un gros pic à glace ».

– En tout cas il est mort vite, ajouta Huff en se redressant et il braqua son Minolta sur le dos dénudé de Sloan.

– Si l'angle était bon et le type savait ce qu'il faisait, dit Wade Bryant toujours agenouillé, alors il n'a probablement pas senti grand-chose.

– Il l'a senti, dit Huff. Il l'a senti suffisamment pour se retourner, voir qui avait fait ça et dégringoler en arrière.

Le directeur adjoint de l'hôtel se glissa vers Fork.

– Les gars ne pourraient pas au moins le tirer hors de l'ascenseur, Sid ? Nous allons en avoir besoin.

– Non, certainement pas, dit Fork.

– Mais alors quand est-ce qu'on pourra s'en servir ?

– Dans une heure ou deux.

– Eh bien, merde alors, dit le directeur adjoint qui prit la direction de l'escalier.

Pour la dernière fois Bryant examina attentivement le corps de Sloan, puis se releva.

– Pendant qu'on attend le toubib, chef, j'ai pensé qu'Ivy pourrait peut-être nous en dire un peu plus sur son nouveau copain, Francis le Plombier.

– Je vous ai déjà raconté, dit Settles.

– On aimerait réentendre, dit Bryant en cherchant des yeux le soutien de Huff.

L'inspecteur noir était en train de régler son Minolta. Il leva les yeux juste le temps d'acquiescer et se remit à ses réglages.

– On remet ça, Ivy, dit le chef de la police.

Settles adressa à Fork un regard de reproche et dit :

– Il avait la quarantaine. Il était petit et gras : 1,55 mètre et peut-être 95 kilos. Une combinaison de travail bleu foncé avec Francis le Plombier dans le dos en lettres rouges. Et un numéro de téléphone que je ne me rappelle pas. Il transportait une vieille boîte à outils noire usagée. Des lunettes teintées de chez un opticien, le genre qui varie du gris très clair au gris très sombre selon la lumière. Une casquette publicitaire pour le tabac à priser de Copenhague. La bouche mince, méchante. Il conduisait une fourgonnette Ford rose avec une pancarte magnétique amovible « Francis le Plombier » sur un flanc ; peut-être sur les deux, mais je ne l'ai pas constaté effectivement. Et non, je n'ai toujours pas relevé le numéro.

– Tu oublies son nez, dit Huff qui continuait de s'occuper de son appareil photographique.

– Ouais. Exact. Le nez. Eh bien, il était écrasé vers le haut, pour ainsi dire, et il avait une grosse narine et une de taille normale et elles avaient toutes les deux l'air d'avoir un kilomètre de profondeur. Elles étaient poilues, aussi. Il avait une vraie forêt là-dedans, et c'était surtout du poil gris.

– Redis-nous pourquoi tu l'as l'aissé filer, Ivy, dit Wade Bryant dont le ton de plus en plus matois s'accordait à ses airs d'elfe trop grand.

– Je ne l'ai pas laissé filer. Je lui ai montré ma plaque et je lui ai dit de rester sur place pendant que j'allais appeler Vines. Ce type était plombier et peut-être – seulement peut-être – un honnête citoyen. Ce que vous auriez fait, vous deux, bien sûr, c'est lui ordonner immédiatement de se foutre à plat ventre. Avec toute votre expérience vous savez de source sûre que les plombiers sont automatiquement des suspects. Settles marqua une pause, regarda rageusement Bryant et ajouta : Ah ouais. Encore une chose.

– Quoi ? dit Bryant.

– J'ai surveillé l'ascenseur de Soldat pendant toute la montée. Je veux dire que j'ai surveillé les chiffres qui s'allumaient. Il s'est arrêté à deux en montant et l'autre ascenseur, celui qui transportait le plombier, s'est arrêté à deux en descendant. Alors je dirais que le plombier est monté dans l'ascenseur de Soldat au deuxième, l'a tué pendant qu'ils allaient au troisième, est sorti, est redescendu au deuxième par l'escalier et a pris l'autre ascenseur de là jusqu'au hall, où, pour une raison quelconque, j'ai commis la faute de ne pas lui casser la gueule.

Chapitre 25

Après avoir avalé avec reconnaissance une gorgée du bourbon à l'eau que Kelly Vines lui avait tendu, le chef de la police regarda Jack Adair.

– Dites-moi une chose. Soldat a-t-il jamais été soldat ?

– Dans deux guerres, dit Adair en se détournant de la fenêtre de la chambre de Vines, à travers laquelle il avait observé l'océan. Et incidemment, Soldat était son vrai prénom.

– C'est pas possible, dit Fork.

– Il y a des années, j'ai vu son acte de naissance. C'était au début des années 50 et une certaine Mme Shipley du département d'État avait des soupçons sur à peu près n'importe quel demandeur de passeport, et des soupçons supplémentaires quand un demandeur avait servi dans le bataillon Lincoln en Espagne et plus tard dans l'OSS. Et c'est pourquoi Soldat s'est adressé à moi.

Fork ne chercha nullement à cacher son étonnement et son incrédulité.

– Qu'est-ce qu'il foutait en Espagne ?

– Par pur hasard Soldat était tombé sur un travail consistant à mener neuf ambulances Dodge de Detroit jusqu'à Mexico et de là en Espagne. Elles avaient été achetées pour les loyalistes par des gens qui, je crois, ont plus tard été appelés des antifascistes prématurés. (Adair sourit.) Soldat disait toujours que son vieux copain Hemingway avait aidé à réunir une partie de l'argent.

– Quel âge avait Soldat, à l'époque ?

– Quand il est allé en Espagne ? Il devait avoir juste 20 ans. Il est né le 6 avril 1917, et je me rappelle la date parce que c'est le jour où nous avons déclaré la guerre à l'Allemagne. (Adair sourit de nouveau, d'un sourire plutôt doux.) La Première Guerre mondiale, ajouta-t-il.

Le hochement de tête impatienté de Sid Fork indiqua qu'il savait tout sur la Première Guerre mondiale.

– Et c'est pour ça que ses vieux l'ont prénommé Soldat ?

Adair hocha la tête.

– Son nom complet était Soldat P. Sloan. « P » pour Pershing. Un général. De la Première Guerre mondiale…

– Et il s'est engagé après avoir amené les ambulances en Espagne ?

– C'est ce qu'il affirmait. En tout cas, c'est son expérience là-bas qui lui a valu de recevoir le grade de sous-lieutenant dans l'OSS juste après le début de la guerre. (Adair fit à Fork un autre sourire, presque d'excuses.) La Seconde Guerre mondiale.

– Et alors, qu'a-t-il fait ? selon lui ?

– Dans l'OSS ? Participé à toutes sortes d'actions clandestines. Du moins quand ça ne nuisait pas à ses affaires de marché noir. (Cette fois il y eut plus de sagacité que d'excuses dans le sourire d'Adair.) Le marché noir et la guerre marchent toujours ensemble, apparemment.

Fork coupa court à toute évocation supplémentaire du marché noir.

– Pourquoi voulait-il un passeport dans les années 50 ? demanda-t-il.

– Il avait des dettes.

– Et il voulait sans doute se tirer sans payer.

– Quelque chose comme ça. J'ai donc demandé une faveur qu'un certain représentant républicain au Congrès me devait et Soldat a obtenu son passeport. Quand il est revenu d'Europe quatre ans plus tard en 55 il avait 38 ans et il était soudain devenu lieutenant-colonel de réserve. Plus tard il s'est encore deux fois fait monter en grade, pour impressionner une inépuisable série de veuves crédules mais riches qui lui ont fourni des vêtements, des voitures, du liquide et ce qu'elles pouvaient encore offrir de charmes fanés.

– J'ai en quelque sorte hérité Soldat de Jack, dit Kelly Vines en déposant avec soin son verre sur la table basse et en se penchant en avant pour considérer attentivement Fork. Où est-ce que vous êtes tombé sur lui, chef ?

– Il a été le premier client de notre cachette, dit Fork. Et ensuite il nous a envoyé à peu près le tiers de nos autres clients, en comptant vous deux. Il nous a pour ainsi dire adoptés tous les trois – B.D., moi et Dixie – et il aimait nous emmener dîner le dimanche. Et puis, bon, on s'en est très vite lassé, moi et B.D., mais Dixie y allait toujours jusqu'à ce qu'elle épouse Parvis. Elle disait que les manières de Soldat lui plaisaient. (Il regarda Vines froidement.) Satisfait ?

Après que Vines eut répondu d'un haussement d'épaules, Fork demanda :

– Alors qu'est-ce qu'on fait de lui après l'autopsie ? On l'enterre, on le fait incinérer, on offre son corps à la science ? Quoi ? Est-ce qu'il a des gosses, des ex-femmes, des frères, des sœurs, quelqu'un ?

Adair soupira.

– Il avait Kelly et moi et des milliers d'autres relations. Mais d'après ce que vous dites, il avait aussi vous, le maire et Dixie. Alors je suppose que nous devrions l'enterrer avec une pierre tombale et tout.

– Soldat P. Sloan, dit Vines. 1917-1988. Et une petite épitaphe en-dessous.

– Nous te laisserons la formuler, Kelly, dit Adair qui se tourna vers Fork. Et combien cela va-t-il coûter, chef : la concession, la dalle, un cercueil bon marché et quelques mots d'un prêtre pas trop bigot ?

– Soldat était catholique ?

– Déchu par manque de pratique, j'en ai peur.

– Alors je connais exactement le prêtre qu'il faut. Quant aux dépenses, eh bien, il avait à peu près 550 dollars dans son portefeuille, mais ça ne va pas tout à fait suffire pour ce dont on parle. (Sentant sur lui le regard dur de Vines, il se hâta de poursuivre.) Il avait aussi un billet de 1 000 dollars dans son gousset, mais je ne suis pas sûr qu'on puisse utiliser ça.

– Cette coupure a un cours parfaitement légal, dit Adair. Et comme vous êtes le chef de la police, la banque ne devrait pas faire d'objections.

– Il y avait autre chose dans la poche de gousset de Soldat, dit Fork. (Il pêcha la page d'agenda pliée dans sa poche de chemise et la tendit à Vines.) Mais c'est incompréhensible.

Vines déplia la page et examina les chiffres et les majuscules comme pour la première fois.

– J'ai toujours été nul pour faire des mots croisés, dit-il, mais cette première note, « KV 331 » et « JA 333 », est plutôt évidente. C'est le numéro de chambre de Jack et le mien. (Il releva les yeux et tendit la page à Adair.) Le reste est du charabia.

Adair lut l'autre ligne de majuscules, en silence puis à voix haute.

– « V JA O CF DV ». (Il la répéta à haute voix, se leva, alla à la fenêtre, comme si la lumière pouvait l'aider, relut les majuscules en silence encore une fois, contempla l'océan pendant quelques instants et se retourna vers Vines.) C'est peut-être plus simple que ça en a l'air.

– Peut-être que c'est un vieux code de l'OSS, dit Fork.

– Plus vraisemblablement ce sont juste les abréviations sommaires d'un vieil homme qui ne faisait pas confiance à sa mémoire, dit Adair. « V JA » pourrait vouloir dire « Voir Jack Adair ». Le signe suivant peut être soit un zéro soit un O majuscule. Si c'est un zéro, ça pourrait se lire « Voir Jack Adair zéro », ce qui est incompréhensible à moins de traduire zéro par « seul » ou « en particulier ». CF signifie sans doute simplement ce que ça à l'air d'être : « *confer,* se reporter à ». Les dernières initiales sont DV et la seule DV que je connaisse est ma fille, la femme de Kelly, Danielle Vines.

– Voir Jack Adair seul au sujet de Danielle Vines ? demanda Kelly Vines.

– Peut-être. Peut-être que non. Mais je ferais mieux d'aller voir Dannie.

Sid Fork secoua la tête.

– Mauvaise idée, Monsieur le juge.

– Pourquoi ?

– Vous comptez aller en voiture ?

Adair hocha la tête.

– Où ?

– Agoura, c'est bien ça ? dit Adair en regardant Vines qui hocha la tête aussi.

– Quelqu'un pourrait s'amener à votre hauteur sur l'autoroute avec un fusil plein de chevrotines neuf grains n° 2 et fini Jack Adair.

– Ils pourraient entrer par cette porte et faire pareil, dit Adair.

Fork se détourna pour examiner la porte de la chambre d'hôtel, puis se retourna.

– C'est pourquoi je vous déménage tous les deux dans à peu près 30 minutes.

– Pour aller où ?

– Dans l'endroit le plus protégé de la ville.

– Pas dans une cellule de la prison, merci bien, dit Adair.

– Je ne parle pas de prison, dit Fork. Je parle de jolies chambres propres, avec salle de bains semi-privée, intimité garantie, téléphone, petit déjeuner, et tout ça pour seulement 1 000 dollars la semaine. Par personne.

– Ce doit être un petit déjeuner impressionnant, dit Vines. A-t-elle vraiment besoin de cet argent ?

– Oui m'sieur.

– Qui ? dit Adair.

– La femme de feu Norm Trice, qui était le propriétaire du Blue Eagle, dit Vines. Elle vit dans une énorme maison victorienne où la sécurité a l'air plutôt bonne, pour ce que j'en ai vu. (Il indiqua d'un petit geste l'ensemble de la chambre d'hôtel.) Meilleure qu'ici en tout cas.

Adair regarda Fork.

– Et vous nous recommandez cet endroit ?

– Fortement.

– Je compte toujours aller voir ma fille.

– C'est toujours une mauvaise idée.

– Il pourrait prendre l'avion, dit Vines.

– Où ?
– Vous m'avez dit qu'il y avait autrefois un terrain, ici.
– Je vous ai aussi dit que les Fédés l'ont fermé.
– Ça n'arrêterait pas certains pilotes.
– A qui pensez-vous ?
– Ce type, le propriétaire de Cousine Mary, dit Vines. Merriman Dorr. Il m'a dit qu'il pouvait se procurer un Cessna et nous emmener n'importe où ; pourvu que le maire dise qu'elle est d'accord.

Après plusieurs secondes de réflexion soucieuse, Fork approuva de mauvais gré.

– Enfin, dit-il. Au moins c'est plus sensé que par la route.

Vines se leva, s'approcha de Fork et s'immobilisa, le contemplant fixement.

– Je ne comprends pas tout à fait tout ce souci que vous vous faites soudain pour notre sécurité, chef.
– Ce n'est pas si soudain que ça, dit Fork. Je suis préoccupé depuis le moment où Norm Trice s'est fait tuer et où ces photos ont surgi. Que Soldat se fasse tuer, ça n'allège pas du tout mes préoccupations. Mais ce qui a commencé à vraiment m'embêter, c'est quand le maire et moi avons comparé nos notes.

Le regard de Fork passa de Vines à Adair et revint à Vines, s'assurant qu'il étaient attentifs.

– Vous vous rappelez avoir raconté à tout le monde, au déjeuner chez Cousine Mary, l'histoire de ce portier qui vous a fait la description d'un gros petit prêtre avec un groin de cochon qui a planqué ces deux boîtes à chaussures pleines d'argent dans la penderie du juge ?

Vines dit que oui, il se rappelait.

– Eh bien, si ce que B.D. dit que vous avez dit est exact, alors cette description donnée par le portier d'un gros petit prêtre colle parfaitement à la description que j'ai obtenue d'un témoin oculaire qui affirme avoir vu le même type entrer et sortir du Blue Eagle le soir où le pauvre vieux Norm Trice s'est fait abattre.
– Un prêtre aussi ? demande Vines.
– Habillé en prêtre. Et cette même description, à part le costume de curé, correspond à ce à quoi l'un de mes meilleurs inspecteurs dit que ressemblait le plombier qui a descendu Soldat. Vous avez tous les deux entendu Ivy. Et ce que tout ça signifie, c'est que je suis vachement près d'affirmer que le type aux deux boîtes à chaussures pleines d'argent et le type qui a tué Norm Trice et Soldat Sloan sont une seule et même personne.
– Vous commencez aussi à avoir l'air de savoir qui c'est, dit Vines dont la voix se teintait malgré lui d'un peu d'admiration.

– En effet, je le sais. C'est Teddy Smith, ou Teddy Jones, selon le nom qu'il préfère tel ou tel jour. Le maire, Dixie et moi, nous connaissions ce petit con il y a vingt ans quand je l'ai chassé de la ville après qu'il... Bah, peu importe à présent.

– Smith, dit Adair en regardant Vines. N'était-ce pas le nom de l'homme que Paul t'avait dit qu'il allait voir à Tijuana, celui qui...

Trois coups secs sur la porte de la chambre d'hôtel interrompirent Adair qui, l'air maintenant pensif, alla ouvrir. B.D. Huckins lui adressa un signe de tête en s'avançant à grands pas, négligea Kelly Vines et se dirigea vers le chef de la police assis. Elle s'immobilisa, les poings sur les hanches, contemplant furieusement Sid Fork. Adair fut impressionné de la manière dont elle réussissait à dominer toute la pièce sans dire un mot.

Elle continuait de contempler furieusement le chef assis lorsqu'elle dit :

– Annule, Sid.

– Que j'annule quoi ?

De son poing serré, elle eut un petit geste presque féroce pour désigner et annuler Vines et Adair.

– Eux, dit-elle. Tout. On laisse tout tomber.

– Nom de Dieu, B.D., tu ne peux pas faire ça.

– Non ? dit-elle. Tu vas voir.

Chapitre 26

Buvant de temps en temps une petite gorgée du verre de bourbon pur qu'elle avait réclamé et que Kelly Vines lui avait servi, le maire B.D. Huckins arpentait la chambre avec vue sur la mer du Holiday Inn, racontant avec une jubilation curieuse comment elle avait appris la nouvelle de la mort de Soldat Sloan.

– Est-ce par le chef de la police ou le procureur de la ville ou même par ces deux camés qui conduisent le fourgon à barbaque de la morgue Bruner ? demanda-t-elle (manifestement sans s'attendre à ce qu'on lui réponde). Non, c'est par Lenore Poole, la correspondante de cette radio de branques qui couvre la côte ouest. Et devinez ce que Lenore veut savoir ?

Comme ce n'était pas non plus vraiment une question, aucun des trois hommes ne répondit. Le maire prit encore une petite gorgée de son bourbon, se tourna vers la fenêtre et examina le Pacifique.

– Lenore, dit-elle, veut savoir ma réaction au fait qu'un assassin en série terrorise Durango.

Elle se détourna vivement de la fenêtre pour fixer son regard gris et froid sur Sid Fork.

– Et voilà Lenore, qui est prof d'anglais et donne des cours de journalisme au lycée – et qui est persuadée qu'elle va devenir reporter de télé à Santa Barbara, ou peut-être même à Los Angeles, une fois qu'elle aura assez d'économies pour se faire un peu arranger son espèce de menton par un chirurgien esthétique –, la voilà qui me raconte qu'un certain plombier a poignardé et tué Soldat Sloan dans un ascenseur.

– Je croyais qu'elle faisait des économies pour s'acheter une Harley Davidson, dit Sid Fork. C'est ce qu'elle m'a raconté.

B.D. Huckins le négligea pour se tourner vers Jack Adair, assis dans un des trois fauteuils de la pièce et qui semblait être le plus compréhensif de ses auditeurs.

– Lenore me dit : Hé, aujourd'hui ce vieux mec, Sloan, hier soir le pauvre Norm Trice, alors vous ne croyez pas qu'on dirait qu'on a un assassin en série lâché dans la nature ? Mais tout ce que je peux lui répondre, c'est que je ne peux pas faire de commentaires sur une enquête en cours et qu'elle ferait mieux de parler au chef de la police ; que, m'explique Lenore, elle a tenté « d'entrer en liaison avec » – bravo la prof de grammaire – sauf qu'il est introuvable. (Les yeux froids et gris de Huckins revinrent d'un coup sur Fork.) Alors merde, Sid, où est-ce que tu étais ?

– Ici même.

– Et pourquoi ne m'as-tu pas téléphoné ? ou fait téléphoner par quelqu'un ?

– Je pensais qu'on t'avait prévenue.

Le maire secoua la tête d'un air résigné devant cet aveu d'incompétence manifeste et se tourna de nouveau vers Jack Adair, l'ex-politicien, qui demeurait son auditeur le plus compréhensif.

– Sur ce, Lenore file dans une autre direction et dit que si je ne veux pas confirmer qu'il y a des meurtres en série commis par un tueur fou, peut-être que j'admettrai au moins qu'il y a une vague de crimes. Et je lui réponds : Désolée, Lenore, pas de vague de crimes non plus, et je raccroche.

Elle se retourna encore vers Fork.

– C'est là que je me mets à passer des coups de fil, Sid, pour essayer de te trouver. Mais entre-temps mon téléphone *à moi* commence à sonner – bravo la liste rouge – et on doit être un jour où les nouvelles sont vachement réduites parce que des journaux, des télés et des radios m'appellent de partout et...

– Où est-ce, partout ? demanda Fork.

– San Francisco. Vegas. Los Angeles. Santa Barbara. San Diego. San José. Oakland, même. Pour moi, ça, c'est partout. Et ils veulent tous des informations sur, je cite, l'hystérie qui a saisi une petite ville côtière somnolente de Californie, fin de citation. Il y en a même deux qui m'ont passé des bouts du récit radiophonique frappadingue enregistré par Lenore, qui ajoute deux ans à mon âge et dit que le maire de 38 ans de Durango a, je cite, démenti avec feu, fermez les guillemets, que deux meurtres en deux jours soient une vague de crimes ou bien l'œuvre d'un assasin en série. Mais attention, Sid. Lenore a dû parler à certains de tes gars parce qu'elle a dit que le nom de Soldat est S. Pershing Sloan et que c'est un major général à la retraite. (Elle s'interrompit et des rides de perplexité contractèrent son front.) Pershing ? fit-elle.

– Son second prénom, dit Fork qui se pencha en avant et parut pour la première fois intéressé. Qu'est-ce que Lenore a dit de Norm Trice ?

– Elle l'a appelé le propriétaire de la boîte de nuit la plus à la mode de Durango.

– C'est bien du Lenore, dit Fork avec un bref sourire. Et qu'est-ce que tu leur as raconté, B.D., à tous ces journalistes ?

– Je leur ai dit d'appeler le chef de la police, qui m'avait informée qu'une arrestation est imminente.

– Très bien.

– Tu sais ce que tout ça va provoquer, non ?

– Bien sûr, dit Fork. Ça va causer un ralentissement commercial dans les affaires de cachette.

Le maire marqua son désaccord en secouant lentement la tête par trois fois.

– Ça va les tuer net, pas les ralentir.

– Elles reprendront.

– Mon cul.

Sid Fork quitta son fauteuil et se dirigea lentement vers la fenêtre.

– Bon, admit-il. Mettons qu'elles sont terminées. Fichues. Mais, et notre accord avec Vines et Adair ici présents ?

– A moins que tu puisses me faire changer d'avis, dit-elle, c'est mort. Qu'ils aillent se faire cacher ailleurs.

Quant il atteignit la fenêtre, Fork jeta à l'océan un bref coup d'œil, du genre simple vérification, se retourna, s'appuya contre l'encadrement, croisa les bras sur son torse et considéra le maire avec le regard détaché d'un homme qui sait déjà ce qu'on répondra à ses questions.

– Dis-moi une chose, B.D. Dis-moi comment tu vas dégoter l'argent pour garder la bibliothèque ouverte après la fin de notre année fiscale le mois prochain ? Ou pour ce programme d'animation, « l'été au parc », que tu as promis pour juin et on est maintenant vachement près de juillet ? Ou garder ouvert le dispensaire pour zizis ? Ou même, bon Dieu, trouver assez d'argent pour enlever le crottin après le défilé du 4 ? (Fork s'interrompit le temps de désigner Vines et Adair d'un signe de tête.) Il y a un million de thunes assis dans deux fauteuils, ici-même dans cette chambre. Alors avant de lui tourner le dos, réfléchis à ce que je viens de dire.

Huckins avait déjà l'air convenablement pensif quand elle pivota et s'enfonça lentement dans le fauteuil que Fork venait de quitter. Elle déposa son verre sur le bras du siège et étendit ses longues jambes nues et bronzées, croisant les chevilles. Elle portait un chemisier de coton jaune vif et une jupe brun clair en coton sergé qui s'arrêtait au genou. Elle avait aux pieds une paire de sandales mexicaines. Jack Adair contempla fixement ses jambes jusqu'à ce qu'elle l'interpelle.

– Vous n'en avez jamais vu de paire ?

– Pas récemment, dit-il.

Huckins regarda encore une fois Sid Fork qui, les bras toujours croisés, s'appuyait à l'encadrement de la fenêtre.

– Ce à quoi j'ai surtout réfléchi, Sid, c'est le 8 novembre. Pas le 4 juillet.

Entendant mentionner la date des élections, Adair passa de la sympathie à un intérêt aigu.

– Comment cela se présente-t-il ?

Elle garda les yeux fixés sur Fork.

– A ton avis, Sid ? Combien de voix crois-tu qu'on va gagner avec deux assassinats non résolus et peut-être d'autres à venir d'ici novembre ?

– Il y a un sacré paquet de voix à récolter en attrapant le meurtrier, B.D.

– Mais quand est-ce que tu vas l'attraper ? Quand Adair et Vines seront morts ?

Avant que Fork puisse répondre, Kelly Vines intervint.

– Autant que ceci soit clair : Jack et moi n'allons pas rester indéfiniment assis dans le secteur, à attendre que les négociations commencent, pendant qu'un type déguisé en curé ou en employé du gaz est en train de chercher comment nous abattre, nous poignarder ou nous décapiter. Il vient un temps où la patience se lasse et où le bon sens commande.

– Ce qui nous amène à l'hypothèse Teddy de Sid, dit le maire.

Fork fit un bruit du fond de sa gorge, attirant l'attention de tous.

– C'est plus qu'une hypothèse, dit-il.

– Tu penses vraiment que c'est Teddy qui a tué Soldat Sloan ? demanda le maire avec un regard dubitatif.

– Je sais que c'est lui. Il l'a tué dans l'ascenseur, entièrement fringué en plombier. Boîte à outils et tout.

– Alors quand tu auras trouvé et arrêté Teddy, dit-elle, il passera en jugement, d'accord ?

Fork répondit par un haussement d'épaules qui pouvait signifier oui, non ou peut-être.

– Et s'il passe en jugement, poursuivit le maire, un tas de trucs bizarres pourraient se faire jour à propos de toi, de moi, de Teddy et de Dixie au bon vieux temps... Des trucs bizarres et un peu spéciaux que la plupart des gens ignorent ou ont oubliés. Des trucs qui ne me feraient aucun bien le 8 novembre.

– S'il y a un procès, dit Fork.

– Vous voulez dire, bien sûr, un procès aussi rapide, dit Adair. Avant le 8 novembre.

– Je n'ai pas parlé de date, dit Fork.

– Jack, dit Vines, le chef est en train d'évoquer une autre éventualité.

– Je m'en rends parfaitement compte.

– Je suis à peu près certain que je trouverai Teddy, dit Fork qui semblait presque se parler à lui-même. Ou peut-être qu'il me trouvera. Mais dans un cas comme dans l'autre, je suis à peu près certain qu'il résistera à son arrestation.

– Ce qui signifie que vous êtes à peu près certain que vous allez le tuer, fit Adair d'un ton bénin et presque indifférent qu'il aurait pu prendre pour faire une remarque sur le temps.

Ce ton rendit Fork soupçonneux.

– Ça vous embête vraiment beaucoup, Monsieur le juge ?

Toute bénignité disparut de la voix d'Adair. Elle s'emplit de gravité judiciaire et, à son propre avis, d'une déplorable emphase.

– J'ai toujours eu la conviction qu'un homicide prémédité n'est jamais justifiable, qu'il soit commis par un individu ou par la société.

– J'ai rarement entendu une connerie pareille, dit B.D. Huckins.

– En vérité ?

– Mais oui. Écoutez. Vous et Vines avez monté ce truc, ce plan que vous avez, vous avez mis la chose en route et il y a déjà deux personnes qui en sont mortes. Peut-être trois, si on compte votre ami, là, à Lompoc. Alors il est temps d'arrêter le prêchi-prêcha. C'est votre affaire. Évidemment, Sid et moi devrons finir ce que vous avez déclenché parce que maintenant il n'y a plus aucun moyen d'arrêter ça.

– Aucun, dit Fork.

– Ce n'est peut-être pas mes oignons, poursuivit-elle, mais je pense que la seule façon dont vous pouvez tous les deux vous sortir de cette histoire à peu près sans casse ou un petit peu gagnants – et je ne parle pas d'argent –, c'est de finir ce que vous avez commencé. Autrement, vous aurez flanqué en l'air trois vies humaines pour rien ; quoique vous puissiez peut-être démontrer que c'est justifiable, mais j'ai l'impression que non. Et cela, M. Adair, c'est pourquoi j'ai dit que vous disiez une connerie.

Adair, les joues vivement rosies, contempla entre ses genoux la moquette de la chambre d'hôtel pendant que la femme et les deux hommes le contemplaient. Finalement il releva les yeux vers Huckins.

– Après un soigneux réexamen de la question, Madame le maire, vous n'avez pas entièrement tort.

Elle regarda Vines.

– Ça veut dire quoi ?

– Ça veut dire que nous restons dans le coup.

– Bien, dit B.D. Huckins.

Chapitre 27

A 17 heures ce même samedi Jack Adair et Kelly Vines, ayant réglé leur note et quitté le Holiday Inn, étaient en train de suivre diligemment Virginia Trice jusque dans la salle de bains vaste et ancienne au premier étage de sa demeure victorienne de quatorze pièces.

La salle de bains faisait au moins 3,50 mètres sur 4, s'intercalait entre leurs deux chambres et contenait une très ancienne baignoire de 2 mètres de long reposant sur des pieds griffus en fonte ; une douche carrelée plutôt récente ; un lavabo à deux robinets distincts ; des toilettes avec une chasse d'eau actionnée par une chaîne ; et davantage de serviettes qu'Adair en eût jamais vues, à ce qu'il se rappelait, même dans les meilleurs hôtels.

– Serviettes, dit Virginia Trice en indiquant deux grandes piles.

– C'est tout à fait bien, dit Adair.

On quitta la salle de bains pour se regrouper dans le couloir.

– Qu'est-ce qui vous dirait pour le petit déjeuner, les gars ? demanda-t-elle.

Adair regarda Vines qui dit que tout lui irait.

– Œufs au bacon ? dit-elle. Café ? Jus de fruit ? Pommes sautées maison ? Biscuits ou toasts ? Du melon, peut-être ?

– Café, jus de fruit et toasts, ce serait très bien pour moi, dit Adair.

– Pour moi aussi, dit Vines.

– Vous pouvez demander tout ce que vous voulez, dit-elle. Après tout, avec ce que vous payez... (La phrase mourut de gêne aiguë.)

– Puisqu'on parle du loyer, dit Vines qui tira de sa poche revolver une enveloppe non fermée à en-tête du Holiday Inn et la tendit à Virginia Trice.

Elle regarda dans l'enveloppe mais ne compta pas les vingt billets de 100 dollars.

– C'est beaucoup trop cher, non ? fit-elle.

– Pas si l'on considère les incommodités que nous vous causons, dit Adair.

– Bon. Si vous le dites. Et c'est sûr que ça tombe au moment où j'en ai l'usage.

– J'ai été navré d'apprendre le sort de votre mari, dit Adair.

– C'est gentil de votre part. On l'enterre lundi. Si vous aimez les enterrements, vous êtes les bienvenus. Ce sera aux pompes funèbres Bruner parce que Norm n'aimait pas tellement aller à l'église. L'Eagle sera fermé toute la journée lundi par respect. Sid Fork dit que je devrais pas fermer. Mais je ne sais pas. Ça paraît pas bien. Qu'est-ce que vous en pensez ?

Adair dit qu'il était certain qu'elle avait raison. Virginia Trice fut visiblement contente d'être rassurée.

– Eh bien, dit-elle, le téléphone est au bout du couloir près des escaliers sur un petit guéridon. J'ai mis des radios dans vos deux chambres, des petits transistors bon marché, mais ils captent notre station FM locale, qui est merdique, et Dieu sait pourquoi une station CBS d'informations permanentes de Los Angeles, sur les grandes ondes. Mais pas de télé. Norm n'en voulait pas chez lui parce qu'il avait dû acheter une antenne parabolique pour celle de l'Eagle et les gens ne voulaient jamais le laisser éteindre. Norm détestait vraiment la télé. Voyons. Quoi d'autre ? Oh ! J'ai failli oublier les clés de la porte d'entrée. Elles sont dans vos chambres sur les tables de nuit. Vous pouvez entrer et sortir comme vous voulez. Si vous voulez ramener une amie pour la nuit, pas de problème. Je ne rentre pas avant à peu près une heure les soirs de semaine et à peu près deux heures et demie le samedi soir comme aujourd'hui par exemple. Et je crois bien que c'est à peu près tout ce qu'il y a comme règlement.

Adair sourit et dit qu'il semblait jusqu'ici n'y en avoir aucun.

– Sans doute parce que je ne suis guère une bonne logeuse.

Vines dit qu'il trouvait qu'elle était la logeuse idéale.

Virginia Trice accepta le compliment d'un signe de tête, tâcha de sourire, n'y réussit pas entièrement et se rappela soudain quelque chose.

– Seigneur. Il y a *une* règle. Toute cette maison est couverte de systèmes d'alarme. Mais tant que vous utilisez votre clé de la porte d'entrée pour sortir et au retour, vous n'avez pas de problème. Mais n'ouvrez même pas les fenêtres parce qu'elles sont aussi branchées sur l'alarme. Je ne sais pas si vous avez remarqué mais toute la baraque a l'air conditionné. Sauf le grenier. En tout cas, si vous ne vous servez pas de votre clé pour entrer et sortir, ou si vous oubliez et vous ouvrez une fenêtre par erreur, les flics seront là en trois minutes, peut-être quatre.

– C'est extrêmement rassurant, dit Adair.

– Je peux vous demander une chose, les gars ?

Vines acquiesça de la tête.

– Ils sont graves, vos ennuis ?

– Modérément, dit Vines.

– Sid a dit que vous pourrez peut-être l'aider à coincer le meurtrier de Norm. C'est sérieux ou bien est-ce que Sid me dorait juste la pilule comme il fait des fois ?

– Il ne vous dorait pas la pilule, dit Vines.

– Très bien, dit Virginia Trice qui hocha la tête pour elle-même et, après un instant, répéta : Très bien.

A 17 h 35 ce même samedi, Adair et Vines, immobiles près de la conduite intérieure Mercedes, regardèrent le Cessna quadriplace rouler vers eux sur la piste fendillée et défoncée de ce qui avait jadis été l'aérodrome municipal de Durango. Tout ce qui restait de l'aérodrome, c'était la piste en voie de désintégration, deux hangars sans toit en tôle d'aluminium ondulée, une paire de pompes à essence attaquées par la rouille et dont quelqu'un avait volé les tuyaux, et l'« aérogare » – un bâtiment sans étage, de la taille à peu près d'un bureau de station d'essence, qui avait depuis longtemps été la proie des vandales.

– Tout cela suit la même pente, il me semble, dit Adair en regardant Merriman Dorr couper le moteur et descendre du Cessna. Les gares des petites villes ont disparu les premières, ensuite les gares routières et maintenant nous nous retrouvons avec des aéroports fantômes.

– Tu es sûr que tu ne veux pas que je vienne ? dit Vines.

– Je crois qu'un seul de nous deux à la fois est à peu près tout ce à quoi Dannie peut faire face.

– N'en espère pas trop, Jack.

– Non.

– N'en espère rien du tout.

– Tout ce que j'espère est rendre visite à la dernière parente de mon sang qui soit en vie.

Merriman Dorr, qui n'était plus maintenant qu'à 10 mètres de la Mercedes, portait un blouson d'aviateur en cuir marron dont Vines songea qu'il était ou bien très vieux ou bien du genre que la publicité vante comme « pré-usagé ». Il portait aussi des lunettes de soleil de pilote, un treillis, des bottes de cow-boy et une casquette de base-ball bleue des Dodgers. Quand il fut à 7 mètres de distance, il déclara :

– Cette piste est une vacherie.

– Cela signifie que nous ne pouvons pas décoller ? dit Adair presque avec espoir.

– Je peux décoller de n'importe quel endroit où je peux atterrir. Prêt ?

Adair hocha la tête.

– Alors allons-y, dit Dorr qui se détourna et repartit vers le Cessna tandis qu'Adair haussait les épaules en guise d'au revoir à Vines et se dirigeait lui aussi vers l'avion, balançant sa canne noire.

Vines regarda le décollage assis au volant de sa Mercedes. Le Cessna s'en alla au-dessus du Pacifique et vira au sud. Quand Vines eut perdu de vue l'avion dans la distance, il fit démarrer la Mercedes et rentra à Durango.

Il s'arrêta d'abord dans un drugstore où il acheta une boîte de cacahuètes, noix et amandes assorties Planters, et deux barres de sucreries Baby Ruth qui constitueraient son dîner. Pour s'aider à dormir, il acheta un livre de poche, roman d'un auteur dont les ouvrages précédents traitaient de sudistes légèrement pervers et extrêmement sensibles à qui, en bien ou en mal, il n'arrivait jamais grand-chose. Pour le cas où le roman échouerait à l'endormir, Vines s'arrêta chez un marchand de spiritueux et acheta une bouteille supplémentaire de Jack Daniel's Black Label.

Il était 18 h 20 quand il atteignit la demeure victorienne crème et verte. Vines se rangea dans la rue derrière l'Aston Martin et regarda Dixie Mansur en descendre et marcher jusqu'à la Mercedes. Elle portait un jean blanc et un chandail en torsades de coton bleu foncé avec un col en V profond.

Quand elle fut à la hauteur de la Mercedes elle se pencha pour pouvoir lui parler par la vitre ouverte.

– Parvis a pris contact, dit-elle.

– Déjà ?

– Déjà.

– Vous feriez mieux d'entrer et de me raconter.

– Dans la voiture ?

– Dans la maison.

Dixie Mansur se redressa, regarda la vieille bâtisse excentrique à deux étages par-dessus le toit de la Mercedes et se pencha de nouveau.

– Il y a quelqu'un ? demanda-t-elle.

– Personne.

– Vous avez quelque chose à boire ?

– Bourbon.

– Un de ces jours, dit-elle, tu pourrais acheter une bouteille de scotch.

Vines lui fit visiter le rez-de-chaussée. Elle fut particulièrement impressionnée par le parloir, son mobilier massif et sombre et ses grosses lampes de porcelaine.

– C'est comme un décor de film, non ? dit-elle.

– Je ne sais pas, dit Vines. Je n'ai jamais visité de décor de film.

Dans la cuisine ils vidèrent un bac de glaçons dans un bol, trouvèrent deux verres, remplirent le bac d'eau et le remirent dans le freezer du réfrigérateur. Comme ils montaient au premier étage par le vieil escalier de chêne sculpté, Dixie Mansur dit qu'elle n'aimerait pas vivre ici.

– Pourquoi ?

– Trop de souvenirs.

– Quels souvenirs ?

– De ce qui s'est passé avant ma naissance, dit-elle. Je n'aime pas penser qu'il est arrivé grand-chose avant ça.

Dans la chambre de Vines ils mirent sur la commode en noyer le whisky, la glace, les verres, l'assortiment d'amandes et noisettes et les sucreries. Vines posa le roman sur la table de chevet à côté de la petite radio. Dixie Mansur regarda alentour, examinant tout.

– Où est la chambre d'Adair ? dit-elle.

– Au bout du couloir, dit Vines qui fit tomber des glaçons dans les verres, ajouta du bourbon et alla dans la salle de bains chercher de l'eau ; quand il revint Dixie Mansur était assise sur le lit, appuyée contre le dossier ; il lui tendit un whisky et dit : Raconte.

D'abord elle goûta son verre.

– Quand nous sommes rentrés à Santa Barbara cet après-midi, Parvis s'est mis à s'activer au téléphone. Il a passé environ une douzaine de coups de fil, peut-être davantage, et il s'apprêtait à en passer encore un quand l'autre téléphone a sonné. Son téléphone vraiment privé.

– Et ?

– Et c'était eux, ou lui. Qui que ce soit.

– Tu as écouté ?

– Il m'a fait signe de sortir.

– Mais tu avais écouté les autres appels qu'il a faits.

– J'ai pu entendre ce qu'il disait mais pas ce que disaient les gens qu'il a appelés.

– Il a utilisé quel genre de baratin ?

– Je n'ai entendu qu'une fois.

– Tu disais que tu les as tous écoutés.

– Il n'a parlé anglais qu'une fois. Tous les autres appels il parlait en farsi… tu sais, en persan.

– Et l'appel qui est arrivé sur sa ligne vraiment privée… le gros lot ?

– Ça a commencé en anglais.

– Et il est passé au farsi ?

– Je ne sais pas. Il était encore en train de parler anglais quand il m'a fait signe de sortir.

– Mais tu as écouté l'unique appel qu'il a fait en anglais, hein ?

Elle acquiesça.

– Qu'est-ce qu'il a dit ? demanda Vines. Je veux dire, est-ce qu'il a commencé par « Hé, Jojo, j'en ai une bien bonne à te raconter » ? Ce que j'aimerais savoir, c'est ce qu'il a dit exactement.

– Qu'est-ce qu'il y a ? Tu ne lui fais pas confiance ?

– Comme il s'agit de ma peau, je suis curieux.

– Je ne me rappelle pas mot pour mot ce qu'il a dit. C'est impossible.

– Sois le plus précis que tu peux.

– Eh bien, il n'a pas demandé qu'on lui passe quelqu'un quand on a décroché. Il a commencé par dire que c'était lui... Il a dit « C'est moi », ou peut-être, « C'est Parvis ». Ensuite il a annoncé, en gros, qu'il avait des informations extrêmement précieuses sur certains officiels d'une localité de Californie du sud, bien connue pour son isolement, qui étaient désireux de se séparer de deux de leurs... je crois qu'il a parlé de « leurs hôtes »... pourvu qu'ils soient – et je pense qu'il voulait dire B.D. et Sid – payés de leur peine ou de leurs risques ou quelque chose comme ça. Ensuite Parvis a écouté un moment et il a dit « Un million ferme ». Ensuite il a dit « Vois ce que tu peux faire, s'il te plaît » et au revoir.

– Et quand l'appel gagnant est arrivé ?

– Il m'a fait signe de sortir, comme j'ai dit. Mais quand il a eu fini il m'a crié de rentrer. Il m'a annoncé qu'il avait pris contact et qu'il était important qu'Adair et toi le sachiez pour que vous puissiez vous tenir prêts. Mais il ne voulait pas vous téléphoner en passant par le standard de l'hôtel. Et comme il devait rester près de son téléphone, il m'a dit de venir en voiture vous expliquer à tous les deux qu'il avait pris contact. Je lui ai demandé quoi faire si je n'arrivais à vous trouver ni l'un ni l'autre, et il m'a dit de continuer à vous chercher aussi longtemps qu'il faudrait. D'ailleurs, où est Adair ?

– Los Angeles.

– Pour quoi faire ?

– Voir des gens.

– Quand rentre-t-il ?

– Tard.

– Ça t'ennuie si je l'attends ?

– Où ?

Elle tapota le lit.

– Ici. A moins que ta logeuse soit contre.

– Elle n'est pas contre.

– Quand est-ce qu'elle rentre ?
– Vers deux heures et demie.
– Alors on a plein de temps, n'est-ce pas ? dit Dixie Mansur qui posa son verre, fit glisser son chandail de coton bleu foncé par-dessus sa tête et le laissa tomber par terre.

Persuadé, pour une raison quelconque, qu'elle n'avait jamais porté de soutien-gorge de toute sa vie, Vines s'assit à côté d'elle, mit son propre verre sur la table de chevet près de la petite radio et embrassa la jeune femme. Après qu'eut pris fin le long baiser parfumé au bourbon et tandis que Vines déboutonnait sa chemise, il demanda :
– Est-ce aussi une idée de Parvis, ceci ?
– Si oui, ça t'embêterait ?
– Pas le moins du monde, dit Kelly Vines.

Chapitre 28

Après que le Cessna eut atterri sur la piste privée non revêtue, environ 1,5 kilomètre au sud de l'autoroute de Ventura près de la route Kanan Dume dans le comté d'Agoura, Jack Adair jugea qu'il valait mieux ne pas demander à qui appartenaient la piste ou la Land Rover neuve et excentrique qui les attendait, la clé de contact glissée derrière un pare-soleil.

– Je suppose que vous ne savez pas où est ce home pour dingos, Altoid ? dit Merriman Dorr en mettant en marche le moteur de la Land Rover.

– Je vous ai donné l'adresse.

– Ici dans la cambrousse, une adresse ne sert généralement pas à grand-chose.

Adair haussa les épaules.

– On peut demander à quelqu'un.

– Je ne demande jamais mon chemin.

– Pourquoi ?

– Parce que l'endroit où je vais, ça ne regarde jamais personne.

Quand Dorr eut finalement trouvé la route qu'il leur fallait sur une carte Thomas Brothers, ils franchirent l'autoroute de Ventura, en direction du nord. Près de 2 kilomètres plus loin, Dorr tourna à gauche sur une étroite route goudronnée sans accotements qui montait en serpentant à travers quelques collines rondes brûlées par la sécheresse. Les collines ocre étaient parsemées çà et là de bouquets de chênes verts. Mais même les chênes profondément enracinés, pensa Adair, commençaient à paraître assoiffés.

Adair fut étonné qu'il n'y eût pas de grillage d'acier autour de la clinique Altoid. Au premier abord, l'endroit ressemblait à un country-club sélect dont on aurait pour quelque raison égaré les courts de tennis et le parcours de golf. Il y avait bien une espèce de clôture enveloppant ce qu'il estima être 6 hectares de terrain vallonné, mais c'était une inoffensive clôture de fil de fer, utile pour faire joli et délimiter la propriété, mais inutile pour arrêter des humains, des lapins, des coyotes, ou des daims raisonnablement décidés.

Les gens qui avaient conçu la maison de santé s'étaient arrangés pour préserver une grande partie des chênes. L'allée de gravier qui passait entre deux piliers en pierre de taille et montait jusqu'à l'entrée principale de la clinique faisait de brusques zigzags pour éviter au moins neuf des vieux arbres dont on avait chaulé les troncs.

La Land Rover s'immobilisa devant la porte d'entrée en retrait qui avait la taille d'un petit pont-levis et était formée d'épaisses planches de séquoia assemblées par des traverses de fer martelé. A côté de la porte, sur une plaque de cuivre poli pas plus grande qu'une enveloppe, de petites lettres noires gravées indiquaient : « Clinique Altoid », en dessous de quoi, en lettres plus petites et, si possible, encore plus défiantes, figurait une requête bénigne : « Veuillez sonner une seule fois. »

– Combien de temps vous pensez que ça va vous prendre ? demanda Merriman Dorr.

– Une heure. Pas plus.

Dorr regarda sa montre, un machin en acier inoxydable du genre travailleur de force, avec une trotteuse, que Jack Adair trouva en quelque sorte rassurante.

– Il est maintenant 18 h 55, dit Dorr. Je serai là pour vous reprendre à 20 heures juste, ça va ?

– Parfait, dit Adair qui descendit de la Land Rover, monta les deux marches et sonna exactement comme la plaque de cuivre suggérait de faire.

Danielle Adair Vines, la malade mentale de 35 ans qui s'assit au bout de la petite table de conférence dans la pièce douillette et pimpante dotée d'une vaste baie vitrée, ne parut à Jack Adair guère différente de sa fille telle qu'il l'avait vue pour la dernière fois plus de quinze mois auparavant. Plus pâle, pensa-t-il, et loin d'être aussi animée (ou peut-être agitée). Mais pas vraiment de grand changement, ce qui est exactement ce que le psychiatre de l'établissement vient de te dire. Une stabilisation très satisfaisante, a-t-il déclaré. Nous espérons bientôt des progrès notables.

Adair hocha la tête et sourit à sa fille en prenant place dans un siège à l'autre bout de la table.

– Comment te sens-tu, Dannie ?

Elle lui rendit son sourire.

– Qui êtes-vous ? dit-elle. Est-ce que je vous connais ?

– Je suis Jack.

– Jack ?

– Jack Adair.

– Je me sens très bien, merci, Jack.
– C'est merveilleux. As-tu besoin de quoi que ce soit ?
– Non. Je ne pense pas. Pourquoi ?
– Kelly t'envoie son affection.
– Vous voulez dire M. Vines ?
– C'est cela. Kelly Vines.
– M. Vines est un homme si bête. Il vient me voir presque chaque mois, je crois. Parfois il dit qu'il est Kelly Vines et parfois il dit qu'il est quelqu'un d'autre. Un jour il a dit qu'il était un acteur de cinéma mais je ne l'ai pas vraiment cru. (Elle sourit.) C'est un homme si bête.
– As-tu beaucoup d'autres visiteurs ?
– Les coyotes viennent quelquefois. Et les daims. Les daims viennent presque jusqu'à cette fenêtre mais les coyotes s'approchent beaucoup moins que cela.
D'un signe de tête, Adair marqua son intérêt pour les visites des animaux sauvages.
– As-tu jamais reçu la visite ou un coup de téléphone de Soldat Sloan ?
– Qui ?
– Soldat P. Sloan.
– De quoi donc est-ce l'initiale, le « P » ?
– Pershing.
– Je me souviens de lui.
– Alors il est venu te voir.
– Il est mort.
– Oui, je sais.
– Avant ma naissance.
– Qui est mort ?
– John Joseph « Blackjack » Pershing. Né en 1860. Mort en 1948.
Danielle Adair Vines se leva lentement de son siège, joignit les mains devant elle sans les crisper et, songea Adair, parut soudain avoir plutôt 13 ans que 35. Elle s'éclaircit la gorge, redressa légèrement le menton et se mit à réciter.
– « J'ai un rendez-vous avec la mort », par Alan Seeger [1], né en 1888 ; mort 1916. (Elle s'éclaircit de nouveau la gorge.) « J'ai un rendez-vous avec la Mort / Sur quelque position où l'on s'affronte / Quand reviendra le printemps, ses murmurants ombrages / Et les fleurs des pommiers embaumeront l'air. »

1. Alan Seeger (1888-1916), poète américain. Comme pour le général Pershing, la mémoire de Danielle Vines est exacte quant à ces dates et au texte du poème (N.d.T.).

Elle sourit timidement à Adair.

– J'en sais un autre sur la guerre où a combattu votre ami le général Pershing. Cela s'appelle « Dans les champs de Flandre ».

– Je crois que je le connais, dit Adair. Il est très joli aussi. Très émouvant.

Elle se rassit sur sa chaise et posa ses mains toujours croisées sur la table.

– M. Vines reviendra-t-il me voir ? demanda-t-elle. C'est un homme si bête.

– Je suis certain qu'il reviendra.

– Et reviendrez-vous ?

– Si tu veux.

– Il faudra que j'y réfléchisse. Vous n'êtes pas bête comme M. Vines, mais il faut quand même que j'y réfléchisse. Et je suis vraiment absolument désolée pour votre ami.

– Qui ?

– Celui qui est mort. Le général Pershing.

– Merci, Dannie, dit Jack Adair en se levant. C'est très gentil à toi.

Le psychiatre résident était le docteur David Pease, un jungien de 43 ans deux fois divorcé, qui détenait 20 % du capital de la clinique Altoid. Il portait une tenue de jogging verte et avait une tête en forme de coin de bûcheron, des cheveux gris bouclés et clairsemés et une paire d'yeux couleur de suie dont les paupières battaient si rarement qu'Adair était presque disposé à croire qu'on les avait peints sur sa figure.

– Le docteur Altoid est toujours chez vous ? demanda Adair.

David Pease changea de fesse dans le fauteuil derrière son bureau, ne cilla pas, eut une contraction brève de la bouche.

– Comme Marley, le docteur Altoid est mort depuis sept ans.

– Il est mort riche, je parie.

– Dans l'aisance.

– Combien de mois encore pensez-vous que ma fille devra passer ici à 6 000 dollars par mois ?

– Nous ne pouvons pas vous donner un calendrier précis, M. Adair.

– Et une estimation ? Même une hypothèse complètement hasardeuse ?

Le docteur Pease secoua la tête sans que ses yeux cillent ni ne quittent Adair du regard.

– Si je faisais une hypothèse, vous prendriez cela pour une prédiction. Et si ce pronostic était faux, vous retiendriez ça contre moi, c'est bien compréhensible.

– Elle a dévissé, n'est-ce pas ? dit Adair. Elle flotte là-haut dans sa galaxie personnelle.
– Elle va bien mieux qu'elle n'a été.
– Elle ne reconnaît pas son propre père.
– Elle doit avoir ses raisons.
– Ni son mari.
– Maintenant elle reconnaît M. Vines. Mais pas en tant que son mari. Elle pense de lui que c'est un inoffensif excentrique qui vient la voir une fois par mois.
– Pouvez-vous la guérir ?
– Nous pouvons l'aider. Nous l'avons manifestement aidée.
– Et si l'argent cesse de couler ?
Cela fit ciller le docteur Pease.
– La chose est-elle probable ?
– Attendu que son père sort de prison, que son mari est rayé du barreau et son frère mort, c'est ce que vous pourriez appeler une possibilité réelle.
– Et sa mère ?
– Sa mère ne peut pas sortir 72 000 dollars par an.
– Nous garderons Danielle aussi longtemps que nous pourrons, bien sûr. Et s'il était un jour avéré que ce n'est plus possible, nous verrons, si vous voulez, à la faire admettre dans un établissement public bien tenu.
– J'ignorais qu'il existe des établissements publics bien tenus.
– Certains sont mieux dirigés que d'autres, c'est comme tout.
– Combien de temps le secteur public la garderait-il ?
– Jusqu'à ce qu'on estime qu'elle n'est plus un danger pour elle-même et pour autrui.
– Ça peut durer une semaine ou dix jours, n'est-ce pas ?
– J'aimerais que vous cessiez de vouloir m'acculer, M. Adair.
Adair se leva.
– Vines ou moi serons ici avec l'argent le quinze comme d'habitude.
Le docteur Pease se leva aussi de toute sa taille, 1,93 mètre voûté.
– Elle les vaut jusqu'au dernier sou, M. Adair.
Jack Adair examina pendant plusieurs secondes Pease qui ne cillait pas, puis il hocha la tête.
– Ma foi, dit-il, je suppose qu'aucun d'entre nous n'a élevé ses filles pour en faire des clochardes, n'est-ce pas ?

Adair attendit Merriman Dorr dans la salle de réception de la clinique, qui ressemblait au hall d'un hôtel résidentiel très coûteux. Tandis qu'il était assis, remuant incessamment dans un profond fauteuil à oreillettes, Adair se tourmenta pour sa fille, eut grande envie d'un verre et se répéta intérieurement plusieurs fois la note cryptique de Soldat Sloan : V JA O CF DV. Mais il ne trouva rien de mieux que son interprétation initiale : Voir Jack Adair seul *Cf.* Danielle Vines.

A 20 heures exactement il sortit en hâte par la grande porte de la maison de santé au moment même où la Land Rover stoppait. Adair grimpa sur le siège avant et était en train de se retourner pour prendre quelque chose à l'arrière quand Dorr demanda :

– Comment ça s'est passé ?

– Très moche, dit Adair en se remettant dans le sens de la marche, la canne noire dans sa main droite.

– Alors on n'y passe pas la nuit ni rien ?

– Non, dit Adair en tournant la poignée de la canne vers la droite et non vers la gauche. On rentre.

Dorr, avec une fascination manifeste, regarda Adair ôter la poignée et le bouchon capuchonné d'argent, sortir le tube de verre et boire. Tandis que la douce chaleur du whisky l'envahissait, Adair proposa le tube à Dorr qui fit non de la tête.

– Pas quand je pilote.

– Très bien, dit Adair qui prit une autre rasade.

Après qu'on eut franchi les piliers jumeaux en pierre de taille au bout de l'allée, Merriman Dorr ralentit et arrêta la Land Rover, regarda de côté et d'autre si des véhicules approchaient.

– Vous voulez me vendre ce truc ? dit-il.

– La canne ?

– La canne.

– Elle est déjà promise à quelqu'un d'autre.

– Qui ?

– Sid Fork.

– Cet enculé, dit Dorr qui appuya sur l'accélérateur, alimentant le moteur de la Land Rover, et l'on fila sur la route goudronnée, étroite, sinueuse et pentue qui n'avait pas d'accotements.

Chapitre 29

Parce qu'il avait fait halte pour ouvrir une boite de bière Budweiser, la troisième en trois heures, Ivy Settles faillit ne pas voir la fourgonnette Ford rose qui filait sur Noble's Trace, se dirigeant vers la limite est de la ville de Durango et, peut-être, vers l'US 101.

Settles avait passé les trois dernières heures à marauder dans les rues de Durango pendant son temps libre et à bord de sa voiture personnelle. Il recherchait la fourgonnette rose de plomberie et tentait, sans succès, de se débarrasser de la rage et de l'humiliation qui l'avaient presque submergé après le meurtre de Soldat Sloan.

L'inspecteur de 51 ans était près de s'être persuadé que ce n'était pas sa faute si Sloan était mort. Mais sa capacité de rationalisation, qui, comme chez la plupart des policiers, était gigantesque, l'avait abandonné en ce qui concernait le petit gros camouflé, Francis le Plombier. Tu l'as laissé s'en aller, Ivy, se disait Settles. Toi. Personne d'autre. Et ça fera désormais ta réputation dans cette ville. Ivy Settles ? Bien sûr. C'est celui que Sid Fork a trouvé dans une poubelle.

Ce genre de sombres pensées avait finalement fait que Settles avait crié après sa femme de 37 ans, épousée six mois auparavant, était sorti en trombe de leur maison de trois pièces sur la Douzième Rue Nord, avait embarqué dans sa Honda Prélude vieille de quatre ans, fait halte chez un marchand de spiritueux pour acheter un pack de six Budweiser et maraudé dans Durango pendant les trois heures suivantes, attendant que sa rage s'apaise et que son humiliation passe.

Il avait commencé de rechercher la fourgonnette rose à 18 h 03, là-bas près des voies ferrées de la Southern Pacific. Il progressa systématiquement en direction de la limite orientale de la ville, faisant le tour de chaque pâté de maisons et s'engageant dans presque toutes les ruelles. A 19 h 15, ayant atteint la limite de la ville, il dégoupilla une autre boîte de bière et recommença ses recherches, cette fois d'est en ouest.

A 21 h 02, il approchait de nouveau la limite est et décida qu'il était l'heure d'une troisième bière. Il venait d'ouvrir la boîte à 21 h 03 quand il aperçut fugitivement la fourgonnette rose filant sur Noble's Trace comme elle franchissait l'intersection avec la 25e Rue.

Settles jeta par la vitre la boîte de bière pleine, engagea violemment la première de la Prélude et prit la fourgonnette en chasse. Quand il fut passé en seconde, il ouvrit la boîte à gants et sortit son .38 Chief's Special. Settles avait ce revolver depuis vingt et un ans mais c'était la première fois qu'il pensait vraiment qu'il allait éventuellement tirer sur quelqu'un de précis — en l'occurrence le gros pseudo-plombier. L'idée mit fin à sa rage et à son humiliation et améliora dangereusement son humeur jusqu'à une quasi euphorie.

La Prélude n'avait pas de sirène mais Settles s'était acheté un gyrophare rouge qu'après être passé en troisième il brancha sur l'allume-cigare. Quand il ne fut plus qu'à un demi-pâté de maisons de la fourgonnette rose, il mit en marche le gyrophare et remarqua qu'il se trouvait deux rues au-delà de la limite est de la commune de Durango. C'était pratiquement un terrain vague, jadis présenté comme zone d'industrialisation. La seule industrie qui s'y intéressa jamais fut la chaîne Go-Kart de parcours de karting, qui ensuite changea d'avis. Les promoteurs de la zone avaient fait faillite.

Après que le phare rouge eut commencé de clignoter, la fourgonnette rose ralentit, s'engagea sur le bas-côté de Noble's Trace et stoppa. Settles se rangea 6 mètres derrière la fourgonnette et sortit avec précaution de la Prélude, le revolver dans sa main droite, une torche électrique de 30 centimètres de long dans la gauche. En atteignant le flanc gauche de la fourgonnette, il remarqua que les panneaux Francis le Plombier à fixation magnétique avaient été ôtés, ce qui ne l'étonna pas.

Ce qui l'étonna fut de découvrir que le conducteur de la fourgonnette était une conductrice, une brune de 27 ou 28 ans qui le regarda avec de grands yeux qui s'étrécirent quand le rayon de la torche électrique les frappa.

– Levez les mains que je les voie et descendez, dit Settles.

La femme hocha la tête, leva les mains pour qu'il les voit et dit :

– Comment est-ce que j'ouvre la portière si je garde les mains en l'air pour que vous les voyiez ?

– Je vais l'ouvrir, dit Settles qui coinça la torche sous son aisselle droite, tendit la main jusqu'à la poignée de la portière, tourna la poignée, ouvrit la portière de 5 centimètres et recula de 1,50 mètre, revolver et torche de nouveau braqués sur la portière de la fourgonnette.

La femme sortit lentement, les mains en l'air, paumes en avant. Elle portait un blue-jean et un T-shirt rouge foncé barré de lettres blanches annonçant : « Je Braque Tout ». Elle était pieds nus dans des chaussures de jogging bleues et grises. Ses cheveux châtain foncé étaient coupés plutôt court et elle était presque aussi grande que Settles, près de 1,75 mètre. Il remarqua qu'elle avait ce qu'il appelait toujours des yeux « marron-bœuf ». Il remarqua aussi que si elle n'avait eu si manifestement peur elle aurait été séduisante et même jolie.

– Tournez-vous vers la gauche et marchez vers l'arrière de la fourgonnette, dit Settles.

Les mains toujours levées, elle pivota et fit trois pas avant que Settles lui dise de stopper.

– Face au véhicule, commanda-t-il.

Après qu'elle eut fait face au véhicule, il lui dit de s'appuyer dessus. Comme elle répondait que c'était trop loin, il lui dit de s'y appuyer quand même. Elle tomba presque en direction de la fourgonnette, se rattrapant en appui sur les mains et formant un angle de 60 degrés.

Après s'être de nouveau glissé la torche électrique sous l'aisselle droite, Settles palpa la femme de haut en bas sans éviter les seins ni la fourche. Mais il fit cela vite et de manière impersonnelle, et la femme ne réagit pas et ne dit rien.

– Bon, debout, dit Settles.

La femme se redressa.

– Est-ce que je me retourne ?

– Retournez-vous.

Elle se retourna et le rayon de la torche lui frappa de nouveau les yeux. Elle cilla et les étrécit.

– Votre nom ? demanda Settles.

– Terri, dit-elle. Terri Candies.

– Terri avec un « i » ?

– Avec un « i ».

– Vous faites quoi, Terri ?

– Je suis photographe.

– Quel genre ?

– Indépendante.

– Comme dit votre T-shirt, vous braquez tout ce qu'on veut ?

Elle hocha la tête.

– Où habitez-vous, Terri ?

– Santa Barbara.

– Que faites-vous à Durango ?

– Je ne crois pas que j'aie dépassé la limitation de vitesse.

– Je vous demande ce que vous faites à Durango, Terri.

– J'exécutais une commande.

– Pour le compte de qui ? Du plombier ?

– Quel plombier ?
– Vous preniez des photos de qui à Durango, Terri ?
– Deux mômes. Je suis bonne avec les mômes.
– Où est votre permis de conduire ?
– Dans la fourgonnette. Vous voulez que je le sorte ?
– Plus tard. Ouvrons d'abord la porte arrière, pour voir ce qu'il y a là-dedans.
– Elle est fermée à clé. Il va falloir que je prenne les clés.
Settles réfléchit un instant et secoua la tête.
– Voyons voir si elle est vraiment fermée.
Avec la torche, il fit signe à la femme d'aller à l'arrière de la fourgonnette.
La poignée de l'unique porte arrière de la fourgonnette était située à gauche. Settles prit position à 1,80 mètre de distance.
– Ouvrez la porte et dites à quiconque se trouve à l'intérieur de sortir, dit-il.
– Il n'y a personne à l'intérieur et c'est fermé.
– Essayez quand même la poignée, Terri.
Elle posa la main sur la poignée de la porte arrière et l'abaissa.
– Somme toute, elle n'était pas verrouillée, dit-elle.
– Ouvre-moi ça bien gentiment et lentement, Terri, dit Settles.
Au contraire elle ouvrit vite, se déplaçant en même temps que la portière qui se rabattait vers la droite. La torche électrique révéla d'abord les deux canons du fusil de chasse et puis, au-dessus de l'arme, le visage remarquablement affreux de Francis le Plombier qui se tenait plié en deux, le fusil à la hauteur de la hanche. Ivy Settles hésita un dixième de seconde avant de commencer à presser la détente de son revolver. Mais entre-temps le canon droit du fusil de chasse avait fait feu et sa charge frappa Settles et le fit basculer en arrière. Tandis qu'il tombait son Chief's Special tira en l'air vers les étoiles et la pleine lune. La décharge du fusil arracha une grande partie du côté gauche du torse de Settles qui mourut un instant après être tombé par terre.
La femme qui avait dit s'appeler Terri Candles sortit de derrière la porte arrière ouverte de la fourgonnette et leva les yeux vers l'affreux petit gros qui était parfois un faux prêtre et parfois un faux plombier.
– Je me suis bien débrouillée, mon chou ? lui demanda-t-elle.
– Tout à fait, dit l'homme et il pressa la détente qui fit tirer la cartouche du second canon du fusil.

Chapitre 30

Un agent de change de Ventura âgé de 32 ans, en route pour Durango dans sa décapotable BMW 325i afin d'y passer un week-end libidineux, était en train de parler dans son téléphone modulaire à l'une des femmes qui devait composer le *ménage à trois* lorsque la fourgonnette Ford rose le croisa dans un miaulement, allant vers l'est à au moins 130 kilomètres à l'heure.

L'agent de change ne s'en soucia nullement et poursuivit sa conversation avec la femme pendant une minute encore, c'est-à-dire jusqu'à 21 h 11, moment où il vit les deux corps, celui d'un homme et celui d'une femme, gisant sur le bas-côté gauche de Noble's Trace aux abords de la zone industrielle mort-née. Une Honda Prélude était rangée à proximité, feux allumés.

L'agent de change ralentit pour regarder avec stupeur les deux corps, dit à la femme au téléphone d'oublier le projet de week-end, raccrocha et conduisit très vite jusqu'à ce qu'il atteigne la première station-service de Durango. Là, il introduisit une pièce de 25 *cents* dans un téléphone payant, forma le 911 et, refusant de donner son nom, annonça à la personne qui répondit la présence des deux corps et de la Honda, et que la fourgonnette Ford rose l'avait croisé à 130.

L'agent de change aurait pu utiliser son téléphone modulaire pour passer l'appel, mais il se rappelait vaguement que quelqu'un l'avait averti que tous les appels au 911 sont immédiatement repérés, ou quelque chose de ce genre. Et comme il accomplissait déjà son devoir en annonçant à la police la présence des corps, l'agent de change ne voyait aucune raison pour que son civisme le mêle davantage aux affaires de Durango où de toute façon il n'habitait même pas.

Il repartit vers l'est sur Noble's Trace, retournant vers l'US 101, et jeta vivement les yeux vers sa gauche quand il repassa devant les corps. Quand l'agent de change fut encore un kilomètre et demi plus loin, il décrocha de nouveau son téléphone modulaire, appela une femme à Santa Barbara, signala qu'il allait par hasard se trouver bientôt dans son voisinage et demanda si elle aimerait sortir boire un verre et peut-être manger un morceau. La femme, sans explications ni excuses, dit non merci.

L'agent de change poursuivit sa route vers son foyer à Ventura, écoutant une cassette de Linda Ronstadt qui chantait sur des arrangements de Nelson Riddle et éprouvant non seulement beaucoup de regret pour lui-même, mais aussi un inconfortable sentiment de chaste vertu.

Le chef Sid Fork était sur le tabouret du bout du comptoir au Blue Eagle, mangeant un *cheeseburger* et buvant une bière pression, quand Virginia Trice poussa le téléphone jusqu'à lui. Fork regarda automatiquement la pendule au-dessus du bar. Il était 21 h 23.

Après que Fork eut dit allô, l'inspecteur Wade Bryant, l'elfe trop grand, se fit reconnaître et dit :

– Ivy vient de se faire flinguer au fusil de chasse sur la Trace deux intersections au-delà des limites de la commune. Une femme de près de 30 ans s'est aussi fait étendre. De la même façon. La Honda d'Ivy est garée feux allumés.

– De quel côté de la route ? demanda Fork.

– Sud. Le shérif a reçu un neuf-onze anonyme et nous a appelés. Le type qui leur a téléphoné leur a parlé des corps et a dit qu'une fourgonnette rose Ford l'avait croisé en direction de l'est comme si elle avait le diable à ses trousses.

– Qui est la femme ?

– Pas de papiers. Mais elle a environ 27, 28 ans, cheveux bruns courts, yeux marron, 1,75 mètre ou 76, et elle porte un T-shirt annonçant, « Je Braque Tout ». De sa ceinture au minet, à peu près tout est pulvérisé.

– Tu es sur place ?

– Avec Joe Huff. (Bryant fit une pause.) Tu sais un truc, Sid ? C'est la première fois que j'ai jamais vu Joe vomir.

– J'arrive.

Fork raccrocha et repoussa le téléphone vers Virginia Trice.

– Qu'est-ce qui ne va pas ? demanda-t-elle.

– Ivy Settles.

– Mort ?

Fork hocha la tête.

Un chagrin nouveau parut imprimer des rides neuves sur le visage de Virginia Trice. Ses yeux s'emplirent de larmes. Sa lèvre inférieure tremblait. Elle renifla bruyamment.

– C'est vraiment... pas juste, dit-elle.

– Je sais, dit Fork. Prête-moi une clé de ta maison.

– Pourquoi ?

– Parce que je veux trouver Vines et s'il n'est pas là, je veux l'attendre à l'intérieur, pas dans ma voiture devant.
– Il a quelque chose à voir avec Ivy ?
– Quelque chose. Mais pas ce que tu penses.

Sid Fork sut à quoi s'attendre quand il vit l'Aston Martin garée devant la demeure victorienne illuminée par les projecteurs. Il poussa un soupir, gara sa propre voiture devant l'Aston Martin, descendit, faillit presque saluer de la tête la Mercedes bleue de Kelly Vines et s'engagea sur le sinueux sentier de brique qui montait vers la porte d'entrée.

Il se servit de la clé que Virginia Trice lui avait donnée pour pénétrer dans la vieille demeure. Quelques lampes étaient allumées au rez-de-chaussée, mais après un bref coup d'œil dans le parloir et la cuisine – tous deux déserts – Fork monta l'escalier de chêne jusqu'au premier étage et longea le couloir jusqu'à ce qu'il atteigne une porte sous laquelle sourdait de la lumière.

Il leva le poing pour frapper, hésita, puis frappa quatre coups très fermes, de la manière dont un policier devait à son avis frapper. Un instant plus tard la lumière derrière la porte s'éteignit.

– Nom de Dieu, c'est moi. Sid.

La lumière derrière la porte se ralluma et la porte fut ouverte par Dixie Mansur qui, à ce que Fork pouvait en voir, ne portait rien d'autre qu'une chemise d'homme, d'ailleurs boutonnée à la diable.

– Nous avons cru que ce pouvait être Parvis avec un sermon, dit-elle avec un sourire étroit.
– Mais bien sûr.
– Qu'est-ce qui se passe ?
– Il faut que je parle à Vines.
– Pourquoi ?

Avant que Fork ait eu le temps d'inventer une réponse, Vines apparut dans l'entrebaillement de la porte, vêtu seulement de son pantalon.

– Me parler de quoi ?
– Je dois vous emmener quelque part.
– Où ?
– Quand nous y serons, vous comprendrez de quoi nous avons à parler.

Le visage de Vines se tendit, sa bouche et presque tout le reste s'immobilisèrent, sauf les yeux, qui devinrent soupçonneux tandis que, en partie inconsciemment, il transformait une question en accusation :

– C'est Adair, n'est-ce pas ? dit-il. Quelque chose lui est arrivé.
– Ce n'est pas Adair.

Le visage de Vines se détendit d'abord, puis le reste de son corps, et il sourit presque.

– Je m'habille. (Comme il se détournait de la porte entrebâillée, Dixie Mansur lui tendit la chemise qu'elle venait d'ôter.)

Vines la remercia, accepta la chemise et regarda de nouveau Fork qui, appuyé au chambranle, examinait Dixie maintenant nue avec une expression mi-amusée, mi-exaspérée, incluant aussi, songea Vines, un soupçon de paternalisme.

– Nous partons d'ici tous ensemble, Dixie, dit Fork, alors mets quelque chose.

– Pourquoi tous ensemble ?

– Parce que si tu pars plus tard, tu déclencheras un système d'alarme et les flics seront là en quatre ou cinq minutes et t'arrêteront pour cambriolage, ou peut-être simplement effraction, et Parvis devra venir en voiture de Santa Barbara, payer ta caution et, s'il est malin, cogner pour te faire rentrer un peu de bon sens dans la tête.

– Quelle alarme est-ce que je déclencherais ? dit-elle.

– Si tu ne te sers pas de la clé pour entrer et sortir, ça déclenche une alarme silencieuse.

– Je ne vois toujours pas ce qui presse tellement, dit-elle en ramassant par terre son chandail en torsades de coton bleu qu'elle enfila par dessus la tête.

– On se presse parce que je suis pressé, dit Fork.

– Ce serait beaucoup plus civilisé si nous prenions tous un verre d'abord, dit-elle en enfilant sans s'asseoir son jean blanc.

Fork ne prit pas la peine de répondre. Kelly Vines, à présent en chemise, pantalon et chaussures, dit qu'il était prêt à partir.

– Attendez une seconde. (Dixie Mansur s'agenouilla près du lit en désordre, trouva dessous son mini-slip blanc qu'elle fourra dans son petit sac, et se releva.) Bon, dit-elle. Allons-y.

Chapitre 31

Le chef de la police – et ses deux inspecteurs qui avaient autrefois été à la criminelle, à Detroit et à Chicago – regardèrent constamment Kelly Vines pendant qu'il contemplait la morte au T-shirt rouge foncé avec ses lettres blanches disant « Je Braque Tout ».

– Vous la connaissez ? demanda Sid Fork.

– Pas exactement, dit Vines sans cesser de contempler la femme.

– Que veut dire « pas exactement » ?

Vines regarda Fork.

– Ça veut dire que je l'ai vue une fois. A Lompoc. C'est elle qui a ouvert la porte arrière de la fourgonnette rose des Fleurs Floradora et nous a photographiés, Adair et moi.

Fork eut un hochement de tête satisfait, comme pour confirmer sa propre théorie intime, et se tourna vers Bryant, l'elfe trop grand.

– Comment tu vois ça, Wade ?

Bryant tirailla pensivement sa grande oreille droite, dont Fork avait souvent pensé qu'elle ressemblait à celle de M. Spock *, et secoua la tête pour marquer brièvement ses regrets.

– Je pense, dit-il, que nous avons un peu trop secoué Ivy là-bas à l'hôtel cet après-midi. Je pense qu'on l'a fait chier un max. Je pense qu'il a salement ruminé ça, a pris sa voiture, s'est acheté un pack, est parti à la recherche de la fourgonnette rose, et par hasard il l'a trouvée. Je pense qu'il s'est servi du gyrophare qui est encore branché sur son allume-cigare pour faire stopper la fourgonnette. Je pense que c'était la fille qui conduisait la fourgonnette. Je pense qu'Ivy a fait ouvrir la porte arrière par la fille pour voir ce qu'il y avait à l'intérieur. Je pense que le plombier et son fusil étaient à l'intérieur. Je sais qu'Ivy a été tué au fusil de chasse et je sais qu'il a tiré une fois lui-même, mais je ne sais pas s'il a touché quoi que ce soit. Je pense que le plombier n'avait plus rien à faire de la fille

---

* De la série télévisée *Star Trek*, évidemment (NdT).

et qu'il s'est servi du fusil contre elle, peut-être juste pour la faire taire. (Bryant fit une pause, fronça le visage, effaça le froncement.) Voilà ce que je pense, dit-il.

Fork se tourna vers l'inspecteur chauve.

– Joe ?

– Pareil. Sauf que j'ai vomi.

D'un signe de tête compréhensif, Fork l'encouragea à poursuivre. Joe Huff hocha en direction des deux corps.

– Ce n'est rien à côté de ce qu'on peut voir n'importe quel mardi à Chicago. J'ai eu mal au cœur parce que je me suis rendu compte que si je retrouve un jour ce con de sa mère, je n'essaierai même pas de le maîtriser.

– Tu lui feras juste sauter le caisson, hein ? dit Fork.

– Tu le sais. La chose, c'est que je n'ai jamais été si enragé et je crois que c'est ça qui m'a rendu malade. Mais quand j'ai eu fini de vomir là-bas derrière la Honda d'Ivy, je me sentais toujours aussi enragé et je continue de me sentir comme ça en cet instant même.

– Comme nous tous, non ? dit Fork qui regarda de nouveau la morte puis revint à Huff. Vois si tu peux découvrir qui elle est.

Tandis que Huff s'accroupissait près de la femme, d'un air à présent neutre, presque clinique, Fork reconnut le murmure rauque d'une Aston Martin roulant en seconde. Il se retourna et vit un des policiers en tenue se pencher pour regarder à l'intérieur du véhicule britannique. Le policier se redressa d'un coup comme un diable qui sort de sa boîte et lui fit signe de passer.

L'Aston Martin s'immobilisa juste derrière la Honda d'Ivy Settles, dont personne n'avait encore éteint les feux. Dixie Mansur émergea du côté conducteur, le maire B.D. Huckins du côté passager. Dixie portait toujours son chandail de coton bleu et son pantalon blanc. Le maire portait un ensemble bleu marine qui n'aurait été déplacé ni à une veillée funèbre ni à un enterrement.

Fork remarqua que les lèvres charnues de Huckins, dénuées de tout rouge à lèvres, étaient contractées en une mince ligne sérieuse. Mais ce n'était pas son air moyennement chagrin d'écouter une plainte contre les nids-de-poule. C'était bien plutôt ce qu'il reconnut comme son air totalement sinistré, qu'elle prenait pour faire face à l'annonce d'un glissement de terrain, d'un violent incendie de broussailles, d'une rupture de collecteur principal et d'une tricherie politique.

Wade Bryant et Joe Huff reconnurent tous deux aussi cet air là ; murmurèrent à Fork qu'ils feraient aussi bien d'aller voir si les en-tenue avaient découvert quoi que ce soit d'utile, et se coulèrent dans la nuit. Sid Fork décida qu'il ferait aussi bien d'essayer de prévenir l'assaut du maire.

– J'ai encore oublié de t'appeler, B.D. Je suis absolument désolé.

S'immobilisant à un mètre de Fork, le maire l'examina d'abord avec soin, puis adopta un ton froid et formaliste.

– Il n'y a nullement de quoi, chef Fork. D'autres m'ont appelée. Dont UPI, Reuters et l'Associated Press. Ils semblent anxieux de tout savoir sur quatre meurtres en deux jours. Mme Ivy Settles a également appelé après avoir appris la mort de son mari en écoutant une station de radio de Los Angeles. Elle était extrêmement, comment dit-on ?... perturbée. Mais à ce moment j'étais du moins en mesure de répondre à certaines de ses questions car j'avais été avertie et mise à peu près au courant par le shérif Coates. Vous savez comme Charlie Coates est diligent.

Le chef de la police jugea qu'un hochement de tête serait la réponse la plus avisée.

– Le shérif Coates se demande s'il ne devrait pas envoyer ce qu'il appelle une force d'intervention pour nous aider à nous en sortir, poursuivit Huckins. Il semble penser que notre police municipale pourrait être inadéquate ou, comme il a dit, « trop distendue » pour faire face à quatre homicides en deux jours. Le shérif Coates pense que si Durango continue à ce rythme, ce sera bientôt au bulletin de cinq heures de CNN, entre les gangs de Los Angeles Est et Israël et les Palestiniens. Le shérif Coates n'est pas du tout certain que Durango mérite ce genre de notoriété. Votre avis, chef Fork ? Doit-on inviter la force d'intervention à venir ?

Manifestement sûre de connaître la réponse de Fork, B.D. Huckins le contourna à grands pas en direction du cadavre d'Ivy Settles. Elle contempla le corps pendant plusieurs secondes, se mordant la lèvre inférieure, puis marcha encore environ un mètre et demi et contempla la morte.

– Qui est-ce, Sid ?

Fork regarda Kelly Vines.

– Racontez-lui, dit-il et il retourna jusqu'à la Honda Prélude, tendit la main par la vitre ouverte et éteignit les phares.

– Vous la connaissiez ? demanda le maire à Vines.

Vines secoua la tête.

– C'est elle qui a pris les photos d'Adair et moi à Lompoc... et probablement de vous et Fork.

– La photographe mystérieuse. (Elle regarda de nouveau la morte.) Ils savent qui l'a tuée ?

– Ils pensent que c'est le même petit gros qui était prêtre quand il a tué Norm Trice, plombier quand il a tué Soldat Sloan et Dieu sait quoi quand il a tué ces deux-ci.

– Teddy, dit-elle.

– Teddy Smith ou Jones. Quel que soit le nom qu'il utilise.

Le maire laissa errer son regard à travers la zone industrielle avortée, ferma les yeux, prit une profonde inspiration, remua légèrement les lèvres et expira.

– J'étais juste en train de compter les enterrements où je dois aller la semaine prochaine, dit-elle. Grâce à Teddy.

– Trois, dit Vines qui jeta un bref coup d'œil à la morte et ajouta : Peut-être même quatre.

– Je me demande combien de journalistes il y aura.

– Trop, comme toujours.

– Nous n'avons pas besoin de ça. De fouineurs.

Vines dévisagea le maire et aboutit à une conclusion.

– Dixie ne vous a pas dit, n'est-ce pas ? Ou bien vous et moi ne serions pas en train de parler des relations avec les médias.

– Qu'est-ce qu'elle ne m'a pas dit ?

– Que Parvis Mansur a pris contact.

Le maire pivota vivement et hurla presque à l'adresse de sa sœur, qui se tenait près de la Prélude, parlant avec animation à un Sid Fork lugubre. Dixie Mansur se tourna lentement et, accompagnée de Fork, vint au pas de promenade rejoindre Huckins et Vines, en jetant au cadavre d'Ivy Settles un regard indifférent et en négligeant complètement le corps de la photographe.

– M. Vines me dit que Parvis a pris contact, dit le maire.

Sa sœur hocha la tête.

– Tu as oublié de me le dire. Ainsi qu'à Sid.

– Je n'ai pas oublié. Parvis m'a dit de le dire à Vines et Adair. Adair n'était pas en ville, donc j'ai parlé à Vines. J'aime mieux faire exactement ce que Parvis me dit. Ça simplifie la vie.

– Il ne t'a pas dit de ne pas en parler à Sid et moi ?

– Non. Pourquoi ?

Au lieu de répliquer, le maire se tourna vers le chef de la police.

– Toi et moi devons décider tout de suite si nous invitons Charlie Coates et sa force d'intervention.

Sid Fork se détourna pour regarder, de l'autre côté de Noble's Trace, le jeune policier en tenue qui avait tout à l'heure fait signe à l'Aston Martin de passer. Le policier se penchait à présent pour sermonner un badaud obstiné dans une Thunderbird.

– Eh bien ? dit le maire.

– Si tu invites Charlie Coates et sa force d'intervention, B.D., dit Sid Fork sans cesser de regarder le jeune policier, je démissionne.

– Ne me menace pas, Sid.

– C'est une assurance, pas une menace.

Avant que le maire puisse prendre une décision peut-être irrévocable, Kelly Vines intervint.

– Vous voulez un avis professionnel ?

– De vous ? dit-elle.

Vines lui fit son sourire torve, enfantin, plein de charme, celui dont Jack Adair savait qu'il simulait.

– Mon corps est radié, pas mon cerveau.

– Excusez-moi, dit-elle, et elle regarda alentour. Où ?

– Ma voiture, proposa Sid Fork.

– Vous voulez que je vienne ? fit Dixie Mansur.

– Non, répliqua le maire. Nous ne voulons pas.

– Bien, dit Dixie et elle entreprit de traverser Noble's Trace en direction du jeune policier qui réglait de nouveau la circulation.

Le maire et le chef de la police s'assirent à l'arrière de la conduite intérieure quatre portes. L'avocat radié s'assit à l'avant, se retournant à demi derrière le volant, le bras droit reposant sur le haut du dossier du siège avant.

– Ne rejetez pas tout net la proposition du shérif, dit Vines sans préambule. Fatiguez-le. Quand les médias arrivent, faites-leur faire votre circuit touristique de dix minutes et faites-le durer une demi-heure. Exprimez du chagrin, de la stupeur, de l'horreur et de la légitime colère devant ces meurtres. Quand ils demanderont le mobile, exprimez une ignorance et un ahurissement complets, mais suggérez que des arrestations sont imminentes. Invitez-les aux enterrements. Mentionnez la croissance de Durango et son potentiel d'investissement jusqu'à ce qu'ils en soient écœurés. Finalement, convoquez tous les deux une conférence de presse et redites-leur ce que vous leur avez déjà dit.

– On les ennuie à mort, c'est ça ? dit Fork.

Vines acquiesça. Huckins hocha aussi la tête, approuvant sans enthousiasme.

– Nous ne pourrons pas retenir Coates éternellement parce qu'il va exiger une date limite. Et à moins que nous coincions l'assassin avant, nous serons forcés de le laisser venir avec sa force d'intervention.

– Et la juridiction territoriale ? demanda Vines.

– Nous sommes deux intersections plus loin que la limite communale, dit Fork. Alors c'est mon inspecteur qui est mort, mais c'est de son ressort.

– Dites au shérif qu'il peut envoyer sa force d'intervention le 4 juillet, dit Vines. Lundi en huit.

– Pourquoi le 4 ? demanda Huckins.

– Parce que si Mansur n'a pas conclu l'affaire d'ici là, elle ne sera pas conclue du tout. Après ça, même s'il jure que c'est encore en cours, ni Adair ni moi n'y toucherons.

Il était visible que Sid Fork n'aimait pas la date limite choisie. Du regard il foudroya Vines, puis le maire ; du pouce il brossa rudement sa moustache grise.

– Laisse une force d'intervention du shérif entrer ici le 4 juillet, B.D., et tu peux dire adieu à ta réélection le 8 novembre.

– Seigneur, dit Vines. Mettons le 5, alors.

Fork hocha la tête, satisfait.

– Le 5, c'est beaucoup mieux, déclara-t-il.

B.D. Huckins tourna la tête vers la vitre de la voiture et contempla sa sœur qui était en train de parler au jeune policier en tenue.

– Ça n'a pas vraiment d'importance que ce soit le 4 ou le 5, Sid.

– Mon œil, ouais.

Le maire se retourna vers lui et parla d'une voix légèrement lasse et extrêmement patiente. Une voix d'institutrice, songea Vines.

– Charlie Coates, dit-elle, ne veut pas nous envoyer une force d'intervention pour nous aider à découvrir un assassin. Il veut nous envoyer une force d'intervention pour soulever les grosses pierres et scruter nos coins sombres.

– Qu'il le fasse, dit Fork. Toi et moi, B.D., on n'a jamais pris un sou sur ces affaires de cachette. La ville a tout eu jusqu'au dernier centime.

Elle lui sourit avec tristesse.

– C'est cela que tu comptes dire à Charlie Coates et sa force d'intervention, Sid ?

Chapitre 32

Kelly Vines, assis au volant de la Mercedes au bout de la piste en voie d'émiettement de l'aérodrome municipal de Durango, attendait le bruit de moteur du Cessna et regrettait de n'avoir pas apporté les barres de friandises Baby Ruth.

A 21 h 58 il entendit le moteur du Cessna qui faisait un passage à basse altitude au-dessus de l'aérodrome. Jugeant que l'avion volait à 80 ou 100 mètres, Vines alluma les feux de l'automobile et mit pleins phares. A 22 h 02 il regarda Merriman Dorr exécuter de nouveau un atterrissage parfait.

Le Cessna roula ensuite jusqu'à une vingtaine de mètres de la Mercedes et s'immobilisa, mais Dorr n'arrêta pas le moteur de l'appareil tandis que Jack Adair en descendait, passait à distance respectueuse de l'hélice qui tournoyait, et marchait vivement vers la Mercedes en balançant la canne noire. Avant qu'Adair n'atteigne la voiture, le Cessna avait fait demi-tour, accéléré sur la piste et disparu dans la nuit.

Quand Adair se fut installé dans le siège avant droit, Vines coupa les phares et demanda :

– Comment était-elle ?

– A peu près comme tu m'avais dit.

– Elle t'a reconnu.

– Non.

– Quoi d'autre ?

– Elle pense que tu es un homme très bête, dit Adair qui dévissa la poignée de la canne, ôta le bouchon et tendit silencieusement le tube de verre à Vines, qui soupira avant de boire une gorgée.

En rendant le tube de verre à Adair, Vines dit :

– Mansur a pris contact.

– Il a dit avec qui ?

– Il a envoyé Dixie nous informer mais elle n'avait pas l'air d'en savoir beaucoup plus que ça.

– Quoi d'autre ?

– Eh bien, il y a Teddy, le prêtre-plombier.

– Ils l'ont attrapé ? demanda Adair d'un ton guère plein d'espoir.

– Non, ils ne l'ont pas coincé, mais il a tué l'inspecteur de Sid Fork qui venait de la brigade des jeux et escroqueries de Dallas. Ivy Settles.

– Quand ?

– Il y a environ une heure. Ils disent aussi que pendant qu'il y était, Teddy a tué cette photographe qui a fait nos portraits à Lompoc.

– Eh bien, merde, Kelly, dit Adair qui sombra dans le silence.

Vines semblait lui aussi n'avoir plus rien à dire et le silence se prolongea jusqu'à ce qu'Adair reprît : Depuis le début. Tout.

– Très bien.

Il fallut 15 minutes à Vines pour raconter. Il commença par ses achats de friandises, d'amandes assorties, de bourbon et du roman de poche, et finit par le jugement lugubre de B.D. Huckins touchant le but réel dissimulé de la force d'intervention proposée par le shérif.

Adair écouta sans poser aucune question jusqu'à ce qu'il fût certain que Vines avait terminé. Alors il posa une question :

– Tu sais ce que je suis en train d'avoir ?

– Des arrière-pensées ? dit Vines.

– Exactement.

– Parle-moi de Dannie et nous reviendrons à tes arrière-pensées.

– Eh bien, elle a eu l'air de ne me connaître ni d'Ève ni d'Adam et elle pense que tu es un monsieur quelconque, bête mais inoffensif, qui lui rend visite.

– Et Soldat Sloan ?

– J'ai commis l'erreur de lui parler de Soldat P. Sloan et elle a aussitôt voulu savoir ce que signifiait le « P ». Je lui ai dit Pershing et soudain elle était revenue en classe de sixième et elle m'a récité la première strophe de « J'ai un rendez-vous avec la Mort » et m'a demandé si j'aimerais aussi entendre celui sur les coquelicots qui fleurissent dans les champs de Flandre.

Vines ferma les yeux.

– A quel médecin as-tu parlé ? dit-il.

– Pease. Il pense que ça ira très bien pour Dannie aussi longtemps que nous continuons de verser les 6 000 par mois. Quand je lui ai demandé ce qu'elle deviendrait si l'argent s'épuisait, il a dit qu'il veillerait à ce qu'elle soit placée dans un des bons hôpitaux psychiatriques du secteur public, où on la gardera peut-être une semaine ou dix jours. Je crois bien lui avoir déclaré que Dannie ne ferait pas une très bonne clocharde.

– Non, dit Vines en rouvrant les yeux. En effet. (Il tambourina sur le volant avec les doigts de sa main droite.) Il reste quelque chose dans le tube ? demanda-t-il.

– Oui-oui, dit Adair qui le lui passa.

Vines but une autre gorgée de bourbon, toussa et rendit le tube de verre à Adair.

– Alors tu penses qu'il n'y a aucun lien possible entre elle et Soldat Sloan ?

– Aucun, dit Adair.

– Alors Dannie n'est manifestement pas DV dans le « V JA O CF DV » de Soldat.

– Manifestement.

A nouveau Vines tambourina des doigts sur le volant en contemplant la nuit dehors, qui commençait juste au-delà de l'étoile à trois branches au sommet de la calandre de la Mercedes. Finalement il cessa de tambouriner.

– Et Venable ? dit-il.

– Qui ?

– Dixie Venable.

Adair se mordit la lèvre inférieure pour s'empêcher de béer, puis ouvrit juste assez la bouche pour parler.

– Bon sang. Son nom de jeune fille.

– Et le nom sous lequel Soldat a d'abord connu Dixie.

Adair regarda Vines d'un air totalement soupçonneux.

– Quand est-ce que tout ça t'est venu ?

– A l'instant, dit Vines.

– Avec qui partageons-nous cette lumineuse hypothèse ? demanda Adair. La sœur de Dixie ? Son mari ? Le chef de la police, peut-être ?

– Avec personne, dit Kelly Vines.

Quand Virginia Trice vint jusqu'à leur box et dit : « Il y a un appel pour vous », Vines était en train de boire un bière pression et de manger un bol de chili dont il trouvait qu'il comportait trop de cumin et pas assez de piment rouge. Adair, la bouche pleine d'un sandwich au bacon, à la laitue et à la tomate, haussa les épaules à l'adresse de Vines pour marquer son impuissance.

– Pour qui est l'appel ? demanda Vines.

– N'importe lequel de vous deux.

– Qui est à l'appareil ?

– Il n'a pas voulu dire, répliqua Virginia Trice qui se détourna et regagna son poste de commandement au bar.

Quand Vines atteignit le comptoir, elle avait déjà déplacé le téléphone jusque devant le tabouret du bout, que quatre tabourets inoccupés séparaient du plus proche client. Vines la remercia d'un signe de tête, prit le combiné et dit allô.

– M. Adair ?

– Ici Vines.
– Bien. C'est moi-même, Parvis Mansur.
– D'accord.
– J'appelle d'une cabine à Santa Barbara et veuillez donc ne pas quitter s'il fallait que je dusse introduire d'autres pièces.
– Comment savez-vous que nous sommes ici ?
Vines perçut le profond soupir de Mansur.
– Par déduction et par chance. C'est le quatrième numéro que j'appelle.
– Je me demandais juste.
– Dixie vous a-t-elle transmis mon message, à vous et à M. Adair ?
– Oui.
– Avez-vous informé B.D. et Sid ?
– Oui.
– Bien. Voici approximativement 21 minutes, j'ai reçu un appel sur ma ligne protégée, qui n'est manifestement plus protégée, d'où vient que je vous appelle d'une cabine.
Vines se demanda depuis combien de temps il n'avait entendu personne dire « d'où vient ».
– C'était un appel de la même personne ? demanda-t-il.
– Oui. Cette fois une date a été proposée ou plutôt, devrais-je dire, instamment arrêtée.
– Quand ?
– 4 Juillet. Cela vous convient-il et à M. Adair ?
– La date, ça va. Et le lieu ?
– Comme nous en avons discuté, ce doit être un lieu où, logiquement, vous pourriez tous deux être attirés. Je veux dire par là que ce ne peut être au pied d'un arbre au milieu de nulle part.
– D'accord.
– Avez-vous une suggestion à faire ? Sinon, j'en ai une.
Vines avait déjà grandement réfléchi à l'endroit où lui et Adair devaient être vendus 1 million de dollars. Le local qu'il avait en tête comportait une porte de derrière en aluminium épais blindé d'acier, mais il jugea prudent d'entendre d'abord la proposition de Mansur.
– Que suggérez-vous ?
– Cousine Mary, essentiellement à cause de son site et de son excellente sûreté.
– Ça me paraît aller.
– Bien. Je suis heureux que vous soyez d'accord.
– Qui vous a téléphoné, Parvis ? dit Vines, utilisant pour la première fois le prénom de Mansur.

– Le même homme a appelé les deux fois. Manifestement un Américain avec une voix de ténor assez frêle et aucun accent régional... du moins aucun que j'aie pu déceler.

– Comment a-t-il eu votre numéro ?

– J'ai jugé préférable de ne pas demander.

Le téléphone bourdonna et une voix enregistrée d'opératrice intervint, demandant à l'utilisateur de verser 50 *cents* supplémentaires. Vines écouta les pièces de 25 *cents* tomber en cliquetant dans l'appareil de la cabine. Quand les cliquetis furent finis, Mansur demanda :

– Êtes-vous toujours là ?

– Toujours. Lui avez-vous parlé du prix ?

– Oui, bien sûr, et il l'a accepté avec un minimum de ronchonnement.

– Pas de marchandage sérieux ?

– Aucun.

– C'est étrange.

– Je l'ai pensé moi-même, et c'est pourquoi j'ai insisté sur le fait qu'il n'y aurait pas de vente avant que la somme exacte et précise soit avérée.

– Avant que vous ayez compté l'argent ?

– En substance, c'est cela.

– Qu'est-ce qu'il a dit ?

– Il a dit pas de problème.

– Autre chose ? demanda Vines.

– Dixie vous aurait-elle dit par hasard où elle se rendait après vous avoir quitté ?

– Quand je l'ai vue en dernier elle était avec sa sœur.

– Bien, fit Mansur qui parut soulagé. C'est parfait. Vous pourriez téléphoner à B.D. et Sid et les informer de ces nouveaux développements.

– D'accord.

– Alors bonsoir, M. Vines.

– Bonsoir, dit Vines qui coupa la communication avec l'index, attira le regard de Virginia Trice et fit un signe de tête pour l'inviter à le rejoindre au bout du comptoir.

– Vous avez le numéro de téléphone du maire ? De chez elle ? demanda Vines.

– Il est sur la liste rouge.

– Je sais.

Virginia Trice leva les yeux vers le plafond, les ramena sur Vines et récita le numéro de mémoire. Après que Vines l'eut remerciée et eut commencé de former le numéro, elle s'éloigna le long du comptoir.

Le maire répondit allô au milieu de la troisième sonnerie d'appel.
– Ici Kelly Vines.
– Vous avez dû faire un faux numéro, dit B.D. Huckins et elle raccrocha.

Chapitre 33

Après avoir raccroché au nez de Vines, le maire regagna son fauteuil de cuir brun chocolat et adressa un sourire d'excuse au shérif Charles Coates, perché au bord du canapé 1930 crème, à un coussin de distance de Sid Fork.

Fâché de sa taille moyenne, qu'il trouvait insuffisante selon les critères de Californie du Sud, le shérif de 42 ans occupait rarement plus de 15 centimètres d'aucun siège où il posait son séant. Il était habituellement assis comme à présent, un peu penché en avant, les mains crispées sur les genoux, les talons légèrement soulevés — manifestement fin prêt à donner la chasse.

Quand il était debout, le shérif ne paraissait ni petit ni grand, peut-être à cause de ses bottes de cow-boy noir luisant avec un talon de 4 centimètres. Depuis que les journalistes avaient découvert que sa taille le gênait, ils s'amusaient fort à lui demander combien il mesurait, à cause de sa réponse invariable : « Autant que Steve McQueen vivant et pieds nus : 1,78 1/2 mètre ».

Comme B.D. Huckins se rasseyait dans le fauteuil de cuir, le shérif adjoint, 28 ans, 1,90 mètre, lui demanda si elle recevait souvent des appels de gens faisant un faux numéro. L'adjoint s'appelait Henry Quirt et avait été relégué sur le seul autre siège du salon (celui qui était plutôt un tabouret qu'autre chose), le forçant à lever les genoux presque jusqu'à la hauteur de son sternum. L'adjoint était assis sur le tabouret bas à cette réunion nocturne dans la maison du maire non seulement parce qu'il faisait la police de son secteur du comté à partir de Durango, mais aussi parce que le shérif Coates avait décidé qu'un témoin pourrait se révéler utile, voire infiniment précieux.

Le maire répondit à la question de l'adjoint touchant les faux numéros en disant que, oui, en effet, elle recevait un certain nombre de tels appels. Le shérif déclara que, sans pouvoir le prouver, il pensait que les numéros de la liste rouge recevaient davantage de tels appels que les numéros qui étaient dans l'annuaire. Le maire demanda au shérif si elle pouvait leur servir quelque chose, à lui et son adjoint, peut-être une bière.

– Absolument rien, B.D., mais merci.

– Une bière, pour moi, dit Fork en se levant du canapé. Mais je vais me la chercher.

– Eh bien si tu en prends une, Sid, je crois que moi aussi, dit Coates.

Fork regarda l'adjoint Quirt.

– Henry ?

– Non, merci.

Fork se dirigea vers la cuisine.

– Encore une fois pardon d'avoir débarqué si tard, B.D., dit le shérif Coates.

Le maire regarda sa montre.

– Il n'est que 22 h 48.

– Mais comme il fallait que je sois à Durango de toute façon, et quelle chose affreuse, pour Ivy Settles, n'est-ce pas ? Vraiment horrible. Comment réagit sa femme ?

– C'est dur.

– S'il y a quoi que ce soit que je puisse faire... (Coates laissa sa proposition pendante, incomplète, indéfinie et, de l'avis de Huckins, dépourvue de sens).

– C'est très aimable à vous.

– Mais la vraie raison pour laquelle je suis passé si tard, B.D., c'est que j'ai besoin de parler un peu politique.

– Avec qui ?

– Mais, avec vous, bien sûr.

Huckins conserva une expression polie et une voix neutre.

– Sid va sans doute vouloir entendre ça.

– Je n'en serais pas surpris.

Ils restèrent assis en silence jusqu'à ce que Fork revienne avec deux bouteilles de bière ouvertes. Il en tendit une à Coates.

– Besoin d'un verre, Charlie ?

– Pour quoi faire ?

Huckins attendit que Fork soit de nouveau assis sur le canapé crème et ait bu un peu de sa bière avant qu'elle parle.

– Charlie veut parler un peu politique.

Fork tourna la tête pour examiner le shérif, comme pour la première fois. Il inspecta les bottes noires luisantes, le pantalon serré brun clair en whipcord et la chemise Viyella vert forêt qui était coupée pour mettre en valeur le ventre plat, la vaste cage thoracique et des épaules qui semblaient épaisses de 30 centimètres et larges de 1 mètre.

L'examen long et soigneux atteignit enfin le visage du shérif avec son menton en forme de borne, sa bouche genre méchant flicard, son nez guindé qui jamais n'attrapait de coups de soleil ni ne pelait et, finalement, des yeux bleus qui durcissaient sur commande et avaient la forme de longues larmes. Tout cela était surmonté de vivaces cheveux bruns mouchetés de gris et taillés tous les sept jours selon les cotes réglementaires des Marines.

– Politique ? dit Fork après son inspection. Bon sang, Charlie, tu n'as même pas de concurrent cette année.

Coates hocha la tête, étudia le sol pour marquer la gravité de ce qu'il allait dire, et releva soudain les yeux, d'abord sur Fork, puis sur Huckins.

– Il ne faut pas que ça sorte d'ici.

– Je n'en soufflerai pas un mot, dit Fork. A moins que ça me fasse du bien.

Presque toute la figure de Coates sourit sauf la bouche.

– Toujours le joyeux drille à 40 ans, hein, Sid ?

– 39. Et avant de t'inviter tout seul chez quelqu'un, tu devrais savoir si tu peux ou non avoir confiance.

– B.D. connaît la réponse, n'est-ce pas, B.D. ?

– Viens-en au fait, Charlie, dit le maire.

Coates s'avança encore de 2 centimètres au bord du canapé crème, se pencha encore de 2 centimètres en direction de Huckins et parla dans un murmure de conspirateur chevronné.

– Le vieux Sloop va passer la main comme inspecteur général du comté en 1990.

– Pourquoi ?

– Pour poursuivre d'autres objectifs.

Le maire secoua la tête.

– Billy Sloop, dit-elle, a fêté, ou du moins constaté, son soixante-huitième anniversaire la semaine dernière. Il a été inspecteur général du comté pendant quatorze ans et n'a aucun autre objectif. Alors qu'est-ce que tu as sur lui, Charlie ?

– Ce qu'il faut.

– Pourquoi me le dire ?

– Parce que je vais annoncer que je brigue son poste et je veux ta signature de soutien.

– Quand fais-tu l'annonce ?

– Deux jours après les élections ; le 10 novembre.

– Pourquoi ce jour-là ?

– Parce que c'est le jour où Billy m'a promis qu'il ferait savoir qu'il ne se représentera pas en 90, somme toute, et ma déclaration me donnera l'attaque sur tout le monde.

– Et tu veux ma signature de soutien ?

– Bien sûr que oui, B.D.

– Tu sais que je ne soutiens jamais personne sauf au niveau de la ville.

– J'ai pensé que tu pourrais faire une exception.

Le maire soupira.

– Arrête tes conneries, Charlie. Qu'est-ce que tu veux vraiment ?

– Je veux t'aider à nettoyer Durango.

– C'est pas sale, dit Fork.

Le shérif se tourna vers le chef de la police sans essayer de dissimuler son dédain.

– Quatre meurtres en deux jours ? Un assassin en série dans la nature ? Si quelqu'un se fait encore tuer ici, ils vont se mettre à l'appeler la Beyrouth de Californie. Je peux amener ma force d'intervention et serrer ce connard en dix jours maxi, Sid, peut-être même sept.

– Ce n'est pas assez vite, dit le maire.

L'air dédaigneux de Coates disparut, remplacé par un autre : il paraissait sincèrement perplexe.

– Je ne te suis pas, B.D.

– C'est simple. Durango est une commune autonome qui assure son propre maintien de l'ordre.

– Je n'ai pas besoin d'un cours de droit administratif.

– Politique, pas administratif. Tu as dit que tu voulais parler un peu politique alors c'est ce que je fais. Commençons par Durango. Elle a un maire élu qui est son premier magistrat. Moi. J'emploie son chef de la police, qui est assis juste à côté de toi. Sid. Je le nomme avec l'approbation du conseil municipal et il est responsable devant moi. Cela signifie que le maintien de l'ordre est finalement sous ma responsabilité. C'est ce pour quoi je suis élue et si je ne peux pas l'assurer, la ville élira un maire qui peut. Mais si je fais venir le shérif du comté et sa force d'intervention pour faire ce que le chef de la police et moi sommes censés faire, alors le dernier des électeurs aura dans l'idée que B.D. Huckins et Sid Fork sont incapables de faire respecter la loi et l'ordre, ce qui donnera à ce même électeur une excellente raison de voter pour un nouveau maire qui engagera un nouveau chef de la police. Tu me suis jusqu'ici ?

Coates se contenta de hocher la tête.

– J'aime vivre dans cette ville, Charlie. J'aime en être le maire. Je connais peut-être deux mille personnes à Durango par leur prénom. Je suis d'ici et je ne peux même pas imaginer vivre ailleurs. En plus, je compte continuer d'être maire aussi longtemps que je pourrai être élue parce que je suis un sacré bon maire. Le meilleur que cette ville ait jamais eu. Mais ce que tu me demandes de faire, c'est de me suicider politiquement en ouvrant sans crier gare ta campagne électorale. Inspecteur général ? Votez Charlie Coates, l'homme qui a nettoyé Durango en une semaine ou peut-être dix jours. Eh bien, ce n'est pas assez vite, shérif, parce que l'assassin, quel qu'il soit, sera arrêté par les flics de Durango et mis derrière les barreaux de Durango dans la prison de Durango d'ici au 4 juillet et ça je peux te le garantir absolument.

Le maire marqua une pause, eut un sourire presque suave.

– Donc, dit-elle, il n'y a vraiment pas de raison logique pour amener ta force d'intervention, hein ?

C'était B.D. au sommet de sa forme, jugea Sid Fork. A l'offensive, ne cédant pas d'un pouce, la voix basse et aussi froide que de la glace fondue, et ces yeux gris qui transperçaient directement le crâne épais de ce brave Charlie. Fork décida de prêter main forte.

– Je ne suis pas sûr, B.D., pour cette date limite garantie du 4 juillet, dit-il.

– Pourquoi ? dit Huckins en adoptant un ton légèrement rugueux pour que le mot sonne comme si elle n'avait aucune idée de ce que Fork allait répondre.

– Parce que nous allons mettre ce connard en prison le 2 juillet, au plus tard le 3.

Le shérif Coates s'avança encore d'un centimètre sur le canapé crème, réduisant la largeur de son assise à environ 10 centimètres.

– Depuis combien de temps nous connaissons-nous, B.D. ?

– Dix-neuf longues années.

– Plutôt vingt. Je me rappelle que je venais de débuter au poste qu'occupe l'adjoint Quirt quand toi et Sid et le reste de la bande avez roulé jusqu'ici depuis Frisco dans ce vieux car scolaire GM que vous aviez peinturluré comme un œuf de Pâques. Vous vous êtes garés où vous n'auriez pas dû, sur la Septième près du parc municipal, et le lendemain matin je suis passé là par hasard, j'ai réveillé tout le monde et je vous ai dit de vous bouger avant que les flics de la ville vous salent. Je vous ai même dit où vous pouviez garer l'engin. Tu te rappelles ça, Sid ?

– Pas vraiment.

– Ça remonte à bien longtemps, entre nous, B.D. Entre moi, toi, Sid et Dixie. Tu as réussi à devenir maire ; je suis devenu shérif ; Sid est devenu chef de la police ; et Dixie, ma foi, je suppose que Dixie est devenue riche. Mais est-ce qu'il n'y avait pas un autre type avec vous à l'époque ? Un petit type avec un drôle d'air. Très laid. Il s'appelait Teddy, je crois. Teddy Smith ? Jones ? Quelque chose comme ça.

– Quelque chose comme ça, dit le maire.

– Je me demande ce qu'il est devenu ?

– Aucune idée.
– Après que le reste de votre bande est parti pour le Colorado, vous quatre vous êtes installés ensemble dans cette vieille baraque sur Boatright, non ? Et puis Teddy a comme disparu. Comme s'il avait sauté dans l'océan et s'était noyé ou quelque chose.
– Il a sauté dans un autocar, dit Fork.
– Je me demande où il est allé ?
– On ne peut pas savoir.
Coates secoua tristement la tête, comme après la mystérieuse disparition de quelque vieil ami, et se tourna vers le maire.
– B.D., si je pensais te nuire politiquement en amenant une force d'intervention pour découvrir un tueur fou, je ne l'aurais même jamais suggéré. Je ne le pensais pas et je ne le pense toujours pas. Mais j'accepte ton opinion.
– Bien.
– Le problème, et si quelque chose se passe et notre tueur n'est pas derrière les barreaux, somme toute, le 4 juillet ?
– Il y a une autre possibilité, Charlie, dit Fork.
– Laquelle ?
– Qu'il soit mort d'ici le 4.
– Abattu en tentant de résister, peut-être ?
Fork haussa les épaules.
– Ça fera moins de presse et de temps d'antenne, Sid. La chose à faire, c'est de le juger et que ça dure des siècles.
Le shérif se leva, posant sa bouteille de bière vide sur la table basse qu'on avait façonnée à partir de la vieille malle de transatlantique. Huckins se pencha en avant et glissa un dessous de verre sous la bouteille. Coates, debout, la regardait.
– J'aimerais quand même une réponse, B.D.
– A quoi ?
– A ma question « et si ». Et si, malgré tous les efforts de Sid, l'assassin n'est ni en prison ni mort d'ici le 4 juillet ? Et s'il court toujours dans le secteur ?
– Alors j'envisagerai d'appeler ta force d'intervention.
– Et si nous l'alpaguions ?
– Je devrais réviser mes principes quant au soutien éléctoral.
Le shérif s'illumina, fronça les yeux et claqua soudain des doigts comme s'il venait de se rappeler quelque chose. Il dit même : « Nom de Dieu », de sorte que Sid Fork se demanda si le shérif avait vraiment un quelconque avenir dans la politique où un viatique de capacité à jouer la comédie est aussi nécessaire que de l'argent.
– J'ai failli oublier, Sid, on a trouvé cette fourgonnette Ford rose sur la 101 sur une aire de repos. Astiquée comme un bouton de porte, sauf ce qu'ils oublient 99 % des fois : le petit levier de réglage

du siège conducteur. On en a trois bonnes de la main gauche plus une partie d'un pouce. L'État et les Fédés les vérifient tous les deux et si ça réagit je t'avertirai.

L'adjoint, Henry Quirt, était à présent debout et surplombait l'épaule droite de Coates.

– Vous m'avez dit de vous rappeler ce télex que nous avons eu de Lompoc, shérif.

Coates fit de nouveau claquer ses doigts, de sorte que le chef de la police conclut que la prestation du shérif avait vraiment besoin d'être beaucoup retravaillée.

– Putain de nom d'un chien, dit Coates. J'oubliais ça aussi. Il semble que le FBI aimerait parler à deux types à propos de tel ou tel truc qui s'est passé à Lompoc, au pénitencier fédéral, hier ou avant-hier, je ne sais plus. Mais les noms des types sont Kelly Adair et Jack Vines.

– C'est l'inverse, dit Quirt.

Coates réfléchit puis hocha la tête.

– Ouais. *Jack* Adair et *Kelly* Vines. En tout cas, Quirt et moi, juste à tout hasard, on est passés au Holiday Inn en venant chez toi, B.D., mais il semble qu'Adair et Vines sont partis vers quatre heures cet après-midi juste après que ce vieux mec, Sloan, s'est fait étendre. Je ne peux pas dire qu'ils ont eu tort mais ils sont partis sans laisser d'adresse. Alors si tu tombes sur eux, Sid, demande-leur de passer un coup de tube aux *Federales* à Santa Barbara.

– Il y a un mandat contre eux ? dit Fork.

– Non, les Fédés veulent juste un peu causer avec eux. (Coates se tourna vers Huckins.) Bien sûr, je ne peux pas dire si quelqu'un d'autre est après eux ou non. Mais d'un autre côté, tout le monde a des ennemis, pas vrai, B.D. ?

– On le dit.

Coates la remercia pour la bière, dit bonsoir et partit, remorquant son adjoint de 1,90 mètre. Après que la voiture de ville du shérif, une Lincoln noire dont les antennes flexibles jumelles étaient arrachées, se fut éloignée, B.D. Huckins se détourna de la fenêtre pour regarder Sid Fork.

– Il sait que c'est Teddy, dit-elle.

Fork hocha.

– Mais ce n'est pas pour ça qu'il veut amener sa force d'intervention.

– Non.

– Ce qu'il veut réellement, c'est prouver que nous avons truqué les comptes d'une manière ou d'une autre, nous envoyer en prison et caracoler là-dessus pour atterrir dans le fauteuil d'inspecteur général du comté.

Fork réfléchit à la chose et hocha la tête.
– Ça pourrait marcher, dit-il. Mais pas si j'attrape Teddy.
– Alors. Tu peux ?
Fork rejoignit Huckins, lui releva le menton et l'embrassa.
– Je n'ai pas besoin de trouver Teddy, dit-il. Tout ce que j'ai à faire, c'est m'arranger pour qu'il veuille me trouver.

Chapitre 34

Bâtie depuis trente-neuf ans, la maison à charpente de bois et murs crépis se trouvait vers la limite sud-est de Durango dans le quartier dit Explorateur qui consistait en trois courtes rues portant les noms de Lewis, Clark et Fremont. Il y aurait eu d'autres maisons sur des rues portant le nom d'autres explorateurs si le promoteur débutant, ex-professeur d'histoire de lycée nanti d'un petit héritage, ne s'était trouvé à court d'argent aussi bien que d'acheteurs pendant la récession de 1949.

A 0 h 20 Sid Fork, dans sa voiture garée dans Fremont Street sous un odorant magnolia de 39 ans, attendait que la lumière s'éteigne dans la troisième maison à partir du coin. C'était la lumière bleutée d'un poste de télévision et, comme la maison n'arborait pas d'antenne parabolique, Fork était presque sûr que les gens là-dedans regardaient une cassette de location sur leur magnétoscope. Avec de la chance, songeait-il, c'était peut-être même une cassette courte, peut-être un film X de 45 minutes.

Après l'extinction de la lumière bleutée à 0 h 32, Fork donna aux occupants 29 minutes de plus pour aller se coucher et peut-être même dormir. A 1 h 01 il tambourinait sur la porte d'entrée. Celle-ci fut ouverte moins d'une minute plus tard par le shérif adjoint Henry Quirt, l'air ensommeillé, qui portait un T-shirt blanc, un caleçon bleu pâle et braquait sur le chef de la police un revolver Smith & Wesson de calibre .38 à canon court.

– Bon sang, Sid, il est une heure du matin, merde.

– Ça t'embêterait de braquer ton flingue ailleurs ?

Quand Quirt eut laissé pendre son arme au bout de son bras, Fork poursuivit :

– J'étais déjà couché moi-même, Henry, quand ça m'est venu tout d'un coup.

– Quoi ?

– Vaudrait mieux que je t'en parle à l'intérieur.

Avant que Quirt pût répondre, une voix de femme héla du fond de la maison.

– Qui est-ce, chéri ?

Quirt tourna la tête pour lancer sa réponse.

– Sid Fork.

– Qu'est-ce qu'il veut, celui-là ?

Quirt hésita avant de lancer sa seconde réponse.

– Affaire professionnelle. (Il revint à Fork, plus du tout ensommeillé, et parla d'une voix que seul le chef de la police pouvait entendre.) Il s'agit d'une affaire professionnelle, n'est-ce pas, Sid ?

Fork attendit au salon le shérif adjoint qui avait dit qu'il voulait s'habiller un peu. Par habitude, Fork inventoria la pièce, estimant son contenu qui incluait un canapé et un fauteuil assortis protégés par des enveloppes de plastique transparent. Plus intéressant était le rayonnage triangulaire en érable dans un coin dont les cinq étagères portaient neuf photographies dans des cadres chromés, au moins deux douzaines de chats et de chatons miniature en porcelaine et cinq coquillages marins en forme de conque dont Fork jugea qu'ils provenaient de Floride.

Il y avait aux murs quatre reproductions joliment encadrées, toutes des scènes pastorales, que Fork situa en Europe au dix-neuvième siècle, probablement en France, et qui à la réflexion ne lui plurent guère. Il frotta le bord de sa chaussure droite sur la moquette beige en acrylique, estima son prix à 4.95 le mètre carré chez un grossiste et gagna la bibliothèque encastrée qui contenait une bible, une édition assez récente de l'Encyclopaedia Britannica et neuf romans brochés qui se révélèrent être des mélodrames sentimentaux Harlequin.

Le point focal de la pièce, cependant, était son centre de distraction à domicile : un grand meuble en chêne à étages contenant un poste de télévision Sony 55 centimètres relié à un magnétoscope et une chaîne audio d'allure compliquée qui pouvait passer des microsillons, des cassettes et des CD. Deux fauteuils de relaxation La-Z-Boy étaient orientés vers le centre. Posée sur le poste de télé, une vidéocassette dans sa boîte. Fork s'approcha, lut l'étiquette, qui disait qu'il s'agissait de « Debbie la Diablesse », et tenta de se rappeler s'il l'avait jamais louée.

Il se détourna du centre de distraction à l'instant où Quirt entrait dans le salon. L'adjoint portait maintenant un blue-jean, le même T-shirt et une paire de chaussettes de sport blanches épaisses à côtes. Bien que Fork jeta à peine un coup d'œil aux chaussettes, Quirt parut penser qu'il devait les expliquer.

– Je ne porte pas de chaussures à la maison quand le gosse dort.

– Wayne doit avoir combien maintenant ? 2 ans ?

– 2 1/2 ans.

– Comment va Mary Helen ?

– Bien si nous parlons bas pour ne pas réveiller le gosse.

Ils s'assirent sur les meubles recouverts de plastique, Fork dans le fauteuil, Quirt sur le canapé.

– On a eu une belle réunion, hein ? dit Fork.

Quirt secoua la tête d'un air admiratif.

– Cette B.D.

– Après que vous êtes partis, toi et le shérif, je suis rentré chez moi et je me suis couché. Mais ç'a été une foutue journée, longue et dégueulasse, et je n'arrivais pas à m'endormir. Surtout, je pensais à Ivy Settles, qui était un vraiment bon flic même s'il n'avait l'air de rien.

– Ivy était bien.

– Donc j'étais couché, à me tourner et me retourner et à penser à Ivy et Carlotta... tu connais Carlotta ?

Quirt dit qu'il connaissait Carlotta Settles.

– Au moins elle aura une pension correcte. En tout cas, j'étais couché à me faire du souci pour elle et à me demander où diable j'allais pouvoir trouver quelqu'un pour remplacer Ivy quand tout d'un coup ça m'est tombé dessus.

– Quoi donc ?

– Toi.

Quirt s'adossa dans le canapé et examina Fork. Le chef de la police était content que le grand adjoint n'eût pas dit : « Moi ? » Il fut encore encouragé par la lueur de ruse dans les yeux marron foncé de Quirt.

– Continue, dit Quirt.

Fork n'était manifestement pas pressé.

– Si Charlie Coates se présente comme inspecteur général du comté dans deux ans comme il a dit, qui sera notre nouveau shérif, à ton avis ?

– Cette tête de nœud de Jim Grieg.

– Tu ne t'entends pas tellement bien avec le lieutenant Grieg, hein ?

– Je m'entends avec tous ceux avec qui je dois, Sid.

– Tu crois que Charlie Coates fera un inspecteur général pas trop mauvais ?

– C'est juste une étape.

– Sur le chemin de quoi ?

– Coates a 42 ans, dit Quirt. S'il est élu inspecteur général en 90, il en aura 44. Deux ans comme inspecteur général et il se présentera à la députation sans rien risquer. S'il gagne, très bien. Sinon, il lui restera deux ans comme inspecteur général et il n'aura que 46 ans. Il se servira de ces deux années pour améliorer sa notoriété et son trésor de guerre et puis il se représentera à la députation à 48 ans. Mais s'il ne se retrouve toujours pas à Washington, il se contentera de laisser tomber et de devenir riche à la place.

– Il t'a dit tout ça ?

– Il m'emmène avec lui comme aide-mémoire. C'est pour ça que j'étais chez B.D. ce soir. J'ai une sacrée bonne mémoire, Sid.

– Charlie a-t-il jamais parlé de t'emmener s'il devient inspecteur général ou s'il entre au parlement ? Peut-être pour porter ses bagages, aller le chercher à l'avion, faire l'aide-mémoire pour lui ?

– Ça se peut.

– Tu te plais à Durango, Henry ?

– J'aime le climat.

– Tu penses que ça te plairait, à Washington ?

– Je suis né à Washington. Mon vieux travaillait au ministère du commerce. Il a fait 38 degrés là-bas, aujourd'hui. Et 90 quelque chose d'humidité.

– Je ne suis jamais allé à Washington, dit Fork qui se tut et fronça les sourcils comme s'il tentait de prendre une décision difficile. Il conserva cette expression, laissant croître le suspense jusqu'à ce que Quirt devienne nerveux. Alors Fork posa une question : Tu m'as dit que tu t'entends avec tous ceux avec qui tu dois, n'est-ce pas ?

Quirt hocha la tête.

– Je me demande si tu pourrais t'entendre avec B.D. et moi si je t'offrais 35 000 par an, le grade d'inspecteur, une voiture tous usages, soins médicaux et dentaires gratuits et quatre semaines de congé par an ?

– Je pourrais très bien m'entendre avec B.D. et toi, Sid, mais il faudrait qu'on s'arrange d'abord, n'est-ce pas ?

Fork adopta un air intrigué.

– Je ne te suis pas très bien.

– Je veux dire, tu veux quelque chose de moi. Tout de suite. Cette nuit.

Fork transforma son expression perplexe en air blessé.

– Je ne joue pas comme ça, Henry, et B.D. non plus. Le boulot est à toi. Tu peux commencer lundi, comme j'ai dit, si tu peux quitter le shérif aussi tôt. Mais je ferais mieux d'être absolument franc avec toi. Si B.D. se fait un jour battre par quelqu'un, je m'attends à être le premier à être viré et le nouveau maire se débarrassera probablement de tous mes hommes pour mettre les siens à la place. Mais c'est toujours comme ça que ça se passe, n'est-ce pas ?

Henry Quirt se pencha en avant et réussit à paraître à la fois sceptique et sagace.

– Qu'est-ce que tu veux de moi qui aidera B.D. à rester maire éternellement ?

– Rien. Comme je n'arrête pas de te le dire, le boulot est à toi.

– Arrête les conneries, Sid.

– Eh bien, puisque tu m'en parles, il y a ces empreintes dont Charlie Coates nous a parlé à B.D. et moi. Celles qu'ils ont relevées sur la fourgonnette Ford rose. Charlie a déjà reçu une réaction, hein ? Malgré ce qu'il a dit.

– Exact.

– Tu as jeté un œil ?

Quirt hocha la tête.

– Et avec cette mémoire que tu as...

– Je me rappelle, Sid. Tout.

– Eh bien je ne suis pas en train de te demander à qui ces empreintes appartiennent. Et je veux que tu comprennes que ça n'a rien à voir avec le boulot et la voiture personnelle et les 35 000 par an parce que tout ça est réglé. Et de toute façon, je ne peux pas te demander une chose que tu ne peux pas faire en toute conscience.

Quirt paraissait plus sceptique et sagace que jamais.

– Je n'entends pas ma conscience me dire grand-chose de quoi que ce soit, Sid.

– Eh bien, ma foi, c'est parfait. Alors quand veux-tu venir travailler ? Lundi ?

– Mettons plutôt le 15 du mois prochain. Juste au cas où le shérif Charlie découvrirait autre chose dont B.D. puisse se servir.

Chapitre 35

A 2 h 04 en ce dernier dimanche de juin, Kelly Vines et le chef Sid Fork étaient de nouveau assis sur la banquette à dossier canné dans le parloir victorien de Virginia Trice.

Madame le maire B.D. Huckins était assise en face d'eux, ramenant les jambes et croisant les chevilles sous une chaise à dossier droit. Jack Adair occupait le fauteuil bas au siège de peluche usée. Il avait les cheveux en bataille, les pans de chemise à moitié sortis et il était pieds nus dans ses oxfords en cuir de Cordoue qu'il n'avait pas encore pris la peine de lacer car c'était lui qui avait descendu les escaliers en hâte à 1 h 52 pour répondre à la sonnette insistante. Vines, alors à moitié réveillé seulement, s'était habillé pendant qu'Adair était dans la cuisine à faire du café.

Huckins posa sa tasse et sa soucoupe.

– Virginia n'est pas rentrée de son travail ?

– Pas encore, dit Adair.

– Nous avons à parler.

– Et je crois comprendre que cela ne peut attendre, dit Adair.

Elle acquiesça.

– Mais d'abord, dit-elle, je veux des réponses à quelques questions.

– Ce que je souhaiterais d'abord, B.D., dit Sid Fork, c'est que tu arrêtes de prendre des airs mystérieux, bon sang.

– Tais-toi, Sid. (Les yeux gris du maire demeurèrent fixés sur Adair.)

Le chef de la police ouvrit la bouche pour répliquer, se ravisa, s'adossa lourdement sur le sofa, étendit les pieds devant lui et fourra les mains dans les poches de son pantalon, l'air (songea Vines) d'en avoir hautement ras-le-bol.

Toujours fixant Adair et manifestement indifférente aux sentiments de Fork, Huckins s'éclaircit la gorge et dit :

– Vous ne vous avez jamais raconté ce qu'il est advenu du fils et de la fille, Jack et Jill Jimson, après que votre cour suprême a cassé leur verdict de culpabilité et ordonné un nouveau procès.

– Ils ont été rejugés dans un autre comté.
– Changement de siège, donc ?
– Combine Wilson l'a réclamé et obtenu. Les mômes Jimson ont été jugés une seconde fois à 182 kilomètres de chez eux et acquittés.
– Mais le pot-de-vin qu'a touché le vieux juge, comment s'appelle-t-il, Fuller...
– Mark Tyson Fuller.
– Est-ce que ça n'a pas entaché la décision de la cour suprême ?
– L'État a décidé qu'il n'y a pas eu de pot-de-vin.
– Comment ont-ils appelé ces 500 000 dollars dans les boîtes à chaussures sur la table de la salle à manger ?
– 497 000 dollars, rectifia Adair. Sans parler des 500 000 dans ma penderie, qu'ils n'ont pas trouvés.
– Tenons-nous en au cas Fuller, dit-elle. Si ce n'était pas un pot-de-vin, comment ont-ils appelé ça ?
– Un double meurtre, dit Adair. Et aussi un plan très élaboré et très coûteux pour que cela semble être un pot-de-vin.
– C'est officiel ? Pas seulement votre théorie ? dit Huckins.
– C'est ce qui a été décidé après une enquête intensive de la police urbaine et d'État. En fait, la police d'État, c'étaient les enquêteurs du parquet général qui sont intervenus parce que, somme toute, le vieux Mark était un juge de la cour suprême.
– Pourquoi ne nous avez-vous pas raconté ça plus tôt ? dit Huckins.
Les yeux bleus d'Adair étaient d'une innocence de petit chat quand il regarda Kelly Vines et l'interrogea.
– N'avons-nous pas examiné tout ça pendant le déjeuner à l'auberge ?
– Non, dit Vines.
– Pourquoi non, M. Vines ? dit-elle.
Vines haussa les épaules.
– Le dossier est accessible à tous.
– Accessible à tous dans un État lointain.
– Peut-être aurais-je dû dire de notoriété publique.
– J'ai l'impression que certains ne font pas confiance à certains, pour une raison quelconque, dit Fork.
Le silence qui suivit devenait gênant lorsque Jack Adair, prenant ce qu'il tenait pour sa voix de la raison la plus suave, le rompit.
– Nous sommes sur le point d'aboutir à une impasse que je puis peut-être éviter, Madame le maire, si vous m'accordez une minute ou deux.
Après avoir réfléchi à la demande, elle hocha la tête.
– Selon la police d'État aussi bien que la police municipale, dit Adair, l'assassin qui a arrangé la mort du vieux juge Fuller et de

sa femme pour que cela ait l'air d'un suicide et d'un meurtre, respectivement, a été négligent ou bien stupide, ou encore il n'avait pas assez regardé la télévision. Comme le sait n'importe quel enfant de 9 ans aujourd'hui, grâce à la télé, quand on fait feu avec un pistolet semi-automatique cela laisse un résidu sur la main. Il n'y en avait pas sur la main du juge Fuller. En conséquence, il ne pouvait avoir tiré sur sa femme ni sur lui-même. (Adair regarda Vines.) L'arme du crime, à ma souvenance, était un Llama de calibre .32, c'est ça ?

– Modèle XA, dit Vines.

– La police en a retrouvé la trace chez un armurier de Tampa, poursuivit Adair, qui l'avait vendu à un M.T.S. Jones dont le nom, l'adresse et le permis de conduire se révélèrent faux.

– Et cette lettre que Fuller a écrite ? Sa confession ? demanda Huckins.

– La police a conclu qu'on la lui avait dictée. Ils sont convaincus que le tueur a menacé d'abattre la vieille Mme Fuller si son mari n'écrivait pas exactement ce qu'on lui disait. Après avoir écrit et signé la confession dictée, les flics pensent qu'on l'a contraint à ôter son dentier du bas et à l'utiliser comme presse-papier – un bizarre détail –, et à écarter son siège de la table. L'assassin a alors abattu Fuller, est allé au salon et a abattu Mme Fuller, qui était si atteinte qu'elle ne s'est probablement même pas rendu compte de ce qui se passait. L'assassin est ensuite retourné dans la salle à manger, il a serré la main de Fuller autour du pistolet pour laisser quelques empreintes et a laissé tomber l'arme par terre. C'était, ont dit les flics, un très mauvais travail d'amateur. Sauf quant aux fausses dents sur la lettre de suicide, chose qu'ils ont trouvée plutôt jolie, et quant aux 3 000 dollars qui manquaient sur les 500 000, ce qui donnait l'impression que Fuller les avait déjà dépensés. Les flics ont beaucoup apprécié ça aussi.

– Et si les flics avaient trouvé ce demi-million dans votre penderie ? dit Huckins.

– Si c'était arrivé, je subodore qu'ils auraient été bien moins soigneux dans leur enquête sur la mort des Fuller et qu'ils auraient très bien pu prendre la confession écrite pour ce qu'elle avait l'air d'être. Et quant à moi, eh bien, je serais encore en détention.

– Alors vous êtes en train de dire que personne n'a été acheté, fit Huckins.

– Je vis encore sur ce demi-million trouvé par Kelly dans ma penderie et expédié aux Bahamas.

– Mais ce n'était pas un pot-de-vin au sens légal, si ?

– Comment appelleriez-vous cela ? Un cadeau ?

– J'appellerais ça de l'argent trouvé, dit Sid Fork. Mais je suis un peu arrangeant.

Il y eut un autre silence, plus court cette fois, à quoi Huckins mit fin en interrogeant Adair.

– Où sont-ils maintenant ?

– Jack et Jill ? (Il regarda Vines.) Je ne suis pas sûr. New York ?

– Londres, dit Vines.

– Quand nous étions chez Cousine Mary aujourd'hui – hier, à présent – sauf Sid, bien sûr, et que vous avez évité de me raconter...

– Négligé, pas évité, dit Adair.

– Quand vous ne m'avez pas raconté ce que vous venez de nous raconter maintenant, je me rappelle que vous avez dit que si les deux mômes Jimson mouraient, leur part de revenus ou de droits provenant du gaz irait à leur belle-mère. Est-ce exact ?

– Oui, dit Adair. Et si la belle-mère mourait, sa part irait à Jack et Jill.

– Moi, dit Sid Fork, si j'avais découvert que ce pot-de-vin était bidon, vous pouvez parier votre chemise que je serais allé causer à cette belle-mère.

– C'est Kelly le spécialiste de la question, dit Adair.

Tous trois regardèrent Vines mais c'est le maire qui parla.

– Cette fois, M. Vines, veuillez ne rien omettre.

Vines la négligea et regarda le chef de la police sur sa droite.

– Est-il difficile de simuler un suicide quand l'arme du crime est un pistolet ?

– C'est vachement dur, presque impossible avec tous les moyens d'analyse scientifique qu'il y a maintenant pour les légistes, dit Fork. La meilleure façon de simuler un suicide est de flanquer la victime par la fenêtre vers trois heures du matin sans laisser de lettre ni rien.

Vines se tourna vers le maire.

– Après que les flics ont annoncé à notre procureur général légèrement falot que la mort des Fuller était sans doute un double meurtre, il n'a rien fait avant d'avoir tâché de calculer ce qui lui donnerait le plus de kilométrage politique. Finalement il a décidé qu'avoir une cour suprême incorruptible était le bon choix, quand bien même son président avait alors commencé d'avoir quelques petits ennuis avec le fisc.

– Pas si petits que ça, dit Adair.

– Donc le proc' a ordonné une enquête à grande échelle qui, selon ses propres termes, retournerait chaque pierre. L'une des pierres qui avait le plus besoin d'être retournée était, évidemment, la belle-mère. Donc une équipe de deux enquêteurs expérimentés a été envoyée l'interroger. Peu après le retour de l'équipe avec ses conclusions, le procureur général a donné une conférence de presse pour annoncer que la mort du juge et de Mme Mark Fuller n'étaient pas somme toute un suicide plus un meurtre, mais plutôt ce qu'il a appelé « un double meurtre diabolique » et que ni le juge Fuller ni le président Adair n'avaient jamais été achetés. Deux jours plus tard, juste avant un nouvel interrogatoire de la belle-mère par les deux enquêteurs, elle est sortie de la route avec sa Cadillac à une vitesse estimée à 135 kilomètres à l'heure et a heurté un peuplier.

– Et elle est morte, je parie, dit Fork.

– La nuque brisée. L'autopsie a montré un taux d'alcoolémie de 0,06 %, ce qui la rendait plus que légalement ivre. L'autopsie de la Cadillac par une équipe de mécaniciens engagés par le procureur général a révélé ce qu'il a décrit, lors d'encore une autre conférence de presse, comme « une inexplicable panne du système de direction du véhicule ». Quand un journaliste a demandé si ça voulait dire que quelqu'un avait tripoté les tiges du train avant, il a dit qu'il ne pouvait pas faire d'autres commentaires avant qu'on ait procédé à de nouveaux examens, et a poursuivi en annonçant que la belle-mère, dans les cinq derniers mois, avait retiré près de 2 millions de dollars en liquide de ses divers comptes bancaires. Après ça, tout le monde a cru savoir d'où venait l'argent des boîtes à chaussures et on a presque oublié le train avant.

– Plutôt bien, le mobile, dit Sid Fork. Elle sort 2 millions pour gagner combien... 15 millions, 20 ?

– Si les deux mômes Jimson mouraient, elle aurait eu toutes les royalties du gaz, dit Vines. Aux dernières nouvelles, on évaluait ça à n'importe quelle somme comprise entre 50 et 100 millions de dollars.

– Si elle avait pu s'arranger pour faire croire que les deux mômes avaient réussi à acheter la cour suprême pour s'éviter la chambre à gaz...

– C'est par injection mortelle dans mon État, dit Adair.

– D'accord, dit Fork. Pour s'éviter la seringue. Mais si ça s'était passé comme ça, je crois qu'il n'y aurait pas eu un seul tribunal pour lever le petit doigt contre l'exécution des mômes.

– Vous avez raison, je le crains, dit Adair.

– Et si M. Vines n'avait pas trouvé ce demi-million dans votre penderie, dit B.D. Huckins, je crois que ça aurait pu marcher malgré tout.

– Je crains aussi que vous ayez raison, dit Adair.

– En tout cas, l'histoire s'est vraiment bien terminée, n'est-ce pas ? dit Fork. Les deux mômes sont acquittés. La cour suprême de l'État se révèle honnête au bout du compte, à part ce petit problème que son président a avec le fisc. Et quand ils ont finalement abordé la question sous l'angle « à qui profite ? » si les mômes avaient été exécutés, on s'aperçoit que c'est à la vilaine marâtre. C'est à peu près ça, M. Vines ?

– Tout juste.

– Alors dites-moi une chose. Ont-ils jamais essayé de choper le connard qui a bâclé le boulot ? Celui qui a flingué le vieux juge et sa femme, puis qui s'est habillé en curé pour planquer ce demi-million dans la penderie du juge et qui a peut-être même tripoté la direction de la Cad de la belle-mère ?

Avant que Vines pût répondre, B.D. Huckins regarda Adair.

– Comment s'appelait la belle-mère ?

– Marie. Marie Jimson.

– Avant de se marier. Son nom de jeune fille.

– Marie Contraire.

Le visage de Sid Fork devint presque blanc juste avant que le sang lui afflue du cou et lui fasse des oreilles de pourpre cardinalice. Il bondit sur ses pieds, pointa un doigt accusateur sur Huckins et poussa un rugissement.

– *Nom de Dieu, B.D. !*

Le maire lui adressa son sourire le plus suave.

– Je voulais juste que tu entendes ça dans son contexte venant d'eux et non de moi.

La pourpre rosissait quand Fork se rassit, encore en fureur.

– C'était une belle saloperie à me faire.

– Tais-toi et écoute encore un peu, dit-elle, et elle se tourna de nouveau vers Adair. Comme Sid n'était pas avec nous lors de notre réunion chez Cousine Mary avec Parvis, je lui ai donné une version condensée de notre conversation. De toute évidence j'ai laissé quelques détails de côté.

– Comme le nom de jeune fille de la belle-mère, dit Fork.

Elle le négligea et orienta son regard sur Vines.

– Quand vous avez téléphoné ce soir, j'étais engagée dans de délicates négociations politiques avec le shérif et c'est pourquoi je vous ai raccroché au nez. Je vous fais mes excuses.

– De rien.

– Plus tard, Sid a déniché des informations très importantes et c'est la vraie raison de notre présence ici.

Elle est en train de lui attribuer tout le mérite de quelque chose, songea Vines qui regarda Fork.

– Qu'avez-vous découvert, chef ?

Le sourire qui envahit le visage de Fork n'était pas modeste.

– Ce type que B.D. et moi avons connu il y a longtemps, celui qui s'habille en prêtre et en plombier et tout, et que nous connaissions sous le nom de Teddy Smith ou Jones...

– Le tueur, dit Vines.

– Ouais. Lui. Eh bien, j'ai découvert son vrai nom.
– Comment ?
– A partir d'empreintes qu'il a laissées dans la fourgonnette rose.
– Arrête le délayage, Sid, dit Huckins.

Fork, arborant toujours son sourire fier et heureux, fit passer son regard de Vines à Adair.

– Eh bien, le vrai nom du type n'est pas Smith ou Jones, mais ce n'est pas une grande nouvelle, ça. Son vrai nom est Theodore Contraire.

Fork regarda avec une joie évidente la surprise modifier les physionomies d'Adair et de Vines. C'est Vines qui se rasséréna le premier.

– Le frère de Marie Contraire ? demanda-t-il.

Fork hocha la tête.

– A qui d'autre pouvait-elle faire confiance pour un truc pareil ? D'après son casier, il a – ou il avait, plutôt – une sœur, son aînée de trois ans, qui s'appelait Marie Elena – comme dans la chanson – Contraire.

– Le casier est long ? dit Vines.

– Neuf arrestations et deux condamnations. Il a passé deux ans à Angola en Louisiane et neuf mois à la prison du comté de Los Angeles pour violences aggravées.

– Qu'est-ce qu'il a donné comme profession ? Juste par curiosité ?

– Acteur, dit Fork en souriant avec satisfaction.

– Félicitations, chef, dit Adair.

– Oh, affaire de charme plutôt que d'intelligence, dit Fork en tâchant d'avoir l'air modeste mais en vain. Tout ce que j'ai eu à faire, c'est convaincre un type de faire une chose qu'il n'était pas tout à fait sûr de vouloir faire.

Vines se leva, gagna la fenêtre, regarda à l'extérieur, remarqua la conduite intérieure quatre portes banalisée garée un peu plus loin dans la rue et se demanda si c'était l'inspecteur noir ou l'inspecteur trop grand qui faisait la garde de nuit. Il se détourna de la fenêtre et regarda B.D. Huckins.

– Quand vous m'avez raccroché au nez, dit-il, je vous appelais pour dire que votre beau-frère avait téléphoné pour annoncer que la date et le lieu de l'échange sont fixés. Le 4 juillet chez Cousine Mary.

Huckins eut un hochement de tête approbateur.

– Bien. Merriman ferme toujours le 4. Quelle heure ?
– Mansur n'a pas dit.
– Il faudra que ce soit l'après-midi.
– Pourquoi ?
– Parce que Sid et moi devons participer au défilé le matin.

Chapitre 36

Quand Jack Adair eut donné une petite secousse à la poêle, sa première omelette en dix-huit mois se replia sur elle-même à la perfection et Virginia Trice dit :

– Les miennes tombent en morceaux juste à ce moment-là et je me retrouve avec des œufs brouillés.

Adair jeta un coup d'œil par-dessus son épaule droite et la découvrit qui se tenait à l'entrée de la cuisine, appuyé au chambranle, les bras croisés avec force sur sa poitrine, comme pour s'empêcher de trembler. Adair pensa qu'elle avait sous les yeux des cernes plus grands et plus sombres que l'après-midi quand elle avait joué les logeuses sans enthousiasme. Épuisement triple, estima-t-il, confiant dans son diagnostic. Physique, mental et émotionnel.

– Mieux vaut vous asseoir et en manger un peu, dit-il. Je me suis laissé entraîner et j'ai mis six œufs. Se retournant vers la gazinière, qui avait à son avis au moins le même âge que lui, Adair questionna : La journée a été longue ?

– C'était le jour le plus long, dit-elle et elle s'assit à la table de cuisine en pin vernissé.

Adair se déplaça de quelques pas vers la droite, gardant un œil sur l'omelette pendant qu'il versait dans une tasse cylindrique du café provenant d'une Bunn automatique. Il posa la tasse sur la table devant Virginia Trice et retourna vite à la cuisinière.

– Voici l'instant périlleux, dit-il, qui va aboutir à la réussite ou au désastre.

L'omelette glissa diligemment de la poêle à l'assiette. Adair la coupa vivement en deux, mettant une moitié sur une autre assiette, qu'il servit à Virginia Trice avec de l'argenterie et une serviette en papier.

– Les toasts sont dans le four, dit-il.

– Il y a un grille-pain là près de l'ouvre-boîte.

– Je sais, mais j'aime les faire au four sur le gril.

Il ouvrit la haute porte du vieux four, se servit d'un gant ignifuge pour tirer le gril et embrocha les quatre toasts avec une fourchette de cuisine à long manche. Il servit les toasts sur une assiette en même temps qu'une petite barquette ouverte de margarine.

– Je n'ai pas trouvé de beurre, dit-il en s'asseyant en face de Virginia Trice avec sa part d'omelette.

– Nous ne nous servons pas de beurre parce que Norm se faisait du souci pour son cholestérol, dit-elle en étalant de la margarine sur un toast. Mais j'imagine qu'il aurait pu manger sans inquiétude tout le beurre qu'il voulait, n'est-ce pas ?

– J'imagine.

Elle goûta l'omelette et dit qu'elle était parfaite. Adair dit qu'il trouvait qu'un peu de sel et de poivre ne lui auraient pas fait de mal. Elle dit qu'elle ne se servait plus guère de sel. Après cela ils mangèrent en silence. Adair essayait de trouver quelque chose à dire qui n'aurait pas l'air d'un effort de bavardage. Il fut soulagé de ce qui commençait à ressembler à une tâche insurmontable lorsque Virginia Trice dit :

– Quand est-ce que vous avez baisé une femme pour la dernière fois ?

Adair continua d'étendre de la margarine sur son dernier petit morceau de toast.

– Il y a dix-sept mois et quatre jours.

– Vous avez passé combien de temps à Lompoc ?

– Quinze mois.

– Vous n'avez pas tiré un coup au dernier moment ?

Avec son couteau et sa fourchette, Adair posa son dernier morceau d'omelette sur la fin de son toast, vaguement satisfait que les deux choses se terminent simultanément. Il mangea l'ultime bouchée et l'avala.

– Mes problèmes juridiques, dit-il, avant l'incarcération étaient tels que le sexe était devenu une question de nulle importance.

– Ça fait comme le bromure, hein ?

– Sans doute.

– Qu'est-ce que vous faisiez comme sexe, en prison ?

– Je faisais sans, et avec deux cents abdos par jour. Bien sûr, il y avait aussi une quantité normale de masturbation. Du moins, je veux croire qu'elle était normale.

Elle posa son couteau et sa fourchette, repoussa son assiette et l'omelette à demi mangée, et se pencha sur la table, les bras croisés, contemplant la surface de bois verni.

– Je me sens comme si on venait de m'envoyer en prison.

– Ça ne durera pas.

– J'ai dû avoir quatre ou cinq cents consommateurs aujourd'hui, dit-elle en continuant de regarder la table. J'ai ouvert à 8 heures et fermé à deux un quart, deux et demie, par là. Neuf des gars qui sont entrés dire comme ils étaient désolés pour Norm ont essayé de me draguer. Des types mariés. De bons amis à lui. Quand je vous ai montré vos chambres cet après-midi, à vous et Vines, j'avais presque décidé de ne pas retourner à l'Eagle.

– Vous avez appris aujourd'hui une leçon inappréciable, dit Adair. Les cons sont partout.

– Je vis dans cette ville depuis quatre ans, bientôt cinq, et c'est davantage que je n'ai vécu où que ce soit avant. Je connais beaucoup de gens parce que je suis la femme de Norm et avant ça je travaillais pour lui à l'Eagle. Mais il est le seul véritable ami que j'avais ici et maintenant il est mort. Alors après avoir fermé ce soir, j'étais assise là-bas au bar avec un gin tonic et je n'aime même pas ça et je me demandais comment j'allais tenir jusqu'au matin quand on frappe à la porte. Et il était dans les trois heures moins le quart.

Elle leva les yeux vers Adair pour un commentaire ou un encouragement. Adair hocha la tête.

– Vous avez répondu à la porte ?

– Eh bien, j'y vais et je demande d'abord qui est là parce que, vous comprenez, il est tard et j'ai toute la recette de la journée et ne veux pas prendre de risques. Et devinez qui c'est ?

– Aucune idée.

– C'est B.D.

– Le maire.

– Ouais, et elle entre et veut savoir si j'aimerais passer la nuit chez elle ou aussi longtemps que je veux. Et vous savez ce que je fais ?

– Vous pleurez.

– Je braille comme un bébé. Mais elle est aussi gentille que possible et elle a l'air de comprendre quand je lui dis que je ne peux pas aller chez elle.

– Pourquoi ?

– Je ne sais pas. Mais je crois que c'est parce que je me demande sans arrêt, qu'est-ce que tu vas dire à Norm ? Vous y comprenez quelque chose ?

Adair dit qu'il pensait que oui.

– Bon, quand finalement je monte dans la voiture et je pars pour rentrer, tout d'un coup c'est comme si j'allais en prison. Je veux dire c'est comme si je dois passer un ou deux ans toute seule là-haut dans ma chambre au premier. Comme si c'est la loi ou quelque chose.

– Ce n'est pas la loi, bien entendu, dit Adair. Du moins pas encore.

– Eh bien, ça fait cette impression, c'est sûr, dit-elle en détournant la tête et en levant les yeux vers le coin le plus éloigné de la cuisine ; et elle examinait toujours l'angle lointain quand elle dit : Alors est-ce que vous voulez coucher avec moi cette nuit ?

– Pourquoi moi ?

Elle le regarda – d'un œil plutôt grave, pensa-t-il – et dit :

– Eh bien, vous êtes gentil et vous êtes plus âgé et comme je vous le demande, au lieu que vous me fassiez des avances, ça veut dire que c'est mon choix, non ? Et si je peux faire un choix, alors je ne dois pas être en prison, somme toute.

– Cela veut dire aussi que vous pouvez choisir quelqu'un d'autre, dit Adair.

– Nous ne sommes pas forcés de... de *faire* quelque chose, à moins que vous vouliez. Je veux juste trouver quelqu'un là quand je me réveillerai. Quelqu'un de gentil.

– Je suis très flatté, dit Adair.

Elle sourit pour la première fois, d'un sourire très menu.

– Je pense que vous venez de dire non merci, Virginia, dit-elle.

Adair lui sourit en retour.

– Mais si vous avez encore le même sentiment un autre soir, eh bien...

Elle se leva lentement et demeura immobile, le contemplant avec curiosité.

– Ce que vous êtes en train de faire, c'est me donner encore le choix, n'est-ce pas ?

– Je ne puis vous donner ce que vous possédez déjà.

Elle sourit de nouveau, avec plus de confiance cette fois.

– J'y réfléchirai, M. Adair, dit Virginia Trice qui se détourna et quitta la cuisine.

Adair se leva, ramassa les assiettes, les tasses et l'argenterie, et les transporta dans l'évier. Tandis qu'il faisait couler l'eau et ajoutait du liquide vaisselle Ivory, il se promit de laver et d'essuyer tout avec lenteur, en se concentrant sur chaque assiette, chaque tasse, chaque fourchette, cuiller, couteau. Cela l'empêcherait de penser à comment ce serait d'être assis au bord du lit là-haut dans la chambre de Virginia Trice, et de lui enlever lentement ses vêtements, un par un.

Après avoir quitté le studio du jeune et grand policier en tenue qui réglait naguère la circulation sur Noble's Trace là où Ivy Settles et la photographe avaient été tués à l'arme à feu, Dixie Mansur rentra en voiture chez elle, dans l'enclave de Montecito à Santa Barbara. C'est là qu'elle et Parvis Mansur vivaient dans la maison en pierre de taille, vaste et contournée, dotée d'un toit de tuiles bleues, sur un demi-hectare de terrain entouré d'un grillage d'acier de 3,50 mètres de haut.

Comme elle glissait la carte codée en plastique dans la fente qui commandait l'ouverture de la grille blindée coulissante, elle tâcha de se rappeler le nom du jeune policier. C'était ou bien Sean ou bien Michael, se dit-elle, décidant qu'il était juste à peu près assez jeune pour être né à un moment où la plupart des bébés mâles semblaient être baptisés ou bien Sean ou bien Michael. Mais ce qu'elle se rappelait le mieux de lui, c'était le terrible désordre de son appartement.

L'Aston Martin franchit la grille et remonta l'allée de béton jusqu'au garage à quatre portes. Dixie pressa la commande sous son tableau de bord qui commandait à sa porte de garage de se relever. Quand celle-ci fut relevée, elle avança et se rangea à côté de la Rolls Royce blanche de Parvis Mansur.

Quand elle entra dans la bibliothèque, Mansur leva les yeux de son livre, les baissa sur sa montre, les releva.

– Tu aurais pu téléphoner, dit-il.

Dixie alla au bar et se versa un verre de Xérès.

– J'allais le faire, dit-elle en prenant une gorgée. Mais après avoir parlé à Vines et lui avoir raconté ce que tu m'as dit de lui raconter, je suis allé chez B.D. et après ça les choses sont devenues un peu mouvementées.

– Sous quel point de vue ?

– Tu te rappelles cette photographe, celle qui voulait faire une série de photos de la maison pour je ne sais quel mensuel minable ?

– Je me rappelle que tu lui as parlé et l'as rebutée. Une Miss Hornette, n'est-ce pas ?

– Hazel Hornette, mais elle aimait qu'on l'appelle Hazy. En tout cas, elle est morte.

– Un accident ?

– Elle a été abattue sur la Trace environ deux rues à l'est de la limite de la ville. Un flic de Durango a aussi été tué. Un de ceux que Sid a engagés à l'extérieur. Ivy quelque chose.

– Ivy Settles, dit Mansur qui s'était fait un devoir d'apprendre les noms des quatre inspecteurs engagés par Sid Fork pour ce que Mansur considérait comme la Savak personnelle du chef.

Il posa son livre, *Histoire du monde moderne* de Palmer et Colton, cinquième édition, se leva et gagna le bar où il se confectionna un léger scotch à l'eau. Il but une gorgée et se retourna vers Dixie.

– Et tu les as vus ? Leurs dépouilles ?

– J'étais avec B.D. quand le shérif a appelé pour lui annoncer. Elle avait hâte d'aller là-bas, alors on a pris ma voiture. Ils n'avaient pas été enlevés et donc, oui, j'ai vu les cadavres.

– J'aimerais que tu me racontes le reste, Dixie, et veuille prendre ton temps. Tu pourrais commencer par ta rencontre avec Kelly Vines.

Elle lui fit un compte rendu concis et raisonnablement objectif de la manière dont elle avait passé l'après-midi, la soirée, la nuit et le petit matin, et aussi de ce qu'elle avait vu et entendu et fait, en laissant de côté le sexe dont elle avait joui avec Vines et le sexe dont elle avait fait l'expérience, sinon joui, avec le jeune et grand policier en tenue dont le nom, elle se le rappelait maintenant, était Sean et non Michael.

Quand elle eut fini et quand Mansur eut posé toutes les questions qu'il pensait avoir besoin de poser, elle dit :

– C'est relié d'une façon ou d'une autre avec l'affaire que tu as arrangée pour le 4, non ?

Mansur réfléchit à la chose, puis hocha la tête.

– Il semblerait que oui.

– Alors le 4 je ne serai pas en ville.

– Pourquoi ?

– Parce que si quoi que ce soit tourne mal, ou s'il arrive quelque chose à toi ou à Sid, je veux être ailleurs avec quelqu'un.

Mansur eut un sourire approbateur.

– Tu veux un alibi.

– On pourrait appeler ça comme ça.

– Je ne peux vraiment pas te donner tort. A qui songes-tu ?

– Je pensais descendre en voiture à San Diego samedi, rester chez les Moussavvis et rentrer tard lundi quand tout sera fini.

– Ils seront contents de te voir, surtout Reva, mais la circulation va être bigrement pénible.

– C'est pourquoi je pensais peut-être prendre la Rolls. A moins que tu comptes t'en servir pour faire l'intermédiaire.

Mansur gloussa.

– Je n'imagine rien de moins approprié.

– C'est ce que je me disais.

– Prends-la, bien sûr, dit-il et il regarda sa montre. Nous ferions mieux de nous coucher, n'est-ce pas ? (Il s'interrompit pour lui sourire, d'un sourire plein d'espoir.) Voudrais-tu dormir dans la chambre cette nuit, ou es-tu trop fatiguée ?

– Je ne suis pas fatiguée du tout, déclara Dixie Mansur.

Chapitre 37

Extraits du *Durango Times,* numéros des 28, 29 et 30 juin et du 2 juillet :

Les obsèques de Norman Trice, 46 ans, propriétaire du bien connu Blue Eagle Bar, ont eu lieu lundi aux pompes funèbres Bruner Brothers.

Vingt-trois représentants des médias extérieurs à la ville et environ deux cents personnes ont écouté le maire B.D. Huckins prononcer un éloge bref mais émouvant du disparu. M. Trice, natif de Durango, laisse une veuve, Virginia. *(Suite page 3).*

Un service funèbre s'est tenu mardi à la première église méthodiste à la mémoire de l'inspecteur Ivy Settles, 51 ans, des services de police de Durango. Un éloge bref mais émouvant du disparu a été prononcé par le chef de la police Sid Fork.

Dans l'assistance de plus de cent personnes se trouvaient le maire B.D. Huckins, le shérif Charles Coates et des représentants de dix-sept services de police de Californie. Cinq journalistes extérieurs à la ville étaient aussi présents. Settles laisse une veuve. *(Suite page 5).*

Le corps de Hazel Hornette, 28 ans, photographe indépendante de Santa Barbara, a été identifié ici hier mercredi par sa tante, Marlene Hornette, 52 ans, également de Santa Barbara.

Après l'incinération, une cérémonie privée aura lieu en mer sous l'égide de la société Neptune de Santa Barbara.

L'inhumation du brigadier général Soldat P. Sloan (RCAF, c.r.), 71 ans, a eu lieu vendredi au cimetière

Verdoyant, accompagnée de prières prononcées par le père Francis Riggins de l'église catholique Santa Margarita. Un éloge bref mais émouvant a été fait par Jack Adair, de Lompoc.

Dans l'assistance se trouvaient le maire B.D. Huckins, le chef de la police Sid Fork, Kelly Vines, de La Jolla, et Mme Parvis Mansur de Santa Barbara.

Le général Sloan ne laisse pas de descendants.

Adair et Vines s'éloignèrent de la tombe de Soldat Sloan le mardi matin après la prière finale et se dirigèrent vers la Mercedes bleue. Un homme, vêtu d'un costume en popeline brun clair, sortit d'une conduite intérieure Mercury noire garée près de la Mercedes et marcha vers eux.

La main droite de l'homme allait chercher quelque chose dans sa poche de chemise ou bien la poche intérieure de sa veste lorsque Sid Fork surgit devant Vines et Adair, bloquant l'approche de l'individu.

– J'espère bien que c'est une cigarette ou des papiers d'identité que vous cherchez, l'ami, dit Sid Fork en toisant l'homme.

L'homme en costume brun clair hocha la tête.

– Quand je l'aurai sorti tout doucement, ça dira que je suis du ministère de la Justice.

– Lentement et gentiment, alors.

L'homme produisit un porte-carte pliant et le donna à Fork qui l'examina et leva les yeux.

– Ça nous annonce que vous êtes Leonard Deep et que vous êtes un substitut du parquet fédéral venu de Washington. Ce que ça ne dit pas, c'est si vous êtes ici en mission officielle.

– C'est personnel, dit Deep. Pour M. Adair et M. Vines.

Fork se tourna vers eux.

– Vous voulez parler au ministère de la Justice à propos de quelque chose de personnel ?

– Je pense que oui, dit Adair en regardant Vines. Kelly ?

– Bien sûr. Pourquoi pas ?

– Alors B.D. et moi vous emmènerons chez Cousine Mary pour déjeuner, dit Fork qui rendit le porte-carte à Deep, se détourna et se dirigea vers le maire, qui se tenait près de sa Volvo et écoutait le père Riggins.

– Où voulez-vous que nous causions, M. Deep ? demanda Vines.

Deep jeta un regard circulaire au cimetière.

– Le banc là-bas à l'ombre paraît confortable.

Pour rejoindre le banc on dut passer près de la tombe de Soldat Sloan, que deux fossoyeurs munis de pelles étaient en train de remplir. Deep fit halte pour lire à haute voix l'inscription que Vines avait composée pour la pierre tombale : « Soldat Pershing Sloan, 1917-1988, Peu méritent un tel Ami. » Deep releva les yeux sur Adair et Vines.

– Je crois que Soldat aurait été d'accord. Comme lui, c'est élégamment ambigu.

– Vous connaissiez Soldat ? dit Adair comme Deep et lui s'asseyaient sur le banc tandis que Vines s'appuyait à l'un des pins qui fournissaient l'ombrage.

– Disons qu'au fil des années sa longue et intéressante carrière a attiré notre attention.

A 40 ans ou à peu près, Deep avait le corps et les mouvements d'un athlète qui prend lentement de l'âge et qui, dans sa jeunesse, estima Vines, était passé des sports d'équipe aux exercices préférés des solitaires, la course, la nage et le plongeon. Vines décida que Deep avait probablement été un sportif admiré et qu'il était peut-être tout aussi malin qu'il en avait l'air.

– Vous êtes ici pour nous parler de Soldat ? dit Adair d'une voix aussi innocente que ses yeux bleus de petit chat.

La réponse de Deep parut presque timide.

– Le FBI à Santa Barbara vous saurait gré de leur passer un coup de fil.

– C'est ce que m'a dit le chef Fork, fit Adair. Il faudra que je fasse ça quand j'aurai un instant.

Deep sourit comme s'il savait qu'on lui mentait sans vergogne et ne s'en souciait pas vraiment. Vines décida de savoir pourquoi.

– Suggérer que Jack appelle le FBI donne à votre visite une allure plutôt officielle que personnelle.

Deep étudia Vines avant de répondre.

– Je suis ici à cause de Paul Adair.

– Paul ? A quel sujet ? demanda vivement Adair.

– Cela peut ne pas être d'un grand réconfort, M. Adair, mais je puis vous assurer que Paul ne s'est pas suicidé.

Adair hocha lentement la tête.

– Ce n'est pas un mince réconfort et je vous remercie de me le dire.

– Je veux aussi que vous sachiez que nous avons fini par localiser les deux prostituées mexicaines qui ont signé des déclarations sous serment comme quoi elles avaient entendu deux coups de feu en montant l'escalier vers la chambre de Paul à Tijuana. Elles ont maintenant démenti ces déclarations et nient toutes deux avoir été en train de monter à sa chambre ou avoir jamais entendu des coups de feu.

– Cela vient d'où ? dit Vines.

– D'une enquête du FBI ordonnée par le procureur général qui avait beaucoup de respect pour Paul.

– Eh bien, c'est gentil de la part du procureur général, dit Adair, et j'apprécie que vous nous disiez que Paul ne s'est pas suicidé parce que Kelly et moi nous demandions comment il avait réussi à se tirer deux fois dans la bouche avec un .45. Et puis aussi, connaissant les tendances sexuelles de Paul, nous n'avons jamais beaucoup été persuadés qu'il aurait fait monter une paire de prostituées. C'étaient des femmes, n'est-ce pas, M. Deep ?

Deep secoua la tête vers la droite d'une manière presque amusée.

– Vous saviez qu'il était homophile, bien sûr.

– Depuis qu'il l'a annoncé à table, au petit déjeuner, à sa mère, sa sœur et moi, lors de son quinzième anniversaire.

– Vous le saviez aussi, M. Vines ?

– Oui, mais je préférais quand même sa sœur.

– Que vous avez épousée.

– En effet.

Deep poussa un soupir.

– J'ai été bouleversé par la mort de Paul. Ç'a été une grande perte personnelle.

– Nous nous sommes tous sentis dans un état affreux, dit Adair. Spécialement Kelly, qui a dû aller là-bas reconnaître le corps.

– Il était absolument brillant, dit Deep. Si Paul avait vécu, il aurait pu...

– Il est mort, M. Deep, dit Adair.

– Et nous savons finalement qui l'a tué, dit Deep qui parut attendre une clameur d'émotion.

Mais Jack Adair se contenta de hocher la tête.

– Vous voulez dire Theodore Contraire, n'est-ce pas ? Également connu sous les noms de Teddy Smith ou Jones.

Leonard Deep perdit un peu de son maintien presque étudié mais le récupéra rapidement.

– J'aimerais beaucoup savoir comment vous avez appris cela.

– Le chef Fork l'a découvert et nous l'a dit. Contraire est apparemment l'homme qui a tué tous ces gens à Durango, y compris Soldat Sloan, ce qui nous a beaucoup heurtés, Kelly et moi, parce que nous connaissions tous deux Soldat depuis des années. Le chef Fork, bien sûr, n'a pas les ressources du FBI mais il est malin et tenace. Il me semble qu'ils devraient avoir une réunion avec lui et comparer leurs notes.

– Je le leur recommanderai, dit Deep en se levant du banc du cimetière.

– Vous et Paul étiez bons amis, à ce que je comprends ? dit Adair.

– Extrêmement proches.
– Eh bien, je suis content qu'il ait eu quelqu'un.
– Une ou deux questions encore, M. Adair... tout à fait officieusement ?
Adair acquiesça.
– Pourquoi êtes-vous à Durango ?
– Le jour où je devais sortir de Lompoc, quelqu'un a mis ma tête à prix.
– Je l'ai appris. 20 000 dollars.
– Alors je me suis dit que Durango ne serait pas plus mal qu'ailleurs pour me cacher ou adopter un profil bas ou n'importe comment vous voudrez appeler ça.
– Qui vous a conseillé l'endroit ?
– Soldat Sloan.
– Que faisait Soldat Sloan ici quand il a été tué ?
– Il n'a pas eu le temps de me le dire.
– Si j'étais vous ou M. Vines, dit Deep, je quitterais Durango aussi vite que possible.
– Kelly et moi partons le soir du 4.
– Pourquoi pas avant ?
– Nous ne voulons pas manquer le défilé, dit Vines.

Chapitre 38

Le petit bureau de Merriman Dorr chez Cousine Mary se trouvait deux portes plus loin dans le couloir que la pièce où l'on jouait au poker les week-ends avec les enjeux sur la table. Le bureau avait à peu près la taille d'un tapis de salon ordinaire et contenait un grand coffre-fort Chubb, trois classeurs d'acier fermés par des barres de sécurité et deux fauteuils à oreillettes.

Il y avait aussi un pupitre – un pupitre d'enfant que Dorr avait récupéré dans les décombres de l'ancienne école – avec un plateau de bois qui se relevait, un encrier rond et un siège repliable qu'il avait reculé d'une trentaine de centimètres pour faire de la place à ses genoux.

Dorr était à présent assis au pupitre et secouait la tête à l'adresse de B.D. Huckins assise dans un des fauteuils à oreillettes, les jambes croisées et la jupe bleu marine bien tirée au dessous du genou.

– Pour moi, ça sent les tripes au soleil, B.D., dit Dorr quand il cessa de secouer négativement la tête.

– 5 000, Merriman, pour utiliser deux pièces et ton coffre-fort pendant une heure.

– S'il faut deux pièces et un coffre-fort, ça veut dire qu'il y a deux personnes ou deux groupes. L'un des deux a la marchandise et l'autre l'argent et personne n'a confiance en personne. Si l'un d'eux oublie d'apporter l'argent ou la marchandise, alors ça risque de faire pan-pan. Et si cela se produit, 5 000 dollars seront bien loin de payer les misères que me feront Charlie Coates ou peut-être la brigade des stupéfiants.

– Je n'ai pas besoin de te dire qu'il ne s'agit pas de drogue.

– Ouais, mais c'est quelque chose qui a besoin de deux pièces et un coffre-fort pendant une heure, et ça veut dire qu'un pacson va changer de mains parce que sinon ils pourraient faire ça près des balançoires de Handshaw Park.

– 10 000, dit-elle. Dernier prix.

– D'avance.

Elle hésita puis hocha la tête à contrecœur.
– D'accord.
Dorr se leva en souriant du pupitre d'enfant.
– Maintenant qu'est-ce que tu dis de ça pour le déjeuner, B.D. ? Du jambon en croûte fait avec du vrai jambon de Virginie ; des petits pois frais, pommes de terre nouvelles, une salade d'endives et, pour le dessert, une glace maison à la pêche ?
– Si c'est sur tes 10 000 dollars, je dit que c'est très bien, déclara Huckins.

Cette fois encore le déjeuner avait été servi sur la table ronde de la vaste pièce sans fenêtres. Quand ils eurent tous fini leur glace à la pêche, sauf Kelly Vines qui avait refusé d'en prendre, Parvis Mansur alluma une cigarette, souffla la fumée vers le plafond, sourit de son sourire le plus affable et dit :
– Commençons-nous, B.D. ?
Le maire regarda Vines.
– Merriman veut 10 000 d'avance. (Elle marqua une pause.) Aujourd'hui.
– Qu'avons-nous en échange ? demanda Vines.
– Un coffre-fort et deux pièces : celle-ci et la salle de poker. Et comme c'est vous qui payez, vous choisissez le premier.
– J'aimerais voir d'abord cette salle de poker, dit Vines.
– Merriman vous la fera voir quand il aura ses 10 000.
– Je sais à quoi elle ressemble, dit Sid Fork. Il y a une table de poker normale avec ses chaises, deux canapés, un petit bar, un réfrigérateur, un four grille-pain, un percolateur pour le café, des toilettes et pas de fenêtres.
– Et la porte ? demanda Vines.
– Blindée.
Vines regarda Adair.
– Qu'est-ce que tu en penses ?
– La porte blindée me plaît.
– A moi aussi, dit Vines qui se tourna vers Huckins. Où est Merriman ?
– Dans son bureau.
Vines écarta son siège de la table et se leva.
– Alors je peux aussi bien aller lui donner son argent.

Après qu'il eut frappé et que la voix eut dit entrez, Vines pénétra dans le petit bureau de Merriman Dorr et jeta un regard circulaire et curieux.
– Joli coffre-fort, dit-il. J'aime votre pupitre.
– Aurai-je à ouvrir le coffre ?

– Je crois, dit Vines qui alla jusqu'à Dorr, sortit de sa poche intérieure de veste une épaisse enveloppe blanche n° 10 et la posa sur le plateau du pupitre. Dorr la ramassa, releva le rabat et regarda à l'intérieur.

– Je crois que je vais le compter, dit-il.

Vines hocha la tête, se détourna, gagna un des fauteuils à oreillettes, s'assit et regarda Dorr compter les 10 000 dollars.

– Tout y est, fit Dorr quand il eut fini de compter.

– Dites-moi une chose, fit Vines. Quel est le plan de secours ?

– Dans quel cas ?

– Dans le cas où le shérif fait une descente sur le poker.

– La porte de derrière, fit Dorr en haussant les épaules.

– Pour tomber dans les bras des adjoints ? Je ne parle pas de ce plan-là. Je parle du vrai.

– Eh bien, m'sieu, si je participais au jeu, ce que je ne fais jamais, et si j'entendais Charlie Coates et ses adjoints essayer d'enfoncer la porte de la salle de poker, ce qui devrait leur prendre au moins quatre minutes, peut-être cinq, eh bien, je ramasserais mon argent et j'irais dans les toilettes où il n'y a pas de baignoire mais bel et bien une cabine de douche en tôle.

Dorr se leva, alla au coffre, tourna le dos à Vines pour dissimuler la combinaison et se mit à tourner le bouton.

– Et ensuite ? demanda Vines comme Dorr ouvrait la lourde porte du coffre et plaçait l'enveloppe d'argent à l'intérieur.

Dorr laissa la porte du coffre ouverte en se retournant vers Vines.

– Ça ne vaut guère le coup de la refermer et puis de la rouvrir pour moins de 1 000, hein ?

– Laissez-la ouverte et je vais mettre 1 000 sur votre petit bureau. Vous me dites ce qui se passe dans la douche. Si ça me plaît, vous mettez les 1 000 dollars dans le coffre. Si ça ne me plaît pas, vous n'en mettez que 500.

– Ça va vous plaire, dit Dorr.

Vines sortit de son portefeuille dix billets de 100 dollars, les posa sur le pupitre d'enfant, regagna le fauteuil à oreillettes, s'assit et fit un signe de tête à Dorr.

– Écoutons ça.

– Une fois que je serais entré dans la cabine de douche avec tous mes vêtements, dit Dorr, je tournerais le robinet d'eau froide vers la droite et je pousserais bien fort. Le panneau de métal s'ouvrirait sur une volée de vieilles marches en bois qui conduisent au sous-sol de l'école. Sur le palier il y a une torche électrique. J'allumerais ça, je fermerais le panneau de la douche bien serré, je descendrais les marches, je prendrais une chaise et j'attendrais.

– Quoi ?

– Le départ du shérif.
– Le sous-sol n'a pas de sortie, alors ?
– C'est juste une planque, M. Vines. La seule manière de sortir, c'est par où on est entré.
– Ce serait mieux s'il y avait une autre sortie.
– Mais il n'y en a pas.
– Ramassez vos 1 000 dollars, dit Vines.

Quand Kelly Vines fut revenu à la table ronde pour annoncer qu'il avait conclu l'arrangement sur les deux pièces et le coffre, Parvis Mansur mena la discussion.
– La plus simple des ruses est habituellement la meilleure, dit-il. Donc celle que j'utiliserai pour attirer ici M. Vines et M. Adair lundi prochain, le 4 juillet, est une partie de poker des jours fériés.
– C'est du moins ce que vous direz à qui est prêt à payer 1 million de dollars pour nous deux, dit Adair.
– Exact.
– A quelle heure commence la partie ?
– Trois heures de l'après-midi.
– Et que lui direz-vous, à ce type qui vous appelle régulièrement ?
– Vous voulez dire en ce qui concerne la procédure ?
– Oui.
– Eh bien, d'abord je parlerai argent.
– Bien, dit Sid Fork.
– J'insisterai aussi – et fortement, puis-je ajouter – sur le fait qu'il ne se passera rien avant que l'argent soit dénombré et mis en sûreté.
– Quel est l'arrangement pour le coffre ? demanda Fork à Vines.
– Dorr est d'accord pour le laisser ouvert et que Parvis enferme l'argent dedans.
– Alors quand tout sera fini, Merriman l'ouvrira et donnera le million ? dit Fork.
Vines acquiesça.
– Il me semble que s'il arrivait quelque chose à certains d'entre nous, dit Fork, ce brave Merriman pourrait dire tranquillement : « Quel argent ? » Non ?
– Quelle réflexion intéressante, chef, dit Adair.
– Je crois que pendant que tout ça se passera, dit Fork, Merriman et moi ferons quelques parties de gin rummy chez moi, juste pour passer le temps.
– C'est très avisé, dit Mansur.
– Bon, voyons voir, maintenant, dit Adair. M. Mansur a compté l'argent et l'a enfermé dans le coffre. Et que se passe-t-il ?

– Ensuite, dit Mansur, il se passe que je me tourne vers la ou les personnes qui m'ont remis l'argent et que je leur donne la clé qui ouvre la salle de poker où vous et M. Vines êtes censément en train d'attendre que notre partie commence.

– Vous nous avez enfermés ? dit Vines.

– Je crains que oui. Dans l'intérêt du réalisme.

Plus personne ne dit rien après cela pendant plusieurs secondes, puis B.D. Huckins interrogea d'une voix paisible.

– Que se passe-t-il ensuite, M. Vines ?

– Tout dépend, dit-il.

A 24 h 09 le samedi 2 juillet, le chef de la police se leva tout nu du lit du maire et enfila le caleçon qui gisait par terre à côté du bluejean et de la chemise blanche qu'il avait portés à l'enterrement de Soldat Sloan.

– Tu veux que je t'apporte quelque chose avant de m'en aller ? demanda-t-il à B.D. Huckins qui était allongée sur le dos, le drap sous le menton, contemplant le plafond strié de la chambre qui rappelait toujours à Fork du fromage blanc vieux de trois semaines.

– Peut-être un verre de vin.

– Zinfandel ? (Il remonta la fermeture à glissière de son jean et commença de boutonner sa chemise.)

– Très bien, dit le maire.

– Peut-être que je devrais rester, B.D., dit Fork en fourrant ses pans de chemise à l'intérieur de son jean.

Elle secoua la tête.

– J'ai besoin de réfléchir un moment.

– A quoi ?

– Réfléchir, c'est tout.

– Je vais chercher le vin, dit-il.

Quand il revint avec deux verres de Zinfandel, Huckins se haussa contre la tête du lit, laissant le drap glisser presque jusqu'à sa taille. Fork sourit à ses seins nus dont il avait depuis longtemps décidé qu'ils étaient parfaits.

– Quand je les vois comme ça, dit-il en lui tendant le vin, un peu par accident, je pense toujours exactement ce que je pensais il y a vingt ans : elle a la plus jolie paire de doudounes de Californie.

– Des doudounes, dit-elle en baissant les yeux sur ses seins avec ce qui aurait pu être du détachement ou de l'indifférence. Je suppose qu'on peut les appeler comme ça puisque leur but principal est de servir d'oreiller et de donner du lait aux petits que je n'aurai probablement jamais.

– Ça t'embête ?

Elle sirota un trait de vin, comme si elle réfléchissait à la question de Fork.

– J'ai 36 ans, Sid. Encore quatre ou cinq ans et...

– Tu veux te marier ?

– Je n'ai pas besoin de me marier pour avoir un môme.

Fork finit son vin et posa le verre sur la table de chevet.

– Laisse-moi te demander autre chose, B.D.

Elle hocha la tête.

– Est-ce que ça ne t'a jamais comme qui dirait traversé l'esprit qu'on pourrait prendre ce million et tout bonnement dire à Durango bonsoir, bonne chance et *hasta la vista ?*

Elle le regarda fixement avec des yeux qui, peut-être à cause de la pénombre, avaient pris la couleur de la poudre à canon.

– C'est une des choses à quoi j'ai besoin de réfléchir.

A 24 h 49 en ce même samedi, Virginia Trice arriva chez elle après avoir fermé tôt le Blue Eagle et trouva de nouveau Jack Adair dans la cuisine de la vieille demeure. Il venait de finir de confectionner deux sandwichs jambon-fromage au pain grillé quand elle dit :

– Vous aimez vraiment faire la cuisine ?

– J'aime manger, dit Adair qui plaça les sandwichs sur deux assiettes et les servit sur la table de cuisine en pin.

– Ça a l'air bon, dit-elle en s'asseyant.

– Du lait, ça ira ? dit-il en ouvrant le réfrigérateur.

– Très bien.

Adair servit le lait, s'assit à la table, prit une énorme bouchée de son sandwich et la mâcha avec un plaisir manifeste. Pendant qu'ils mangeaient les sandwichs et buvaient le lait, elle lui raconta comment une serveuse du Blue Eagle était partie cet après-midi sans préavis. Cela aurait pu la mettre dans une sale situation, dit-elle, parce que c'était le premier du mois et les allocations du gouvernement arrivaient.

– Mais vous vous en êtes tirée ?demanda-t-il.

– A Durango ? Une heure après son départ, cinq filles étaient venues demander son boulot. Je leur ai dit à chacune que je lui téléphonerai demain – aujourd'hui, maintenant – pour dire oui ou non. Comme ça elles ne sont pas obligées de traîner à côté du téléphone en attendant qu'il sonne.

– C'est une façon de faire convenable.

– Quand j'étais serveuse j'ai très vite appris que le pays est vraiment à court de bonnes manières.

Elle plongea la main dans sa petite pochette de cuir marron, hésita et regarda Adair.

– Vous fumez ? dit-elle.
– Autrefois.
– Je ne vous dérange pas ?
– Du tout.

Elle sortit de la pochette un paquet de Camel filtre et en alluma une avec un briquet jetable.

– J'ai recommencé mardi juste après l'enterrement. Je m'étais arrêtée pendant seize mois.

– Ma foi, fumer peut être un réconfort.

– J'ai réfléchi à ce que vous m'avez dit à propos des choix – comment on peut choisir de faire une chose ou de ne pas la faire – comme j'ai choisi de recommencer à fumer. Mais ensuite j'ai trouvé qu'il n'y a pas tellement de choix que ça, quand on y pense vraiment. Et c'est vachement sûr qu'on ne choisit pas ses parents et toutes les saloperies qui vont avec. Alors plus j'y réfléchissais et plus ça avait l'air qu'on n'arrive pas à avoir de grands choix à faire, on n'a que les petits.

– Par exemple ? dit Adair.

– Par exemple traverser la rue presque sur une impulsion qui se trouve être plus tard la plus grande décision de votre vie.

– A cause des événements ultérieurs, dit-il.

– Ouais. A cause de ce qui arrive. Alors j'ai décidé de faire un choix. Je ne sais pas s'il est grand ou petit. Mais j'ai décidé de vous demander, sans obligations, si vous voudriez aller au lit avec moi ce soir ?

Adair sourit de ce qu'il espérait être son sourire le plus vainqueur.

– J'en serai ravi, dit-il.

Kelly Vines, étendu dans son lit, leva les yeux de la page 389 de son roman de 406 pages sur le Sud modérément décadent lorsqu'il entendit la voix d'Adair et le rire étouffé de Virginia Trice qui passaient devant sa porte. Il attendit le bruit à présent familier de la porte d'Adair s'ouvrant et se refermant. Au lieu de quoi il entendit une porte s'ouvrir et se refermer plus loin dans le couloir. C'était, jugea-t-il, le bruit de la porte de la chambre de Virginia.

Vines, sourit, posa son livre, prit une poignée de noisettes et amandes assorties dans la boîte métallique ouverte sur la table de chevet, se leva et alla à la fenêtre qui donnait sur la rue. Jetant un coup d'œil à sa montre, Vines vit qu'il était une heure moins quelques minutes.

Mangeant les noisettes une par une, il demeura debout derrière la fenêtre et attendit la relève. A une heure et une minute, une autre conduite intérieure anonyme se gara devant l'autre voiture. Un homme très grand descendit, retourna au véhicule derrière, se pencha (apparemment pour dire quelques mots) et regagna sa propre voiture.

La voiture de derrière alluma ses feux et partit. Vines termina sa poignée de noisettes, retourna au lit, ramassa le roman et, assis sur le bord du lit, l'acheva. Mais comme le roman avait échoué à l'endormir, il tendit la main vers le vieux remède en attente et versa près de 8 centilitres de Jack Daniel's dans un verre à eau.

Il but lentement, se demandant, comme il le faisait souvent par les nuits sans sommeil, où il serait dans un an d'ici, à supposer bien sûr, se dit-il, que dans un an d'ici tu seras encore là.

Il termina son bourbon, éteignit la lumière et s'allongea. Quand il regarda pour la dernière fois le cadran lumineux de sa montre, il était trois heures un peu passées et Jack Adair n'avait toujours pas regagné sa chambre.

Chapitre 39

Un peu après 9 heures le dimanche 3 juillet, Dixie Mansur embrassa son mari pour lui dire au revoir et s'éloigna au volant de la Rolls Royce blanche, en direction du sud par la nationale 101 vers San Diego où, croyait Parvis Mansur, elle projetait de passer le week-end avec leurs amis, M. et Mme Reva Moussavvis.

A cause du lundi férié la circulation était intense et Dixie n'atteignit le Holiday Inn en bord de mer à Ventura qu'un peu après 10 heures ce matin-là. Elle prit un sac de week-end, verrouilla la Rolls blanche et prit la chambre payée d'avance qui avait été réservée pour elle au nom de Joyce Mellon.

Une fois dans la chambre elle balança le sac de week-end sur un lit, s'assit sur l'autre, décrocha le téléphone et tapa les trois chiffres d'une autre chambre de l'hôtel. Une voix d'homme répondit allô.

– T'es prêt ? dit-elle, et après que l'homme eut répondu qu'il l'était, elle dit qu'elle descendait tout de suite.

La chambre de Dixie Mansur était le 607 et la chambre de l'homme le 505. Elle descendit par l'escalier, longea le couloir et frappa à la porte. Celle-ci fut ouverte par Theodore Contraire, qui portait parfois un costume de prêtre, parfois de plombier, et à présent une blouse bleu pâle qui aurait pu appartenir à un pharmacien ou un coiffeur.

Quand Dixie fut dans la chambre et la porte fermée, Contraire, 1,55 mètre, leva les bras, saisit Dixie aux épaules et lui abaissa la tête vers lui afin de pouvoir mélanger leurs lèvres en un long, très long baiser incluant une grande activité de langues humides.

Le baiser prit fin aussi abruptement qu'il avait commencé. Contraire s'essuya la bouche avec le dos de la main et dit :

– Nous sommes un peu en retard.

– J'ai dû baiser Parvis avant de pouvoir partir.

– Par ici, dit-il en désignant une longue coiffeuse basse avec un grand miroir.

Elle s'assit sur une banquette rembourrée et Contraire alluma les quatre ampoules qu'il avait montées pour illuminer le miroir. Dixie contempla son visage.

– Bon sang, je suis affreuse.

– Tu vas avoir l'air pire. Plus vieille. Peut-être plus vieille de dix ans. Je vais commencer par les verres de contact. Tiens.

Il lui tendit un petit étui en plastique. Elle en retira les verres de contact et les mit rapidement en place.

– Tu t'es entraînée, approuva-t-il de mauvais gré.

– Toute la semaine.

– Bon, maintenant tu as les yeux marron au lieu de bleus.

– Je les préfère bleus.

– Non. Pas avec des cheveux bruns.

Contraire se colla quatre épingles à cheveux dans la bouche, tira en arrière la chevelure blonde de Dixie et l'épingla avec habileté pour former un casque lisse. Il ramassa sur la coiffeuse une perruque brune tombant à hauteur d'épaule, la brossa et l'arrangea avec soin sur la tête de Dixie.

Après avoir examiné le résultat avec une satisfaction manifeste, il saisit un flacon blanc large et court sans étiquette, ôta le bouchon, versa une petite quantité d'épais liquide beige sur le bout de ses doigts et se mit à le lui appliquer sur la figure et le cou.

– Ça prend deux minutes, pas plus, dit-il.

Quand il eut finit, elle avait acquis un bronzage modéré.

Dixie se regarda d'un œil critique dans le miroir.

– J'ai l'air différent mais pas beaucoup plus vieille.

Contraire, regardant dans la glace par-dessus l'épaule de Dixie, fit descendre son pouce et son index le long des légères rides incurvées qui allaient des narines jusqu'à la bouche de la femme.

– Quand on vieillit, dit-il, ça se creuse. Alors voilà ce que je fais.

Se servant de ce qui semblait être un crayon à sourcils finement taillé, Contraire augmenta délicatement la visibilité des deux rides incurvées. Devant le résultat Dixie dit « Nom de Dieu ! »

– Mets ça, dit Contraire en lui tendant une paire de lunettes à monture d'acier et dont les verres, teintés de vert, étaient à peine plus grand que des demi-lunes. Elle les mit et elles glissèrent promptement au bout de son nez. Elle les remonta. Elles glissèrent de nouveau.

– En lui parlant, passe ton temps à les remonter. Ça le rendra dingue.

Dixie tourna la tête vers la droite aussi loin qu'elle le pouvait sans cesser de s'examiner dans le miroir. Elle fit de même en tournant la tête à gauche.

– J'ai l'air d'avoir presque 40 ans avec ces sacrées lunettes.

Contraire ôta le couvercle d'un grand flacon de cold cream.

– Bon, dit-il. Enlève tout et puis remets-le, on va voir en combien de temps tu y arrives.

Elle s'exécuta par deux fois avant qu'il fût satisfait. Il mit la perruque, les lunettes teintées, les verres de contact et les produits de maquillage dans un sac à provisions en papier blanc sans marque. De la poche de sa blouse il tira une liasse de billets de 100 dollars entourée d'un bracelet de caoutchouc rouge.

– Exactement 6 000, dit-il en les laissant tomber dans le sac à provision.

– Et la carte ? fit Dixie.

Il tira cela de l'autre poche de sa blouse. Elle était tracée à la main sur une feuille de papier blanc. Dixie l'examina et hocha la tête.

– Quel genre de voiture ?

– Une conduite intérieure Cadillac Seville noire de 2 ans. (Il sourit, exhibant ses dents grises.) Très BCBG. (Il cessa de sourire et se rembrunit, comme s'il avait oublié quelque chose.) Et tes vêtements ?

– J'ai acheté un ensemble d'été tocard à la boutique de vêtements d'occasion de la Jeunesse Charitable à Santa Barbara.

– Ça devrait aller.

– Est-ce que je dois l'appeler d'ici ?

– Bon sang, non. D'une cabine publique.

– Tu ne veux pas entendre ma voix ?

Contraire fit la grimace comme s'il venait d'être accusé de négligence.

– Bien sûr que si. J'allais te le demander.

– Alors on y va, dit Dixie. Allô ! Allô ! Je suis Mme Nelson Wigmore ? La cousine de Kelly Vines ? Et j'aimerais savoir si je peux faire quelque chose de vraiment infect ?

Contraire approuva de nouveau de la tête.

– N'oublie pas ces inflections montantes. Mais ça sonne tout à fait bien. A peu près comme à mi-chemin de Mobile et de la Nouvelle Orléans.

– Je me suis entraînée avec un magnétophone.

Contraire se rembrunit de nouveau, comme s'il tâchait de se rappeler quelque chose d'autre qu'il aurait oublié. Il ne lui vint apparemment rien à l'esprit, et il préféra donc poser une question.

– Comment B.D. et Sid et eux prennent-ils les choses ?

– Ils n'y pigent encore rien. Sauf que Sid a découvert qui était Hazy. Pourquoi est-ce qu'il a fallu que tu l'étendes, d'ailleurs ?

– Pourquoi ? Parce que tu l'as mise sur le coup quand on avait besoin d'un photographe et elle aurait pu faire le lien entre toi et moi, voilà pourquoi. Et après qu'elle m'a vu descendre ce flic de l'arrière de la fourgonnette, eh bien, qu'est-ce que tu crois que j'aurais pu faire à part ce que j'ai fait ?

– Tu aurais pu faire quelque chose d'autre.

– Tu dis ça comme si j'avais eu envie de la descendre, comme si j'en mourais d'envie ou je ne sais quoi. Il faudrait peut-être que tu saches qu'entre-temps Hazy et moi avions une bonne petite histoire en train.

– Va te faire foutre, Teddy.

– Toi, va te faire foutre, Dixie.

C'était souvent ainsi qu'ils se disaient au revoir.

Dixie Mansur quitta le parc de stationnement du Holiday Inn de Ventura et trouva deux rues plus loin une station Texaco avec une rangée de téléphones publics. Elle descendit de la Rolls, la verrouilla de nouveau, mit sa pièce de 25 *cents* et tapa le numéro de onze chiffres. Quand on répondit à son appel, l'opératrice intervint pour demander qu'on ajoute 1 $ 25 pour trois minutes. Au lieu de quoi Dixie inséra sept pièces de 25 *cents*.

Quand les pièces eurent fini de cliqueter, la voix d'homme fut de nouveau en ligne.

– Clinique Altoid.

Dixie embraya son accent du sud.

– Puis-je parler au Dʳ David Pease ? dit-elle. Ici Mᵐᵉ Nelson Wigmore ? La nièce de M. Jack Adair ?

Chapitre 40

Quand son Omega Seamaster en acier inoxydable lui indiqua qu'il était exactement 6 heures le lundi 4 juillet, Merriman Dorr empoigna la corde à deux mains, tira fort et fit sonner la cloche en fonte de l'ancienne école.

A la neuvième traction, qui était à présent une secousse plutôt qu'une traction, le fracas carrillonnant de la grosse cloche avait suscité en réponse les hurlements lointains d'au moins deux douzaines de chiens. Dorr sonnait la vieille cloche de plus en plus vite, jappant et hurlant en réponse aux chiens et lâchant par instants des bribes de *The Battle Hymn of the Republic, Dixie* et *God Bless America.*

Il sonna la cloche de l'école pendant exactement dix minutes. A 6 h 10 il marcha au pas jusqu'au vieux mât porte-drapeau de l'école, hissa la bannière étoilée et se tint raidement au garde-à-vous, récitant le Serment d'Allégeance. Toujours au garde-à-vous, Dorr adressa au drapeau un sec salut militaire et un regard de profonde adoration. Il lui fit aussi un sourire radieux qu'aurait aisément pu arborer un patriote dévôt ou bien, comme certains le soupçonnaient, un cinglé.

Après un impeccable tête-à-droite, Dorr regagna au pas l'entrée de Cousine Mary, arborant toujours son sourire du glorieux 4 Juillet, mais songeant maintenant au petit déjeuner qui allait comporter du jus d'orange frais, des saucisses, des crêpes aux airelles, deux ou trois œufs, frits avec légèreté, des toasts de pain au levain, et au moins trois tasses de café. Après ça il irait en ville regarder le défilé.

Le défilé commença de se former à 9 heures près des voies de la Southern Pacific et de l'ancien dépôt ferroviaire de Durango qui avait perdu son usage, sinon son utilité, quand la compagnie avait jugé qu'il n'y avait plus aucun bénéfice à faire en convoyant des humains.

Le dépôt avait été transformé en Centre Culturel et Touristique de Durango. Cela dura jusqu'à ce que la ville découvrît qu'il servait à un bien petit nombre de touristes et ne présentait nulle culture notable. Après avoir supprimé le centre, Durango loua le dépôt en succession rapide à une boutique hippie, un bar japonais, une librairie pour adultes, un snack-bar mexico-texan et un acupuncteur. Tous sombrèrent. Le dépôt abritait maintenant le Centre Municipal de contrôle des maladies vénériennes, que Sid Fork et d'autres appelaient couramment la clinique à morpions.

Le défilé aurait commencé comme prévu à 10 h 30 si une famille mononucléaire, Billy Apco, 12 ans, et sa mère, n'avait dû faire face à un pneu à plat sur sa Ford Bronco, pneu que la mère et Billy mirent quinze minutes à changer. Mais comme c'était Billy qui jouait de la grosse caisse dans la fanfare du Fifre et du Tambour parrainée par le club Kiwani, l'opinion générale fut de retarder le départ du défilé jusqu'à ce qu'il arrive.

L'itinéraire du défilé devait remonter tout droit la Cinquième Rue ford à travers le cœur du quartier des affaires jusqu'à Handshaw Park vers midi, où il devait rompre les rangs et le maire B.D. Huckins, du haut du kiosque à musique, devait alors prononcer ce que *The Durango Times* avait défini comme « de brèves remarques patriotiques ». L'auditoire du maire serait attiré dans le parc par la promesse de hot dogs et boissons gazeuses gratuits, fournis par les supermarchés Safeway et Alpha & Beta, et de bière à 5 *cents* le gobelet en plastique pour les adultes, traditionnellement fournie par le Blue Eagle Bar.

Jack Adair et Kelly Vines, des verres de bière pression à la main, se tenaient devant le Blue Eagle, attendant le défilé. Un peu à leur gauche et derrière eux se trouvait l'inspecteur Joe Huff, l'air beaucoup moins chauve et légèrement moins professionnel à cause de sa casquette de base-ball des Chicago Cubs et de son gros cigare. A la droite de Vines et de Adair se tenait l'inspecteur Wade Bryant, l'elfe trop grand, dont la taille lui permettait de voir par dessus les têtes des spectateurs alignés sur un rang au tournant.

En tête du défilé venait une garde des couleurs composée de membres de l'American Legion et de l'Union des Anciens Combattants, tous assez vieux pour avoir fait la Seconde Guerre mondiale ou bien la Corée. Après la garde venait le char des Sandwichs et Pâtisseries de Pretty Polly, l'un des neuf chars publicitaires du défilé. Venait ensuite « La Horde Sauvage », un club de motards du troisième âge dont les membres chevauchaient tous des Harley, suivie de la Société Philosophique des Palominos de Durango, qui s'enorgueillissait de plusieurs montures magnifiques ; de la fanfare du Fifre et du Tambour Kiwanis, avec Billy Apco qui martelait son énorme grosse caisse ; des costumes splendides des Gais Vaqueros, qui étaient d'excellents cavaliers et de scandaleux dragueurs ; d'autres chars ; du maire, juchée sur la capote repliée d'une Chrysler Town & Country 1947 ; du chef de la police, saluant à l'arrière d'une décapotable Buick Century 1940 ; des membres du conseil municipal, ensemble et souriant comme des crétins dans un chariot sans bâche tiré par deux beaux bais ; d'une troupe de boyscouts ; d'un club de vélo ; de quatorze clowns qui appartenaient à la chambre de commerce et distribuaient des chocolats Hershey et du bubble gum Fleer's ; et, finalement, de douze majorettes à peine pubertaires jonglant avec leur canne aux accents de « La marche du colonel Bogie » jouée et sifflée par la fanfare du Tambour et du Clairon du Rotary Club.

Quand le défilé fut passé, Adair, Vines et Virginia Trice allèrent à pied à Handshaw Park, suivis par les inspecteurs Bryant et Huff. Ils mangèrent des hot dogs gratuits et burent de la bière à 5 *cents* en écoutant le procureur de la ville qui annonçait le maire B.D. Huckins.

Citant Tom Paine, Abraham Lincoln, Dwight Eisenhower et Bruce Springsteen, Huckins fit ce que Jack Adair jugea être le meilleur discours politique multi-usages de huit minutes qu'il eût jamais entendu.

– Non seulement elle a une bonne voix et s'en sert remarquablement, dit-il à Kelly Vines, mais elle connait un secret que 99 % des politiciens d'aujourd'hui ont oublié ou qu'ils n'ont jamais su.

– C'est-à-dire ? dit Vines en adoptant ce qu'il commençait de considérer comme son rôle habituel de faire-valoir.

– Elle sait s'arrêter quand ils en veulent encore, dit Adair. Et tout politicien qui peut faire cela ces temps-ci peut se faire réélire éternellement à moins, bien sûr, comme dit l'ex-gouverneur de Louisiane, qu'on le trouve au lit avec une femme morte ou un garçon vivant.

A 12 h 31, juste après que sa sœur eut fini ses brèves remarques patriotiques à Handshaw Park, Dixie Mansur quitta l'US 101 à la sortie vers la route Kanan Dume dans le comté d'Agoura et franchit l'autoroute pour rejoindrc le restaurant Jack in the Box où Theodore Contraire avait dit que serait garée la Cadillac Seville noire.

Comme promis, la Cadillac 1986 était garée derrière l'établissement. Dixie descendit de la Rolls Royce blanche de son mari, la verrouilla et, portant le sac à provisions sans marque que Contraire lui avait donnée, entra au Jack in the Box et pénétra dans les toilettes des dames.

Personne ne remarqua la femme brune portant un ensemble fripé et inélégant en toile marron clair et des lunettes vertes qui sortit des toilettes cinq minutes plus tard. Personne non plus ne se rappela jamais qu'elle regagna les arrières du restaurant et monta dans la Cadillac noire au lieu de la Rolls blanche dans laquelle elle était arrivée.

La clé de la Cadillac était dans le cendrier, exactement comme Contraire l'avait dit. Dixie fit démarrer le moteur, vérifia la jauge d'essence, qui indiquait que le réservoir était plein, fit marche arrière, franchit l'US 101 et, au bout d'un kilomètre et demi, trouva l'étroite route goudronnée et sinueuse, sans accotements, qui montait dans les collines brunes.

Dixie avait quitté San Diego et la maison de ses hôtes du week-end, M. et Mme Reva Moussavvis, à sept heures ce matin-là, abrégeant sa visite sous le prétexte plausible qu'elle se faisait de plus en plus de souci quant à la circulation en ce jour férié.

A exactement 12 h 46, donc avec une minute de retard, elle engagea la Cadillac dans la clinique Altoid, franchissant les piliers de pierre jumeaux, montant l'allée en zigzags et arrêtant la voiture juste devant la massive porte en séquoia. Elle se glissa sur le siège de droite et s'examina dans le petit miroir du pare-soleil, remontant les lunettes teintées sur son nez et les regardant redescendre. Elle examina aussi ses nouveaux yeux, marron grâce aux verres de contact, et sa nouvelle figure bronzée et ridée qui, décida-t-elle, était une des petites merveilles de la chimie moderne.

Assurée de paraître avoir facilement la quarantaine, Dixie descendit de la Cadillac et sonna deux fois, négligeant la plaque de cuivre gravé qui demandait aux visiteurs de bien vouloir ne sonner qu'une fois.

A présent assise devant le bureau du Dr David Pease, qui portait une chemise hawaïenne mauve et orange par dessus un pantalon de coutil blanc, Dixie Mansur dit :

– Nous avons été atterrés quand nous avons reçu cette lettre à Aberdeen, de la maman de Dannie. Nelson et moi n'étions absolument pas au courant.

– Nelson, c'est votre mari, je pense.

– Nelson Wigmore. Comme je vous ai dit au téléphone. Dans les pétroles. Chez Exon. C'est ça que nous faisions à Aberdeen depuis quatre ans.

– En Écosse.

Dixie remonta les lunettes vertes sur son nez.

– Je n'ai pas dit en Écosse ? J'imagine que c'est juste que j'ai l'habitude que tout le monde dans le métier sache que si on dit Aberdeen, on veut dire l'Écosse et la Mer du Nord et non le Dakota du Sud. Mais en tout cas, la maman de Dannie est ma tante Lena et Jack Adair est mon oncle, même s'ils sont divorcés et que ça remonte à 72. Mais cette lettre de tante Lena disait qu'elle avait appris qu'oncle Jack et Kelly Vines… qui est en quelque sorte mon cousin par alliance ?

Dr Pease approuva de la tête tandis que Dixie remontait ses lunettes sur son nez.

– Bref, elle avait appris, je veux dire tante Lena, qu'à cause de tous ces ennuis qu'ont eus oncle Jack et Kelly, ils pourraient être incapables de payer pour, enfin, vous voyez, garder Dannie ici. Alors j'en ai parlé à Nelson.

– Et qu'a-t-il dit ?

– Et Nelson a dit : Vas-y, tu leur dis de ne pas s'en faire pour la facture. Alors je vous ai parlé hier et vous avez dit que ça coûterait 6 000 par mois ? Et Nelson m'a dit pourquoi est-ce qu'on ne s'en chargerait pas tout de suite ? Et me voilà et est-ce que ça vous embête d'être payé en liquide ?

– C'est tout à fait acceptable, Mme Wigmore, dit le Dr Pease.

Dixie ramassa par terre un grand sac à main en fibre tressée et se mit à fouiller dedans, s'interrompant trois fois pour remonter ses lunettes sur son nez. Elle finit par trouver l'enveloppe à en-tête de Shearson Lehman Hutton adressée à M. Nelson Wigmore de Camden Drive à Beverly Hills. Elle fit glisser l'enveloppe ouverte sur le bureau, l'adresse en haut, vers le Dr Pease. Il avait jeté un coup d'œil au nom et à l'adresse et regardait à l'intérieur quand Dixie dit :

– Puis-je reprendre ça, s'il vous plaît ?

Presque affolé, le Dr Pease entreprit de rendre l'enveloppe, mais Dixie secoua la tête.

– Pas l'argent, mon loup ; juste l'enveloppe. Il y a une adresse et un numéro de téléphone dont j'ai besoin derrière.

Tentant de se rappeler la dernière fois où quelqu'un l'avait appelé mon loup, le Dr Pease retira les soixante billets de 100 dollars et tendit l'enveloppe. Dixie la fourra dans son grand sac à main.

– Est-ce que ça irait, dit-elle, si je passe le 15 de chaque mois, à un ou deux jours près, et peut-être je dirai bonjour à Dannie après avoir payé la note ?

– Voudriez-vous la voir maintenant ?

– Oh ! Vraiment, je pourrais ? dit Dixie en remontant ses lunettes (le Dr Pease estima que c'était pour la douzième fois). Vous croyez qu'elle me reconnaîtra ? (L'expression de Dixie était soudain passée du contentement au souci.) Tante Lena dit que Dannie ne reconnaît même pas Kelly ou l'oncle Jack.

– Qu'elle vous reconnaisse ou non, dit-il, cela pourrait lui être profitable de vous voir.

Dixie remonta de nouveau ses lunettes.

– Vous savez, Dr Pease, j'étais en train de penser ? Et si j'emmenais Dannie dehors lui acheter une glace ou quelque chose ? Juste pendant une heure, par là ? Et la prochaine fois que je viens pour, vous voyez, payer la note, peut-être que je pourrais l'emmener déjeuner et faire une petite promenade en voiture ? Ça ne ferait de mal à personne, hein ?

Le Dr Pease jeta un regard à l'argent, releva les yeux sur Dixie et sourit.

– Je ne peux pas affirmer que ça lui fera du bien, Mme Wigmore. Mais je suis bien certain que ça ne fera de mal à personne.

Remontant encore une fois ses lunettes, Dixie fronça les sourcils, se pencha en avant et chuchota presque.

– Elle n'est pas, eh bien, violente ni rien, n'est-ce pas ?

– Bien sûr que non.

– C'est ce que je pensais. (Dixie poussa un soupir.) Dannie a toujours été l'être le plus doux, le plus gentil qu'on puisse voir.

Danielle Adair Vines termina sa mousse au chocolat glacé comme Dixie tournait pour pénétrer dans le motel situé juste à côté de l'US 101 et près de la route Kanan Dume, qui menait à l'océan et Malibu.

– J'ai pensé qu'on pourrait entrer ici et peut-être regarder la télévision et boire quelque chose de frais.

– Je suis vraiment désolée, dit Danielle Vines, mais je ne me rappelle pas votre nom.

– Betty.

– Oui. Betty. C'est ça.

– Et peut-être un peu plus tard, dit Dixie en arrêtant la Cadillac sur l'aire de stationnement devant la chambre 141, nous pourrions téléphoner à Jack et Kelly.

– Qui ?

– Jack Adair et Kelly Vines.

– Ah, oui, bien sûr. M. Adair. Il est très gentil. Mais ce M. Vines est un homme si bête.

Chapitre 41

Quand la conduite intérieure Volvo grise eut atteint le cinquième virage en épingle à cheveux dans la montée de Garner Road, B.D. Huckins tourna à droite dans Don Domingo Drive et se dirigea vers la maison blanc rougeole du chef Sid Fork au bout du cul-de-sac.

C'est Merriman Dorr, assis à côté du maire, dont l'œil d'aviateur repéra le premier la catastrophe.

– Hé, Sid, dit-il. Quelqu'un est passé couper tous tes cactus.

Sid Fork se jeta en avant sur le siège arrière, contemplant avec incrédulité à travers le pare-brise ses douze saguaros immenses, quoique malades, qui avaient été abattus, manifestement à la tronçonneuse, laissant une douzaine de souches de 30 centimètres.

– Le salaud, dit Fork d'un ton très proche de la prière.

– Mais qui diable a pu faire une chose pareille ? demanda Dorr.

Ni Huckins ni Fork ne répondirent tandis que le maire tournait lentement dans l'allée de la maison, mais laissait en marche le moteur de la Volvo.

– Restez ici une minute, dit Fork.

Il sortit de l'arrière de la Volvo, prenant son temps, tenant à présent dans la main droite un revolver .38 Smith & Wesson Bodyguard Airweight. Il dépassa les cactus abattus sans un regard, gardant les yeux fixés sur la porte de sa maison.

Quand il atteignit la porte il constata qu'elle était restée légèrement entrouverte. Fork recula d'un pas et l'ouvrit d'un coup de pied, plaquant son dos contre le mur de brique à droite. Il attendit presque une minute entière, le revolver braqué vers le haut et tenu à deux mains. Comme il ne se passait rien, il franchit vivement la porte ouverte, plié en deux, et disparut.

Fork réapparut deux minutes plus tard avec une expression de choc sur le visage, laissant pendre le long de sa cuisse droite son revolver qu'il semblait avoir oublié. De la main gauche il fit un signe curieusement vaincu qui invitait Huckins et Dorr à venir.

La première chose qu'ils virent en entrant dans la pièce principale fut le mur du fond. Tous les cadres en avaient été arrachés et jetés par terre où quelqu'un avait apparemment sauté dessus à plusieurs reprises. Peinte à la bombe sur le mur se voyait une inscription de bienvenue : « T'as le bonjour du Groin ! »

Le maire examina le reste de la pièce, ne vit rien d'autre qui eût été saccagé.

– C'est tout ? dit-elle.

Fork secoua la tête.

– La grande chambre.

Suivie par Dorr, Huckins longea le bref couloir et entra dans la plus grande des deux chambres qui abritait la collection Fork d'Artefacts Américains. Les soixante-deux bouteilles de Coca Cola antérieures à 1941 étaient toutes en miettes. Les quatre-vingt-quatorze variétés de badges politiques *« I Like Ike »* avaient été jetées à terre et écrasées avec quelque chose, peut-être un marteau. Les derniers numéros jamais imprimés des revues éteintes avaient été déchirés en deux. On avait déversé du sirop d'érable sur le présentoir de fil de fer barbelé. Tous les isolateurs en verre, dont Fork était spécialement fier, avaient été écrasés.

– Bon Dieu, fit Dorr qui demanda de nouveau : Qui a pu faire une chose pareille ?

– Sans doute des gosses, dit Huckins. Pendant le défilé quand aucun voisin n'était chez lui.

Ils retournèrent dans la pièce principale et trouvèrent Fork appuyé à un mur et contemplant férocement le mur opposé et son salut peint à la bombe, « T'as le bonjour du Groin ! » Le revolver n'était plus visible. Fork avait les bras croisés sur la poitrine, ce qui lui donnait une posture presque défensive. Huckins se tourna vers Dorr.

– Pourquoi ne pas nous attendre dans la voiture, Merriman ? Nous sortirons dans un instant.

– Ouais, fit Dorr avec un hochement compréhensif. Bien sûr.

Quand il fut sorti, le maire rejoignit le chef de la police et lui posa sur l'épaule une main douce et rassurante.

– Allons-y, Sid. Il n'y a rien que tu puisses faire ici.

Fork la négligea et continua de contempler férocement le mur.

– Teddy a fait tout ça pour que tu partes le chercher, dit Huckins. Afin qu'il puisse te tuer.

Il la regarda.

– Qui lui a dit, B.D. ?

– Quoi donc ?

– Pour ma collection de... choses.

– Ce n'est pas un secret.

Fork secoua la tête avec obstination.

– Quelqu'un lui a dit.

– Peut-être qu'il a un équipier, dit-elle. Peut-être est-ce même quelqu'un d'ici en ville.

– Quand j'aurai réglé son compte à Teddy, dit Fork, je règlerai le compte de son équipier.

Kelly Vines gara la Mercedes bleue derrière Cousine Mary à 14 h 45 le lundi 4 juillet, suivant exactement les instructions de Parvis Mansur. Vines descendit le premier. Puis ce fut Jack Adair qui s'immobilisa, appuyé sur sa canne noire et jetant un regard circulaire au parc de stationnement sur les arrières du restaurant, qui était vide de voitures à part le coupé bleu Acura Legend que Mansur avait dit qu'il conduirait.

Vines et Adair se dirigèrent vers la porte de derrière blindée et revêtue d'acier. Avant qu'ils l'atteignent elle fut ouverte par Parvis Mansur qui arborait un air excité et nerveux et sa saharienne en soie sauvage.

– Vous n'avez pas mis de veste, dit-il en manière de salut. Bien.

– Selon vos instructions, dit Vines.

Mansur jeta un coup d'œil à la canne noire d'Adair.

– C'est une canne épée ?

Adair lui tendit la canne.

– Tournez la poignée vers la droite, pas vers la gauche.

Mansur suivit les indications, ôta la poignée, sourit à la vue du bouchon encapuchonné d'argent, le retira, éleva la canne et renifla.

– Du bourbon, n'est-ce pas ?

– Tonique pour le courage, dit Adair.

Mansur remit ensemble les morceaux de la canne et la rendit à Adair.

– Vous voulez probablement examiner la salle de poker d'abord.

– Seuls, dit Vines.

– Oui, certes. Seuls.

La salle de poker était à peu près comme Sid Fork l'avait décrite. Il y avait une table pour sept joueurs, recouverte d'un tapis vert. Il y avait aussi sept sièges confortables contre la table. Il y avait trois canapés de cuir (au lieu de deux selon Fork) qui étaient assez longs pour qu'on y fasse une sieste ; un bar, bien fourni ; une machine à café ; un grand réfrigérateur General Electric avec un compartiment à glace automatique ; un petit four grille-pain ; un vaisselier plein d'assiettes, de verres, de tasses, de bols et de couverts ; une longue table étroite où l'on dressait vraisemblablement le buffet ; un téléphone à six lignes ; et pas de fenêtres.

– Et le petit coin ? dit Adair.

Vines indiqua de la tête une porte fermée au fond de la pièce.

– Allons vérifier.

Les toilettes étaient assez grandes pour contenir un urinoir, une cuvette de W.-C., un évier et une cabine de douche métallique avec un rideau de toile cirée verte suspendu à des anneaux en matière plastique ivoire. Vines tira le rideau de douche sur un côté, baissa les yeux et vit que le sol était de ciment avec un écoulement en métal. Il tendit le bras dans la douche, attrapa le robinet d'eau froide et le tourna vers la droite, retirant vivement son bras comme pour éviter le jet. Mais il n'y eut pas de jet.

– Vachement soupçonneux, hé ? dit Adair.

– Prudent, dit Vines qui prit pied dans la douche et poussa fortement la cloison métallique où étaient les robinets et la pomme de douche.

La cloison pivota, révélant un palier de bois d'un mètre sur un mètre. Une grande torche électrique chromée à cinq piles était maintenue en place sur le palier par un taquet.

Ils se servirent de la lampe pour descendre une raide volée de marches en pin brut. Il n'y avait pas de rampe. Les marches aboutissaient à une petite pièce au sol et aux murs de béton. La pièce contenait un banc en bois, des toilettes chimiques, un bidon de 20 litres d'eau minérale Arrowhead en plastique scellé, deux quarts métalliques et rien d'autre.

Vines balaya la pièce avec la torche électrique, explorant le plafond et chacun des quatre coins.

– Pas de trappe de secours, dit Adair.

– Non.

– Sortons d'ici.

Quand ils rentrèrent dans la salle de poker le téléphone tintait doucement. Vines décrocha.

– Oui ?

– Ici Mansur. J'appelle de la salle à manger privée. Le téléphone, soit celui-ci, soit celui du bureau de Dorr, sera notre moyen de communication. Si nécessaire, nous pouvons même conférer en multiplex bien que je ne prévois pas que cette nécessité se présente.

– Et le coffre ? dit Vines.

– Il est ouvert et totalement vide.

– Aucun signe de l'homme à l'argent ?

– Aucun. Mais il a encore cinq minutes. Après qu'il sera arrivé et que j'aurai dénombré l'argent, j'enfermerai celui-ci dans le coffre, je donnerai à l'homme la clé de la salle de poker et je partirai.

– Êtes-vous en train de dire que nous sommes déjà enfermés ici ? demanda Vines.

– Oui. Bien sûr.
– Nous ne nous attendions pas à ça. Du moins, pas déjà.
Mansur poussa un profond soupir.
– Il faut vous rappeler que j'étais censé vous avoir attirés ici, M. Vines, sous le prétexte d'une partie de poker. Je suis censé agir en tant qu'agent de B.D. et de Sid, qui vous vendent à quiconque arrive avec l'argent. Si notre petit sketch doit avoir quelque crédibilité, je ne puis vous laisser, M. Adair et vous, courir d'un bout à l'autre du couloir, n'est-il pas vrai ?
– Parvis, dit Vines.
– Oui ?
– Et s'il n'a pas l'argent ?
– Alors je suis prêt à me défendre. Et vous aussi, bien sûr. (Il y eut un bref silence.) Désolé de couper court, dit Mansur, mais le voici.
Quand la ligne fut devenue muette, Vines raccrocha le combiné de la salle de poker et se tourna vers Adair.
– Le voici.
– Et nous sommes enfermés.
– Tu veux boire un coup ? dit Vines.
– Non. Et toi ?
– Non.
– Quels menteurs nous sommes, dit Jack Adair.

Theodore Contraire, qui se nommait parfois Teddy Jones ou Smith, entra dans la salle à manger privée chez Cousine Mary vêtu pour la fête du 4 Juillet en ancien combattant du Vietnam. Il portait un treillis camouflé, des bottes de para, un chapeau en treillis et, au creux de son bras droit, un M 16 non modifié et par conséquent illégal qu'il braquait sur Parvis Mansur.
– Vous êtes Parvis, hein ?
– Je suis Parvis.
– Où sont Adair et Vines ?
– Où est, pourrais-je demander, l'argent ?
– Quel argent ? dit Theodore Contraire.

Chapitre 42

Mansur, les mains à présent sur la nuque, entra dans le petit bureau de Merriman Dorr, suivi de Contraire et du M 16. Contraire regarda alentour, enregistrant la présence des deux fauteuils à oreillettes, du coffre et du pupitre d'enfant.

– Mignon, dit-il. Il y a quoi dans le coffre ?

– Rien.

– Ouvre, on va voir.

Parvis gagna le coffre et l'ouvrit, tirant sur la lourde porte.

– Les mains sur la nuque, rappela Contraire à Mansur, en reculant pour avoir une meilleure vue du coffre, dont l'espace intérieur était approximativement haut de 1 mètre, large de 60 centimètres et profond de 1 mètre.

– Grosse saloperie, dit Contraire.

– Oui.

– Et nettoyé à fond. Reste même pas une étagère. Ça contiendrait une brique facile, même en billets de 20 et de 50.

– Des billets de 20 et de 50 seront parfaitement acceptables.

– J'ai pas dû me faire comprendre, dit Contraire. Il ne va pas y avoir d'argent. Mais il va y avoir une chose qui vaut bien plus d'un million pour quelqu'un.

– Quoi ?

Contraire se servit du M 16 pour indiquer le pupitre d'enfant.

– Va t'asseoir à cette table de môme. Quand tu y seras, tu pourras baisser les mains et les croiser sur la table comme tu faisais à l'école primaire.

– Je ne suis jamais allé à l'école primaire, comme vous dites, fit Mansur. J'ai eu un précepteur.

– En tout cas assieds-toi et je vais m'asseoir dans un de ces fauteuils-là et on va attendre que le téléphone sonne.

– Le numéro de Merriman ici est sur la liste rouge, dit Mansur.

– La liste rouge, ça n'empêche rien.

Le téléphone sonna deux minutes plus tard à exactement 15 h 05. Braquant le M 16 sur Mansur de la main droite, Contraire décrocha le combiné de la gauche.

– C'est moi, dit-il.

Il écouta, souriant de son sourire aux dents grises à Mansur qui, toujours assis au pupitre d'enfant, les mains croisées dessus, sourit poliment en retour.

– Ne quitte pas, dit Contraire au téléphone ; et à Mansur : Je parie que tu peux arranger une conversation en multiplex. Toi et moi ici, la personne qui vient d'appeler, et Vines et Adair dans la salle de poker. Tu peux faire ça, hein, mon petit Parvis ?

Mansur hocha la tête.

Coinçant le combiné entre son oreille et son épaule gauche, Contraire se servit de sa main gauche libérée pour soulever le socle du téléphone et le placer devant Mansur, qui appuya sur quatre des boutons numérotés.

– T'entends la sonnerie ? dit Contraire dans le combiné tout en hochant et souriant à l'adresse de Mansur. On va voir lequel répond.

Vines décrocha au quatrième tintement.

– Oui, dit-il.

– Qui est là ? fit une voix d'homme.

– Kelly Vines.

– Bon, alors écoute, Kelly, je vais te passer Parvis une seconde pour qu'il te dise où on en est. D'accord ?

– Oui.

Il y eut une attente d'une ou deux secondes puis Mansur fut en ligne.

– Il n'y a pas d'argent, dit-il.

– Pas d'argent ? dit Vines en écartant l'écouteur de quelques centimètres de son oreille afin que Jack Adair pût écouter aussi.

– Non. L'homme est ici et il y a un M 16 braqué sur moi. Je puis ajouter que la sûreté est ôtée. Il y a quelqu'un au téléphone dont il souhaite que vous lui parliez. C'est tout ce que je sais.

Il y eut un autre silence et Contraire revint à l'appareil.

– T'as tout saisi, Kelly ?

– Oui.

– Bon, voyons si tu reconnais la voix que tu vas entendre ensuite.

– Allô, M. Vines, dit la voix que Vines et Adair entendirent ensuite. Comment allez-vous aujourd'hui ?

– Je vais très bien, Dannie. Et toi ?

– J'ai fait une sortie très agréable. Nous avons fait une petite promenade en voiture et j'ai eu une crème au chocolat glacé et maintenant nous nous reposons un peu avant que je rentre.

– Quelqu'un est avec toi, alors ? dit Vines.
– Betty est avec moi.
– Betty qui ?
Vines distingua la voix de sa femme à travers la main qu'elle avait dû poser sur le téléphone.
– Je suis désolée, mais je ne me rappelle pas votre nom de famille.
Il y eut une réponse étouffée, indistincte, une pause, et Danielle Vines parla de nouveau à son mari.
– Betty Thompson.
– Puis-je parler à Miss Thompson ? dit Vines.
– Désolé, Kelly, coupa Contraire.
– Qu'est-ce que c'était que ça, M. Vines ? demanda Danielle.
– Un ami.
– M. Adair est-il avec vous ? Betty a dit que je pourrais aussi parler à M. Adair, que je trouve très gentil.
Vines tendit le combiné à Adair qui ferma les yeux, les frotta avec le pouce et le majeur de sa main gauche, et parla à sa fille.
– Bonjour, Dannie. Ici Jack Adair.
– Comment allez-vous aujourd'hui, M. Adair ?
– Je vais bien, Dannie. D'où appelles-tu ?
– Je suis dans...
Il y eut le bruit d'un téléphone qu'on raccroche. Mais Contraire était toujours en ligne.
– Ça suffit, les bavardages, Jack. Tu veux me causer ou tu veux repasser Vines ?
– Je vais vous parler, dit Adair en tenant le combiné à distance de son oreille pour que Vines pût écouter.
– Bon, eh bien, c'est comme ça, Jack. J'ai besoin que vous me répondiez tous les deux à quelques questions face à face, et sinon, j'ai peur que Dannie ne rentre jamais à la clinique des cinglés. Alors ce que je veux que tu fasses, c'est que tu dises à Parvis de me donner la clé de la salle de poker.
– Qu'est-ce qui lui arrive après qu'il vous aura donné la clé ?
– Il lui arrive rien. Pourquoi est-ce qu'il lui arriverait quelque chose ? Enfin, bien sûr, je vais peut-être l'enfermer dans la salle à manger là, mais il y a un joli petit bar où il peut s'asseoir et se bourrer la gueule jusqu'à ce que tout soit fini.
– Passez-moi Parvis, dit Adair.
– Ici Mansur.
– Est-ce qu'il peut m'entendre ?
– Non.
– Il veut que vous lui donniez la clé de la salle de poker.
– Je sais.

– Si vous ne la lui donnez pas, dit Adair, il vous tuera.
– Compris.
– Si vous la lui donnez, il vous tuera aussi.
– Ce n'est pas absolument certain.
– Déjà joué au poker ?
– Oui.
– Alors, prenez votre meilleur air de joueur de poker parce que vous allez en avoir besoin. Je vais vous poser une question à laquelle je n'attends pas de réponse. Ce que j'attends de vous, c'est dire au revoir, raccrocher le téléphone et faire ce que vous jugerez préférable. Est-ce clair ?
– Oui.
– Voici la question, dit Adair. Si vous mouriez aujourd'hui, qui hériterait vos biens ?
Il y eut un silence. Adair compta jusqu'à six avant d'entendre Parvis Mansur raccrocher doucement le téléphone. Après avoir remis en place le combiné de la salle de poker, Adair se tourna vers Vines.
– Que pouvais-je dire d'autre ?
– Rien.
– Tu crois qu'ils laisseront partir Dannie ?
– J'en doute, dit Kelly Vines.

Mansur se leva du pupitre d'enfant.
– Je pense, dit-il, que le mieux que j'aie à faire est de vous donner la clé sans barguigner davantage.
– C'est très intelligent, Parvis.
– Mais pour vous donner la clé je dois mettre la main dans la poche droite de ma veste. Dans le cas où vous penseriez que c'est un piège ou un subterfuge, je vous laisserai volontiers fouiller ma poche vous-même.
– Je vais te dire, fit Contraire. Va te mettre là devant le coffre.
– Très bien, dit Mansur qui gagna l'emplacement que Contraire avait désigné d'un mouvement de son M 16.
– Je ne vais pas fouiller ta poche, Parvis, dit Contraire. Je vais pas faire ça parce que je me dis que quand t'étais dans la Savak t'as appris toutes sortes de trucs malins et vachards.
– Je n'ai jamais appartenu à la Savak, dit Mansur avec raideur et dignité.
– Vous autres les riches enturbannés, aucun de vous n'en a jamais fait partie. Exactement comme aucun boche n'a jamais été un SS non plus. T'as raison. Je dirais pareil si j'étais toi. Mais je ne vais quand même pas venir fouiller dans ta poche parce que tu vas te retourner, sortir la clé de ta poche et la poser sur le haut du coffre.

– Maintenant ?

– Maintenant.

Mansur se retourna, faisant face au coffre. Sa main droite, ni vite ni lentement, plongea dans la poche de sa saharienne. Il pivota, tirant sur Contraire à travers la poche. Le coup, qui semblait de petit calibre, manqua Contraire et toucha un des deux fauteuils à oreillettes. Contraire tira dans la cuisse gauche de Mansur et, prenant son temps, tira de nouveau, dans l'épaule gauche. Mansur poussa un grognement de souffrance, vacilla et dégringola sur le sol.

Contraire se baissa et retira de la poche de Mansur un automatique Sterling nickelé de calibre .25, le vieux modèle 300. Une arme de femme, pensa Contraire en fourrant le pistolet dans une de ses poches. La même main retourna dans la poche de Mansur et en ressortit une clé.

– Tu peux ramper ? demanda Contraire.

– Oui, murmura Mansur. Je ne sais pas.

– Je crois que t'as intérêt à décider que tu peux ramper jusque dans l'intérieur de ce coffre.

– Non.

Contraire adopta un ton patient et raisonnable.

– Faut que tu comprennes une chose, Parvis. Je t'en veux pas d'avoir essayé de me tirer. J'aurais fait pareil. Alors je te donne une chance. Tu rampes dans le coffre et ce sera le premier endroit où Sid et B.D. chercheront l'argent. Peut-être que tu ne seras même pas encore mort, si tu respires des vraiment petits coups. Mais si tu ne rentres pas là-dedans, il va falloir que je te tire une balle à travers la tête.

Il fallut près de cinq minutes à Mansur pour s'installer dans le coffre. Ses genoux étaient remontés sous son menton. Son visage était un masque de stupeur et de souffrance.

Contraire s'accroupit devant lui.

– T'es bien ?

– Pourquoi ?

– Pourquoi quoi ?

– Pouquoi a-t-elle fait ça ?

– Dixie ? fit Contraire. Parce qu'elle est dingue de moi, elle l'a toujours été depuis l'âge de douze ans.

– Mais pourquoi ? chuchota Mansur.

– Ça doit être que je suis beau, dit Contraire qui se redressa, ferma lentement le coffre et, quand il fut fermé et verrouillé, donna deux tours au cadran de la combinaison.

Chapitre 43

Quand la conduite intérieure Cadillac noire fut presque à la moitié de la route étroite et sinueuse sans accotements qui montait à la clinique Altoid, Danielle Adair Vines se tourna vers Dixie Mansur et dit :

– Je me suis tellement amusée, Betty, je ne veux pas rentrer.

– C'est gentil. (Dixie se concentrait sur un virage serré et ne la regarda pas.)

– Je ne crois pas que vous compreniez, Betty. Ou peut-être ne me suis-je pas exprimée clairement... bien que je me suis beaucoup améliorée sur ce plan par rapport à avant.

Dixie lui jeta un bref coup d'œil.

– Je ne comprends pas quoi ?

– Que je ne veux pas rentrer chez le Dr Pease. Je pense que je vais plutôt aller rendre visite à M. Vines et à ce gentil M. Adair.

– Quant je t'aurai déposé à l'entrée, tu pourras faire ce que tu veux.

– Mais si je retourne là-bas, le Dr Pease ne me laissera pas partir. Alors pourquoi ne pas regagner ce joli motel et j'appellerai M. Adair ? Ou vous pouvez l'appeler pour moi. Et puis je l'attendrai au motel.

– Désolée, dit Dixie.

– Vous voulez dire que vous ne voulez pas ?

– C'est ça. Je ne veux pas.

– Oh zut, fit Danielle Vines qui empoigna le volant à deux mains et le bascula vers la gauche juste au moment où la Cadillac s'engageait dans un virage serré à droite.

Dixie Mansur lutta pour maîtriser le volant mais la femme de Kelly Vines était trop forte ou bien trop désespérée. Dixie écrasa instinctivement les freins comme la Cadillac obliquait vers la rampe de sécurité.

A eux deux, les freins et la rampe ralentirent la Cadillac mais échouèrent à l'arrêter. La lourde voiture aplatit la rambarde et plongea sur la pente à 45 degrés, ses deux pneus avant éclatant.

Aucune des deux femmes n'eut le temps de hurler ou d'appeler avant que l'auto s'écrase contre un vieux et gros chêne à 56 kilomètres à l'heure.

Le vieil arbre, poussant sur la pente escarpée, avait des basses branches qui s'allongeaient. Certaines touchaient presque le sol. Et l'une d'elles, une branche morte, pulvérisa la partie avant gauche du pare-brise. Elle pénétra aussi dans la gorge de Dixie Mansur près de la base du cou, la tuant presque instantanément.

Daniele Vines, choquée, cognée et saignant d'une profonde coupure sur sa joue droite et d'une méchante éraflure à la main gauche, réussit à ouvrir en force la portière passager et à s'extraire vivement de la voiture. Elle était sur les mains et les genoux, encore hébétée, quand elle entendit une voix d'homme la héler.

– Vous n'avez pas de mal, m'dame ?

Elle leva les yeux et vit l'homme debout près de la rampe de sécurité aplatie et qui la contemplait de là-haut. Elle remarqua qu'il portait un genre d'uniforme vert grisâtre.

– Je... Je ne crois pas, dit-elle. Mais je pense que ça ne va pas pour la pauvre Betty.

Karl Seemant regarda sa montre. Il était 15 h 35. Seemant était un exterminateur de la Compagnie d'Agoura de Lutte contre les Rongeurs et la Vermine et il était en train de répondre à un appel frénétique de la clinique Altoid quand, à 25 mètres environ derrière la Cadillac, il l'avait vue défoncer la rampe de sécurité. La clinique avait passé son appel frénétique après avoir découvert que ses patients étaient victimes d'une mystérieuse épidémie de puces.

Comme c'était le 4 juillet et Seemant était payé au tarif double des jours fériés, il décida que la meilleure chose à faire était d'utiliser le téléphone modulaire de son camion pour appeler le shérif ou la police de la route, d'attendre jusqu'à ce qu'ils arrivent (ou peut-être une ambulance) et puis de compter le temps passé à attendre à la boîte de dingues Altoid qui, tout le monde le disait, avait de l'argent à ne savoir qu'en faire.

Theodore Contraire déverrouilla doucement la porte de la salle de poker de Cousine Mary. Après l'avoir très légèrement entrouverte, il remit la clé dans sa poche, ouvrit la porte d'un coup de pied et se rua dans la pièce, son M 16 sur répétition automatique.

Les yeux de Contraire ratissèrent la pièce, utilisant à plein leur vision périphérique, juste comme on le lui avait appris à ce cours de Reconnaissance et Survie de deux semaines qu'il avait suivi dans le sud de l'Alabama pour un tarif de 4 250 dollars.

– Pas de petits jeux ! cria-t-il. J'aime pas les petits jeux à la con !

La porte au fond de la salle de poker s'ouvrit lentement. Elle révéla Jack Adair, assis sur la cuvette des W.-C., le pantalon et le caleçon sur les chevilles, une main reposant sur la poignée incurvée de la canne noire.

– Je vais bientôt sortir, dit Adair qui referma la porte.

Contraire se rua sur la porte, la franchit et planta le canon du M 16 dans l'oreille gauche d'Adair.

– Qu'est-ce qui se passe ici, bordel ?

– Je suis en train de découvrir en quoi la peur est le plus efficace des laxatifs naturels, dit Adair.

Contraire gloussa, ôta le canon du M 16 de l'oreille d'Adair, cessa de glousser.

– Où est Vines ? dit-il.

– Où est ma fille ?

– A cette heure, elle devrait être rentrée chez les dingues. Alors où est Vines ?

– Je ne vous suis pas.

– Il n'est pas ici, putain ! hurla Contraire.

– Mais enfin, pourquoi serait-il ici ? demanda Adair. Je ne lui demanderais certainement pas de m'accompagner aux toilettes. Non plus qu'il le proposerait. Il doit donc être dans la salle de poker où je l'ai laissé.

– Il n'est pas là, nom de Dieu !

– Vous ne pensez pas qu'il a filé à l'anglaise, si ? dit Adair. Peut-être qu'il avait sa propre clé ? Et quand je me suis trouvé ici et préoccupé, il serait sorti par la porte de derrière et aurait décampé. Ça ressemble vraiment beaucoup à Kelly, qui n'a jamais été très partant pour se sacrifier. Je ne peux pas dire que je lui en veux, bien sûr, mais tout de même il aurait pu me proposer de filer avec lui.

Contraire avait depuis longtemps cessé d'écouter le babil pensif d'Adair. Il se concentrait maintenant sur la cabine de douche et le rideau vert qui en fermait l'entrée.

– Il est là derrière le rideau de douche.

– Je vous certifie que non, dit Adair.

– Il est là-dedans avec peut-être une bouteille de bière cassée ou quelque chose et comme ça si je passe la tête il me fera sauter un œil.

– Je vois ça d'ici.

– Hé, Vines ! héla Contraire. Sors de là !

Mais comme Vines ne sortait pas, Contraire mit le M 16 sur semi-automatique et tira trois balles à travers le rideau de douche. Les détonations firent tinter les oreilles d'Adair.

Comme rien ne se passait au bout de plusieurs secondes, Contraire dit :

– Eh bien, peut-être qu'il n'est pas là-dedans, somme toute.

– Ou bien ce fut une mort très silencieuse.

Contraire regarda sa montre.

– J'ai 15 h 38 et ma location de cet endroit s'achève à 16 heures. Alors on a trente-deux minutes pour causer de choses et d'autres.

– Vingt-deux, je crois, dit Adair.

Contraire se rembrunit et fit un peu de calcul mental.

– Ouais. Vingt-deux. Ça fait plein de temps.

– Comme vous semblez avoir en vue un colloque, pourquoi ne le tiendrions-nous pas dans l'autre pièce où c'est bien plus confortable ?

– Vous me plaisez juste comme vous êtes, Juge, avec le pantalon et le calecif sur les chevilles. Comme ça, vous n'essaierez pas de foncer.

– Puis-je au moins tirer la chasse ?

Contraire renifla.

– Ouais. Vaudrait peut-être mieux.

Adair tendit la main derrière lui et appuya sur la poignée. La vieille chasse d'eau produisit un grondement et un bouillonnement que Kelly Vines entendit là où il était tapi sur le palier caché d'un mètre sur un mètre en haut de l'escalier de bois qui menait à la cachette du sous-sol. Le vacarme de la chasse fut aussi suffisamment bruyant pour masquer le léger bruit que fit la cloison pivotante de la douche quand Vines se glissa dans la cabine, derrière le rideau tiré, respirant par la bouche.

Adair releva les yeux sur Contraire.

– Pourrais-je boire quelque chose ?

– Si t'as un verre, il y a un robinet.

– Je songeais à du bourbon.

– Tu veux que j'aille te chercher un whisky ?

– J'ai le mien, dit Adair qui ramassa la canne noire et l'agita pour que Contraire pût l'entendre gargouiller.

– Ouais, Dixie m'a parlé de ce machin.

– Une objection ?

Contraire haussa les épaules.

Adair dévissa la poignée de la canne, ôta le bouchon, puis le tube de verre et but. Il proposa le tube à Contraire qui secoua la tête.

– T'as peut-être mis un poison quelconque là-dedans.

– Alors je vais bientôt mourir, dit Adair en remettant en place le bouchon, le tube et la poignée.

– Mais t'as peut-être l'antidote caché quelque part. L'invraisemblance de cette dernière remarque fit que Contraire se hâta d'ajouter : De toute façon, je bois pratiquement jamais quand je travaille.
– J'aimerais que tout le monde soit comme vous.
Contraire s'appuya au mur, le M 16 au creux des bras, et examina Adair.
– Tu sais qui je suis vraiment ?
Adair hocha la tête.
– Vous êtes le type que Sid Fork a chassé de la ville autrefois, en 68, après vous avoir surpris, une bouteille de gin à la main, avec Dixie âgée de 12 ans et attachée à un lit.
– C'était entièrement son idée à elle, pas la mienne. Dixie est un peu vicieuse. Elle l'a toujours été, elle le sera toujours.
– Vous êtes aussi le frère de Marie Contraire qui est morte après que sa voiture a percuté un peuplier quand sa direction a lâché. Plutôt mystérieusement, ai-je entendu dire.
– T'as la moindre idée de combien j'aurais hérité de Marie si l'État avait shooté les deux chiards Jimson comme il était censé le faire ?
– Des millions.
– Des millions et des millions et des millions.
– Je suis curieux, dit Adair. Quand vous avez monté ce... eh bien, ce plan pour faire de Dixie une riche veuve, est-ce qu'elle vous a contacté ou bien est-ce vous qui l'avez contactée ?
Contraire eut un rictus étroit qui se changea bientôt en sourire infatué.
– Depuis 68, on n'a jamais perdu le contact, moi et Dixie. En tout cas, jamais longtemps. Faut que tu comprennes, et je suis pas non plus en train de me vanter, mais je suis le seul qui puisse rester à sa hauteur, question sexe. On aime les mêmes trucs.
– Et le pauvre Parvis, je suppose, est à présent mort ?
Contraire regarda de nouveau sa montre.
– Depuis près d'une heure. Après lui avoir tiré dessus je l'ai enfermé dans le coffre, alors il a pas dû falloir plus de cinq minutes, dix maxi, pour qu'il soit à court d'air ou qu'il saigne à mort.
– Combien Dixie va-t-elle hériter ?
– A un cheval près ?
Adair acquiesça.
– Peut-être 30 millions. C'est loin d'être autant que j'aurais eu de Marie si tout ça avait marché. Mais 30 bâtons, c'est pas non plus des picaillons.
– Alors qu'est-ce qui se passe ensuite ?
– Eh bien, Dixie rentre de son week-end et elle est toute bouleversée et secouée et triste quand elle découvre que son mari est

mort parce qu'il s'est laissé embringuer dans un coup tordu monté par le maire et le chef. Le shérif va leur tomber dessus, à Sid et B.D., donc ils vont la boucler. Et tu diras sûrement rien parce que tu seras mort, et pareil pour Vines quand je l'aurai trouvé. Alors ça laisse à peu près personne qui sait vraiment comment ça a merdé.

– Qu'est-ce qui vous rend si sûr, quant au maire et au chef ?

– Dixie pense qu'elle peut les acheter tous les deux pour peut-être 1 million ou 2. (Contraire se rembrunit.) D'abord, comment vous avez compris, pour Dixie ?

– C'est Vines qui l'a soupçonné le premier, grâce à Soldat Sloan.

– Je lui ai toujours dit que si elle n'arrêtait pas de déconner avec ce vioque, faudrait que j'intervienne et c'est ce que j'ai fait.

– A-t-il aussi fallu que vous interveniez pour mon fils ?

– Ah, ça, c'était un malin. Vous savez qu'il avait presque tout compris quand il est descendu à Tijuana. Des fois je pense que les pédés sont plus malins que les gens.

Encore une fois Contraire regarda sa montre.

– Finalement il semble pas que Vines va revenir, dit-il et il fit passer le M 16 sur répétition automatique et le braqua sur le torse d'Adair.

– Un dernier verre ? demanda Adair avec un sourire manifestement forcé.

Contraire sourit en retour ; il semblait s'amuser.

– Fais ça vite.

Adair fit de nouveau pivoter la poignée de la canne. Mais cette fois ce fut vers la gauche et non vers la droite. Il toussa aussi juste assez bruyamment pour empêcher Contraire d'entendre le léger cliquetis de la canne. Après le cliquetis, Adair secoua tristement la tête et leva les yeux.

– Je crois que je n'ai pas envie de ce dernier verre, somme toute.

– On a bobo au bide ? dit Contraire qui gloussa mais cessa soudain de glousser comme une autre idée lui venait : C'était rien que des conneries, hein ? dit-il. Comme quoi vous saviez quelque chose qui valait 1 million de dollars ? T'as juste fabriqué ça et tu l'a fait avaler à B.D. et Sid après que Dixie a fait en sorte que Soldat vous mène ici.

– Mais qui menait et qui était mené ? dit Adair.

– Peut-être que c'était moitié-moitié. Mais tu savais que dalle. Rien qui vaille 1 million en tout cas. Alors qu'est-ce qu'il y avait vraiment à y gagner, pour toi et Vines ? Moi ? Me régler mon ardoise ?

– Vous avez tué mon fils. Contribué à détruire l'esprit de ma fille. Fait que j'ai atterri dans un pénitencier fédéral pendant quinze mois. Alors, oui, j'avais probablement la vengeance en tête. Quant à Kelly, eh bien, il faudra qu'il s'explique lui-même.

La phrase était le signal qu'attendait Vines. Il repoussa entièrement à gauche le rideau de douche vert en toile cirée. Les anneaux de plastique firent un fracas tel que Contraire sursauta et pivota vers la cabine. Comme Contraire se retournait, Adair arracha la poignée de la canne et elle en sortit avec un stylet de 18 centimètres qui ressemblait à un pic à glace. A présent sur ses pieds, mais courbé en deux, pantalon et caleçon toujours aux chevilles, Adair plongea la mince lame dans la fesse droite de Contraire.

Contraire hurla, fit passer le M 16 dans sa main gauche et se servit de la droite pour empoigner sa fesse blessée. Vines fit irruption hors de la cabine de douche et empoigna le M 16, relevant le canon vers le plafond. Contraire (ou ses réflexes) tira une rafale en l'air. Vines donna un coup de pied à Contraire, visant la rotule du petit homme et au lieu de ça lui tapant dans la fourche. Contraire fit un bruit de cheval qui renâcle et Vines, à deux mains, lui arracha le M 16.

Le petit gros au visage remarquablement laid aspira autant d'air que ses poumons pouvaient en contenir et se plia en deux. Il resta ainsi pendant au moins vingt secondes, la main gauche enveloppant ses testicules, la main droite toujours appuyée sur la blessure de sa fesse droite. Vines songea que c'était une posture extrêmement controuvée qui, pour une raison ou une autre, le faisait penser à un bretzel.

Quand Contraire finit par se redresser, toute manifestation de douleur avait disparu, dissimulée sous un masque d'indifférence. Il baissa les yeux sur le stylet sanglant dans la main droite d'Adair.

– Comment marche cette saloperie ? demanda-t-il avec ce qui semblait être une curiosité professionnelle.

– On tourne la poignée vers la gauche au lieu de vers la droite jusqu'à ce qu'on entende un cliquetis, dit Adair. Le cliquetis indique qu'un ardillon axial s'est bloqué dans la lame.

Contraire hocha la tête, comme s'il appréciait la chose, et releva le regard sur le M 16 que Vines braquait sur lui, tout à fait comme il l'aurait braqué sur un serpent pas encore complètement mort.

– Faut que tu appuies sur la détente pour le faire fonctionner, tête de nœud, dit Contraire.

Vines hocha la tête, comme pour remercier qu'on luit ait rappelé la chose, enveloppa de l'index la queue de détente, visa plus soigneusement Contraire avec le M 16 et jeta un bref coup d'œil à Jack Adair.

– Alors ?

Il y eut une longue pause avant qu'Adair répondît.

– Non.
– Pourquoi non ? dit Vines, les yeux sur Contraire.
– Parce que, Kelly, soupira Adair, c'est illégal.

Chapitre 44

Contraire, les mains à présent sur la nuque, sortit des toilettes le premier, suivi de Vines avec le M 16 et Adair avec la canne noire, la poignée incurvée remise en place, le stylet rengainé.

Ils faisaient silencieusement mouvement vers la porte blindée de la salle de poker quand le téléphone gazouilla. Adair répondit allô. Contraire, les mains toujours sur la nuque, se retourna pour regarder Adair, qui de nouveau massait ses yeux fermés entre son pouce et son majeur tout en écoutant, les coins de la bouche tirés vers le bas comme deux crochets jumeaux. Kelly Vines garda l'œil et le M 16 braqués sur Contraire.

Après avoir écouté pendant près de trente secondes, Adair posa sa première question.

– Quand est-ce arrivé ? (Il hocha la tête à l'adresse de son correspondant invisible.) Et vous êtes sûre qu'elle va bien ? (De nouveau il y eut une pause pendant qu'Adair écoutait.) Je ne sais pas trop quoi dire, fit-il ensuite, sauf que je suis vraiment, vraiment désolé. Le chef Fork est-il au courant ?

La réponse fit froncer les sourcils d'Adair.

– Je vois.

Après avoir abruptement raccroché il se tourna lentement vers Theodore Contraire.

– Dixie Mansur est morte. Elle a été tuée dans un accident d'auto pendant qu'elle reconduisait Dannie à la clinique.

Contraire dut digérer la nouvelle. Mais Vines réagit.

– Comment va Dannie ?

– Elle va bien. Un peu secouée et quelques bleus mais bien. Elle est sous calmants à la clinique.

Au lieu de digérer la nouvelle de la mort de Dixie Mansur, Contraire la rejeta avec un petit sourire sagace, secouant la tête.

– Quel coup vous essayez de me monter, les mecs ?

– C'était le maire au téléphone, dit Adair d'une voix patiente. La police de la route l'a appelée à l'instant parce qu'ils n'arrivaient pas à joindre Parvis. Ils ont le permis de conduire de Dixie. Ses cartes de crédit. Ils disent qu'elle portait une perruque. Elle est morte.

Contraire déglutit, détourna les yeux et réussit à faire sortir le mot.

– Morte ?

– Oui.

– C'est pas juste.

– Non, dit Adair. Sans doute que non.

Contraire se lâcha la nuque, abaissa lentement les mains et s'en servit pour ouvrir en force le haut de son treillis camouflé, exhibant sa poitrine nue hérissée d'un paillasson d'épais poils grisonnants.

– Rends-moi un grand service, Vines, et appuie sur cette putain de détente.

Vines secoua la tête et, sans cesser de regarder Contraire, questionna Adair.

– Qu'est-ce qu'on fait de lui, Jack ?

– On le laisse partir.

– Pourquoi ?

– Parce que c'est ce qu'il y a de plus avisé à faire.

– Je ne me sens pas très compatissant.

– Je n'ai pas dit compatissant. J'ai dit avisé.

– On se sert de quelle porte ? De devant ou de derrière ?

– De devant.

– Allons-y, Teddy, dit Vines. Et remets les mains sur la nuque.

Tous trois longèrent le grand couloir, passant devant le bureau de Merriman Dorr et son vaste coffre-fort Chubb qui contenait toujours le corps de Parvis Mansur, passant ensuite devant la salle à manger privée qui n'avait pas de fenêtres. Contraire était en tête, les mains toujours sur la nuque et boitant légèrement, s'appuyant de préférence sur la jambe droite, seul signe de souffrance physique qu'il eut manifesté depuis qu'on était sorti des toilettes.

Derrière Contraire venait Vines avec le M 16. Et derrière Vines, Jack Adair suivait lentement, balançant sa canne noire au rythme de ses pas, avec sur le visage une expression de doute non résolu.

Quand on atteignit la porte de devant de Cousine Mary, Contraire fit halte.

– Est-ce que je peux baisser les mains avant que j'ai le derche qui saigne à mort ?

– Ce que tu peux faire, Teddy, dit Vines, c'est ouvrir lentement la porte et sortir. Une fois dehors, tu peux faire tout ce que tu voudras.

Contraire baissa les mains. De la gauche il saisit la poignée de porte. Il plongea la droite dans celle de ses poches qui contenait toujours le petit automatique .25 de Parvis Mansur.

– Eh bien, dit Contraire, je crois que je n'aurais guère d'occasions de vous revoir, les mecs.

Avant que Vines ou Adair aient pu répondre, Contraire avait ouvert la porte, s'était rué dehors et sortait de sa poche le petit semi-automatique.

Sans se regarder, Vines et Adair demeurèrent derrière la porte d'entrée refermée de Cousine Mary, attendant d'entendre ce qui allait advenir ensuite.

Sid Fork, le chef de la police, était tapi derrière le capot de sa conduite intérieure Ford et se servait des deux mains pour pointer son revolver à cinq coups Smith & Wesson Bodiguard Airweight sur la porte d'entrée de Cousine Mary. Il ne cria ni « On ne bouge plus ! » ni « Police ! » quand Theodore Contraire surgit par la porte, le petit semi-automatique dans la main droite.

Au lieu de cela, Fork tira dans l'épaule gauche de Contraire, ce qui fit tressauter en arrière le petit gros qui poussa un grognement en ripostant, touchant la vitre arrière latérale de la Ford. Fork tira de nouveau sur Contraire, cette fois dans le ventre. Contraire baissa les yeux sur la blessure de son estomac nu, presque avec curiosité, releva la tête et riposta de nouveau, touchant cette fois la portière avant de la Ford.

Fork regarda Contraire tomber sur les genoux, déchargeant pour la dernière fois le petit semi-automatique dans le sol. Visant avec soin, Fork lui tira dans le torse. Contraire leva les yeux, sourit légèrement, comme pour dire « C'est la bonne », et s'effondra sur le côté droit. Sid Fork contourna le capot de la Ford, marcha jusqu'à Contraire et lui tira dans la tête.

Après que l'essaim des médias fut arrivé, et après que le shérif Charles Coates eut félicité le chef Sid Fork (devant les caméras) « d'avoir résolu la série de meurtres de Durango et d'avoir infligé à l'assassin le châtiment suprême » (en s'étranglant presque sur les mots), le maire B.D. Huckins prit Charlie Coates à part et l'informa (l'avertit, selon certains) qu'elle ne voulait pas le voir dans les limites de la ville avant que fût passée l'élection de novembre, au moins. Sur ce tous quatre, Huckins, Fork, Vines et Adair, se réunirent un peu après 22 heures le 4 juillet dans le salon du maire.

Elle avait pris place dans son fauteuil favori en cuir brun chocolat. Vines et Adair étaient sur le long canapé crème. Sid Fork était perché sur le seul autre siège de la pièce, qui était en fait plutôt un tabouret qu'autre chose.

B.D. Huckins était affalée dans le fauteuil brun chocolat, tenant à deux mains un verre de vin et contemplant le mur d'en face quand Fork dit :

– J'ai comme une sale sensation. Comme si j'avais été utilisé et baladé par quelqu'un de bien plus fûté que moi.

– Tu l'as été, dit le maire. Nous l'avons tous été. Par Dixie.

Adair s'éclaircit la gorge comme un juge.

– Pendant que vous teniez votre conférence de presse, Kelly et moi avons appelé un homme de loi qui nous doit quelques faveurs.

– Seigneur, dit Fork. On a vraiment besoin de ça. Un avocat de plus.

– Pourquoi ? dit Huckins.

– Nous l'avons engagé pour vous représenter, dit Adair.

– Je n'ai pas besoin d'avocat.

– Néanmoins, nous l'avons engagé en échange, comme j'ai dit, de faveurs passées.

– Ça devait être quelque chose, dit Fork.

Huckins regarda Vines.

– Pourquoi ai-je besoin d'un avocat, M. Vines ? dit-elle comme si elle cherchait un autre avis.

– Pour découvrir si Dixie a laissé un testament.

– Et également important, dit Adair, pour déterminer les dispositions du testament de Parvis.

– Dixie n'avait rien, dit Huckins. Enfin, elle avait quelques vêtements et des bijoux et cette voiture aberrante, mais c'est tout.

– Autant dire les choses carrément, dit Vines. Selon ce que nous avons pu déterminer, Dixie est morte après la mort de Parvis. L'homme de loi que nous avons engagé a interrompu le congé de certaines gens à Santa Barbara qui lui devaient quelque chose à lui. Il a découvert que Parvis laissait tout à Dixie à part quelques legs relativement minimes à des organisations charitables pour animaux de compagnie.

– Parvis faisait la charité à des bêtes ? dit Fork.

Vines le négligea et poursuivit à l'adresse de Huckins.

– Dixie avait aussi fait un testament. Elle laissait tout ce qu'elle possédait à Parvis. Mais dans l'éventualité où Parvis mourrait avant elle, c'est à vous qu'elle laissait tout.

– Voyez-vous, Madame le maire, dit Adair, nous avons établi que Dixie est morte après Parvis. Et pendant ces dernières quarante-cinq minutes ou cette heure de sa vie, elle était seule héritière légale des biens de Parvis, qui à présent vous reviennent.

– A moins que..., dit Vines.

– A moins que quoi ? dit Fork.

– A moins que l'on puise prouver que Dixie a été complice du meurtre de Parvis. Et la seule preuve de cela se trouve ici même dans cette pièce.

– Je reçois tout ce que possédait Parvis ? dit Huckins. C'est ce que vous êtes en train de dire ?

– En substance, dit Adair.

– Combien ? demanda le maire.

– Eh bien, dit Adair, Teddy était en position de savoir et il a dit que c'était dans les 30 millions.

– Ce que je veux dire, fit B.D. Huckins, c'est combien voulez-vous pour vous taire à propos de Dixie, les gars ?

Adair jura plus tard que quelque part au-dessous du long silence qui suivit il put entendre la bile présente dans la pièce arriver à son point d'ébullition et l'hostilité crépiter dans une poêle également imaginaire. Il jura même qu'il avait perçu le goût de la rancœur et l'odeur de l'amertume. Il pensa aussi que ce n'aurait jamais de fin.

Mais la fin vint quand Sid Fork poussa un soupir, se leva lentement, alla se planter devant B.D. Huckins et la contempla, après quoi, très doucement, il dit :

– Nom de Dieu, B.D. C'est la plus grosse connerie que tu aies dite de toute ta vie.

Huckins ferma les yeux et hocha la tête.

– Je sais. Je l'ai su dès que je l'ai dit. J'ai dû dire ça parce que je voulais me venger sur quelqu'un à cause de Dixie. Mais il n'y a personne sur qui se venger.

Elle ouvrit les yeux et regarda d'abord Jack Adair.

– Je vous présente mes excuses, M. Adair. (Elle regarda ensuite Kelly Vines.) Et je vous les présente aussi, M. Vines. Je suis vraiment désolée.

Adair sourit.

– Je crois que la première chose que vous devrez apprendre, Madame le maire, c'est que les gens riches n'ont jamais besoin de donner des explications ni de faire des excuses pour quoi que ce soit.

Pendant qu'ils descendaient vers le Blue Eagle dans la Mercedes de Vines, Jack Adair questionna :

– Tu veux entrer dire au revoir à Virginia ?

– Je ne suis pas très doué pour dire au revoir, Jack.

– Eh bien, je le dirai pour toi.

– Tu penses rester combien de temps ?

– Jusqu'à ce que j'ai un autre endroit où aller. Pour le moment, je vais donner un coup de main au bar et transformer la maison en gîte rural avec petit déjeuner puisque, comme elle dit, ça semble déjà en être un de toute façon.

– Avec des chocolats sur l'oreiller offerts par votre hôte, le sympathique Jack Adair.

Adair sourit en coin tandis que la Mercedes s'arrêtait devant le Blue Eagle.

– J'emprunterai la voiture de Virginia demain, je descendrai à Agoura voir Dannie.

– Dis au Dr Pease que je continuerai de verser l'argent, dit Vines. Je me débrouillerai.

– Tu sais vaguement où tu vas atterrir ?

– Aucune idée.

Adair descendit de la voiture, ferma la portière et se pencha pour regarder Vines à travers la vitre.

– Quand tu sauras, fais-moi signe.

– D'ac, dit Vines et il s'en alla.

Quatre rues plus loin, Kelly Vines monta par Garner Road jusqu'au cinquième virage en épingle à cheveux et s'engagea dans Don Domingo Drive jusqu'à ce qu'il arrive à la maison blanc rougeôle dont la pelouse s'ornait de six rocs métamorphiques très gros et très laids et des souches de 30 centimètres d'une douzaine de cactus saguaros géants.

Vines se rangea sur le côté, coupa ses phares, mit ses clignotants et prit dans son portefeuille une carte professionnelle qui n'était plus valable. Il gribouilla un mot au dos de la carte qu'il enroula autour de la canne noire et fixa avec un élastique.

Il sortit de la Mercedes, marcha jusqu'à la porte d'entrée de Sid Fork, appuya la canne contre le battant et regagna sa voiture. Ensuite il prit Noble's Trace jusqu'à ce qu'il atteignît les deux rampes d'échangeur de l'autoroute US 101. Juste avant d'arriver aux rampes, Vines se rabattit, se rangea et resta assis là, tâchant de décider s'il allait aller au sud vers Guadalajara ou au nord vers Nome.

Sid Fork quitta B.D. Huckins à 2 h 04 le mardi 5 juillet, arriva chez lui à 2 h 09 et sourit quand il trouva la canne noire appuyée contre sa porte d'entrée.

Dans la pièce principale il ôta la carte professionnelle de Kelly Vines et lut ce qui avait été écrit au dos : « Tourner vers la gauche et tirer ».

Fork tourna la poignée courbe de la canne vers la gauche jusqu'à ce qu'il entendît un léger cliquetis. Il tira. La poignée se détacha, transformée en un stylet de 18 centimètres. Fork sourit en coin et palpa la pointe pour voir comme elle était acérée. Il la réinséra dans la canne, tourna cette fois la poignée vers la droite, l'ôta de nouveau, ainsi que le bouchon à capuchon d'argent, et versa une petite dose de whisky Jack Daniel's Black Label dans un verre.

Il s'assit dans un fauteuil de relaxation, sirota le bourbon et songea à commencer une nouvelle collection d'artefacts américains. Peut-être la collection Fork d'Étranges et Terribles Armes de Mort. Ou quelque chose de ce genre.

Composition, impression, façonnage par
IMPRIMERIE FRANCE QUERCY - CAHORS
N° d'impression : 11117A
Dépôt légal : janvier 1992